秘書課のオキテ

Karen & Syuji

石田 累

Rui Ishida

EB
エタニティ文庫

目次

秘書課のオキテ

プロローグ　人生が変わる夜

「タカツカサ、こんなところに女の子が落ちている」

「社長、そんなものに直接お手を触れてはいけません」

……ん？

よくわからないけど、今、かなり腹が立つことを言われた気がするぞ。

胎児《たいじ》のように身を縮こまらせていた白鳥《しらとり》香恋《かれん》は、ほんの少しだけ目を開けた。とたんに夏草の匂いにむせそうになる。目をつむりながら息まで止めていたのだと、その時ようやく気がついた。

月光に照らし出された夏の夜の河川敷《かせんじき》。急斜面の土手の半ばで、頭を下にして倒れている香恋の視界——その下側に、二人の男が現れた。

白いスーツと黒いスーツ。

華奢《きやしや》な方が白で、がっしりした方が黒。まるで漫才コンビみたいにわかりやすい。

白い方が言った。

「どうやら、怪我《けが》をしているようだ」

するど、黒い方も口を開く。

「道路にブレーキ痕《こん》がひとつしかなかったので、おそらく自損事故でしょう。ご覧ください。向こうに原付バイクが転がっている」

白の声は優しくてソフト。黒の声は低音でよく響く。

「いや待て、タカツカサ。その推理には穴がある。この子はまだ学生に見えるぞ」

「お言葉ですが、社長。高校生なら、原付バイクの免許くらい取れます。ただし服装からしてヤンキーと思われますので、無免許の可能性もあるでしょう。大方ハンドル操作を誤って、上の国道からこの土手にバイクごと転落した――そういったところではないでしょうか」

いや、すごいよ。この状況でそこまで正確かつ冷静に推理するあんたたちはすごい。

でも普通、普通ですね。夜の河川敷で女の子が倒れてたら、しかもその近くに原チャリが転がってたら、普通――警察か救急車に通報しません？

それに私は、ヤンキーではない。

まぁ今日は、いかにもそんな格好で外に出てしまったのだけど。

こんな夜中に真っ白なベンツで河川敷に乗り上げてくるから、てっきり反社会的勢力の方たちだと勘違いして、つい気を失ったふりをしてしまった。とにかく、一刻も早く、ここから連れ出してもらわないと。

「社長はお車にお戻りください。第一発見者は私ということで、警察に通報します」

「おい待て、タカツカサ、第一発見者は僕だろう」

「上の国道で、やたら車高《しゃこう》の低い派手な車と何台もすれ違いましたよね。面倒事の臭いがします。だいたい、この娘の服装からして、まともな人間だとは思えない。関わり合いになるのはおやめください」

ちょっ……何それ。

黒い方の声だけど、なんて酷《ひど》いことを言うんだろう。だいたい服装、服装と言いますが、このジャージは、れっきとした――

「学校指定ジャージです！」

思わず香恋は、倒れたまま反論していた。

しまった、と思ったが、立っていた男二人は驚いたように香恋を振り返る。

仕方なく、香恋は顔だけをその二人の方に向けた。

「い、色も紫だし、ダボッとしてるけど、やせてサイズが合わなくなったから、部屋着代わりに愛用してるだけです。今夜はいきなり呼び出されて、着替える間もなく家を出たから」

「……近頃の学生さんは、夜中にバイクで出かけるのかな」

そう言った白い方が、土手を上がってゆっくりとこちらに歩み寄ってくる。

「それは、まぁ、これにはわけが」

彼は香恋の頭の近くで足を止め、かがみこんだ。香恋はぎょっとして、身をすくめる。

え、ちょっと、何、この人。なんでこんなに私に近づく——え、えええっ。

多分夜目にもそれとわかるほど、香恋は赤くなっていた。白い方の人が、息もかかるほどの近さに顔を寄せてきたからだ。

このシチュエーション、この前読んだロマンス小説と同じだ。悪党に追われ、森で迷子になって眠ってしまった王女。通りがかりの王子が王女を見つけ、あまりの美しさに思わず……

もちろん小説のようにキスはされなかったが、香恋は思わず見とれてしまった。

こんな綺麗な男の人、初めて見た。白い肌、長い睫毛《まつげ》に縁取られた褐色《かっしょく》の瞳。上品な唇と、ウェーブのかかった柔らかそうな髪。まるでロマンス小説から抜け出してきた王子様みたいだ。

香恋の理想のタイプは、アンニュイな詩人のような、雰囲気がある美形。幼稚園からの親友、前田藍《まえだあい》にすら「国産じゃ無理でしょ」と言われたその理想を、体現している日本人がいた。しかも、今、目の前に。

その時、土手の上から大きなだみ声が聞こえた。

「おい、こんなとこにブレーキの痕《あと》があるぞ」

「あのガキ、土手から落ちたんじゃねぇか？」

しまった。見つかった。

「お友達かい？」

「なわけないです。すみません。かくまってください。私はいないと言ってください」

土手の上の方に顔を向けると、数台の車のヘッドライトが見える。本当に、まずい。

「ちょっとトラブッて、その、……追いかけられてるんです、私」

香恋はそう言うなり、立ち上がって逃げようとした。が、怪我《けが》をしたのか足はぴくとも動かない。

白の王子がすっくと立ち上がって、土手の下に立つ黒い人影を振り返った。

「タカツカサ、とにかくこのお嬢さんを車に乗せよう」

「警察に通報したほうがよろしいかと存じますが」

「悠長《ゆうちょう》に警察の到着を待っている暇《ひま》はなさそうだよ。まだ開いている病院を探して、送ってあげよう」

「この娘がどうしようもない悪党で、上にいる連中が被害者だという可能性も捨て切れませんよ」

何、この人。

黙って聞いていれば、ヤンキーとか悪党とか、ちょっと言うこと酷《ひど》すぎじゃない？　香恋の位置からは、黒い方の男の顔までは見えない。背が高くて、肩幅が広いのがわかる程度だ。どうせ鬼瓦《おにがわら》みたいな顔をした親父だろう。さながら佳麗《かれい》な王子を守る爺《じい》といった役どころか。

「この子は、悪い子ではないよ」

白の王子がやんわりとした口調で言った。そして香恋を振り返ると、ふっと淡く微笑《ほほえ》んだ。

「だって、いい匂いがするからね」

きゅん……

今、まさにそんな音が胸から聞こえたような気がする。

きゅんときた。やられた。今、完全に恋に落ちた。

「社長……いつも言っていますが、匂いなんかで人の善《よ》し悪《あ》しは判断できやしませんよ」

「ははは、ちなみにタカツカサの匂いの方が、僕は好きだよ」

楽しげな笑い声と共に、白の王子が不意に視界から消えた。その直後だった。いきなり背中と膝の裏に手が差し入れられ、あっと言う間もなく、香恋はふわりと抱え上げられた。

——えっ……。

人生初のお姫様だっこ。

すごい。本当にロマンス小説の世界みたいだ。まさか、生まれて初めて巡《めぐ》り会った理想の人に、お姫様だっこまでしてもらうなんて。

「くそ、重い」

その声で香恋の夢想はたちまち吹き飛んだ。王子じゃなくて、黒い爺《じい》の方だった。なんてことだろう。人生初のお姫様だっこの相手が、意地悪な爺だなんて。だいたいこの男、いつの間に土手を上がってきたんだろう。

しかも、いったんずり落ちた香恋を再び持ち上げる手の、デリカシーのなさといったら！

「ちょっと、一応女子高生なんで、気安くお尻とか触らないでくださいよ」

「はぁ？」

香恋を睨《にら》むように見下ろした爺の顔は、予想に反して若かった。

思わず顎《あご》を引いた香恋は、ちょっとだけ戸惑ってその顔を見上げる。

凛々《りり》しい眉に鋭い目。角ばった輪郭《りんかく》と厚みのある唇。年の頃は二十代半ばくらいだろうか。王子とは対照的な、ひどく男らしい顔である。それが、今にも爆発寸前レベルに怒っているように見える。

「……おい、ふざけるなよ。クソガキ。誰がお前のケツを触ったって？」

「タカツカサ。彼女は僕のお客様だ、丁寧《ていねい》に扱うように」

前を行く白の王子が、振り返って言った。

「……承知しております」

その時のタカツカサの顔といったらなかった。苦虫を噛《か》み潰《つぶ》したような表情、というのはまさにこの顔のことかもしれない。

ちょっと得意になった香恋だったが、すぐにギクッとして首をすくめた。タカツカサの肩越しに、車から降りてきた連中が数人、土手を駆け下りてくるのが見えたからだ。

が――

「あっ、ガキがツーベンに拉致《らち》られてる！」

「やべぇ、とっとと逃げるぞ」

ベンツの威力、マジすごい。

そもそもこんな山陰の田舎町《いなかまち》では、ベンツなんてまず見ることがない。まさにドラマか漫画の世界の乗り物である。香恋にしたって、最初は驚いて死んだふりを決めこんだほどだ。

「お客様」

その時、全く心のこもっていない笑みを唇だけに浮かべて、タカツカサが香恋を見下ろした。

「申し訳ございませんが、手を離していただけますか。私のスーツが汚れてしまいますので」

「……え？」

しまった。いつの間にか、この男のスーツにしがみついていたようだ。

「……す、すみませんでした」

「いいえ」

上辺だけの微笑を浮かべたまま、男は車の後部座席の扉を開けて、車内に香恋を投げ入れた。

比喩《ひゆ》ではない。本当に物みたいに投げられた。シートの肘置《ひじ》きにぶつかった腰のあたりがゴキッと音を立てたほどである。

「いっ、いだっ」

しかしそのおかげなのか、ようやく下肢《かし》にも力が入る。香恋はふかふかのシートに座り直し、やっと人心地《ひとごこち》を取り戻した。

「じゃあ、さっきの若者たちとは面識はないんだね」

「まぁ、……基本、知らない人たちです」

助手席に座る白の王子の質問に、香恋は少し迷いながらそう答えた。

「顔だけは、街でちょい見かける程度っていうか。今夜はナンパされた友達を助けに行って、そしたら、……逆恨《さかうら》みされたっていうか」

「それは……とんでもなくされたものだね」

車数台で追いかけ回された挙句《あげく》、なおも執拗《しつよう》に探し回されていたのだから、王子から戸惑った声が返るのも無理はない。しかしそのあたり、さすがに全てを詳しく説明するのは憚《はばか》られた。

実は、こういったことは今日が初めてではないのである。クラスメイトがトラブルに巻きこまれたら香恋が呼ばれ、相手方と話をつける——なんとなく、それが当たり前な感じになって、自分でも意図しないうちに、他校の不良連中に顔が売れてしまったのだ。

香恋自身はヤンキーでも、夜遊び好きなギャルでもない。ちょっと腕っぷしが強いだけだ。それが原因で、昨年、ある事件を起こしてしまい、この田舎町ではすっかり有名になっただけで——

「病院とかは別にいいので、そのあたりで降ろしてください。あの、お礼は改めてってことで」

なにしろ財布も携帯も、転倒したはずみで飛び散ってしまった。それに、置いてきたバイクも気になる。

「心配しなくても、夜間外来のある外科をタカツカサが押さえてくれているよ」

少しだけこちらを振り返り、穏やかな口調で王子は言った。

「ついでに言えば、君の原付バイクや落とし物も、回収するよう手はずしているはずだ。後でタカツカサに連絡先を訊《き》いて、引き取りにいきなさい」

なんで、そこまで？　香恋は本気で驚いていた。王子が社長で、車や身なりからも大層な金持ちだというのはわかったが、気まぐれにしても親切すぎる。

というより、そんな細やかなフォローを、この短時間で黒の爺《じい》がしてくれたというのだろうか。

「あの、……タカチカサさんが、そういった手配をしてくださったんですか」

「タカチカサじゃなくて、タカツカサね」

くっくっと笑いながら、白の王子は視線を再び前に戻した。

そのタカツカサは運転中で、先ほどから二人の会話には一切入ってこない。

「彼は、僕の秘書でね」

「秘書、ですか」

「とても優秀な男で、僕はもう彼なしでは生きていけないんだ。僕は用事があるから先に降りるけど、後はタカツカサに任せておけばいいよ」

え、そんな、もうお別れなんですか。香恋が口を開こうとすると、車は市内の大きなホテルの前で停まった。

「じゃあね、お姫様。もう無茶な真似をしては駄目だよ」

最後にウインク。再びきゅん……となった香恋は、ここで肝心な情報を訊いていないことに気がついた。王子の名前、そして連絡先である。

「あ、あの！」

急いで車のウインドウを開けた香恋は、ホテルマンに付き添われてエントランスに消えようとしている王子の背中に呼びかけた。

「名前……名前を教えて下さい。もう一度会って、お礼がしたいんですけど！」

足を止めて振り返った王子は、少し意外そうに瞬《まばた》きをした後、優しく微笑《ほほえ》んだ。

「また会うのは難しいかもしれないね。それにお礼なんて必要ないよ。じゃあ、元気で」

「ちょっと、待っ」

香恋の声を遮《さえぎ》るように、いきなりウインドウが閉まった。間髪《かんはつ》いれず、車が勢いよく発進する。

「あうっ」と、ウインドウに額《ひたい》をぶつけた香恋は、むっとして運転席の男を睨《にら》んだ。

「ちょっと、まだ話の最中なんですけど！」

「お客様は、常識が足りないのでしょうか」

はい？

「このような公《おおやけ》の場で大声を出されますと、否応《いやおう》なしに周囲の注目を集めてしまいます。取引をさせていただいている相手の前で、うちの社長が思わぬ恥をかくことになりかねません」

何、その厭味《いやみ》な口調は。確かに、言う通りなんだけどさ。

その時、携帯の着信音が車内に響いた。タカツカサがイヤフォンを取り上げ、耳につける。

「はい、タカツカサです。ああ、いつもお世話になっております。予約の件ですが、今から一時間後に、宮里《みやさと》外科の前にお願いします。お客様は十代の女性で、お名前は――」

感情のない声が、香恋に投げかけられた。

「お客様、お名前は」

「え、し、白鳥……」

だいたいどこで名乗っても一度は聞き返され、そして失笑される名前。香恋はこの名前をつけた亡き母親を少しだけ恨みつつ赤らんだ。とはいえ、本音を言えばこの名前は結構好きだ。今に名前負けしないレディーになるぞという意気込みも湧いてくる。

「し、白鳥、香恋ですっ」

思い切って告《つ》げると、一瞬、不思議な沈黙があった。

よく聞こえなかったのか、あるいは本気にされなかったのかと思い、香恋はもう一度繰り返した。

「あの……白鳥香恋ですが」

はっと弾《はじ》かれたように、タカツカサがイヤフォンに手を添える。

「え、ああ、――お待たせしました。お客様のお名前は白鳥香恋様。ご自宅まで送っていただけますでしょうか、よろしくお願いします。では」

何？　今までこの名前では色んな反応を見てきたけど、こんなのは初めてだぞ。

しかしその疑念は、今の電話がタクシーの予約だとわかったとたんに吹き飛んだ。

「あの、そこまでしてもらう意味がわからないんですけど。だいたい私、お金とか持ってないし」

「社長の気まぐれで車にお乗せしたのですから、最後まで送り届けるのは当然でございます」

香恋の声を遮《さえぎ》るようにタカツカサは言った。

「生憎《あいにく》私も仕事がございますので、病院の前で失礼させていただきます。必要な手続きなどは全て済ませてございますので、受付ではこの名刺をお出しください」

運転席から名刺を差し出されたので、香恋は仕方なくそれを受け取った。そして目を見開いた。

総合警備保障　株式会社ライフガーディアンズ（ＬＧＳ）

東京本社　総務部秘書課　主任　鷹司脩二《たかつかさしゅうじ》
「……ライフガーディアンズ……あの、もしかして、ＣＭとかでよくやってるあの会社ですか！」

「ご存知でいらっしゃいますか」

「はい、はい。大ファンです。あ、会社じゃなくて、ＣＭに出てる元柔道選手の」

「……小杉《こすぎ》選手ですか」

「そうそう、絢《あや》ちゃん！」

香恋は目を輝かせて頷《うなず》いた。

オリンピックで三回連続金メダルを取った小杉絢。通称、絢ちゃん。初めて金メダルを取ったのは、なんと高校一年生の時だ。その愛くるしい笑顔で一躍《いちやく》人気者になった彼女は、今から三年ほど前に現役を退《しりぞ》き、タレントに転身した。

「もーっ、昔から大ファンなんですよ。絢ちゃんのことなら、大抵のことは知ってます」

ライフガーディアンズに関しては、何をしている会社なのかさっぱりわからないが。

「それに私、絢ちゃんに憧れて柔道を始めたんです。握手してもらったこともあるんです。すごい、すごい、あの絢ちゃんがCMに出てる会社なんて。これ、マジ運命じゃないですか！」

ここで香恋は、自分の封印していた過去を、無意識に口にしてしまったことに気がついた。

「――あ、まぁ、柔道やってたっていっても、ちょっとかじってたというか、たしなんでいた程度で」

「先ほどの方はライフガーディアンズの代表取締役社長で、創業一族直系の御曹司《おんぞうし》でございます」

香恋の話に興味がないのか、鷹司はあっさりと話題を変えた。

「ですから、お礼は結構ですし、もう二度とお会いする機会もございませんでしょう」

辛辣《しんらつ》な言葉は、丁寧《ていねい》な口調で言われるとよりキツくなるものだと香恋は知った。

そりゃ……そんな雲の上の人に普通に会えるとは思えないけど、でもでも、その人がもしかしたら、私の運命の人かもしれないじゃない。

だって、白いベンツに乗って現れた。こじつけだけど、白馬の王子様みたいだった。

さらに言えば、憧れの小杉絢も絡んでいる。柔道を始めた時のように、これってもしかして、自分の人生の転機かもしれない。そう思った香恋は、衝動的に口を開いていた。

「どうしたらいいですか」

「はい？」

「たとえばですね。私が鷹司さんみたいに、あの人の傍《そば》に——つまり、秘書になるためには、どうしたらいいですか！」

「…………はい？」

たっぷり一分ほど鷹司は黙っていた。香恋はドキドキしながら彼の言葉を待っていたが、やがて病院の看板が右斜め前方に見えてくる。

「お客様、病院に着きました。エントランスに車をつけますので、お忘れ物のないようご注意ください」

え、何、無視ですか。

そりゃあ、馬鹿なことを訊《き》いてしまったとは思っているけど。

鷹司はきっちりエントランス中央に車を停めると、先に車を降り、優雅な動作で後部座席の扉を開けてくれた。

「……ありがとうございます」

嫌な奴だけど、今夜、窮地《きゅうち》を助けてもらったことだけは間違いない。ぺこり、と頭を下げて車を降りようとした時だった。

いきなり鷹司がドアに片手をかけ、香恋の前に立ち塞《ふさ》がった。

びっくりして見上げると、鋭く光る怖い目が、香恋を見下ろしている。

「お前、高校、何年生だ」

口調までもガラッと変わる。香恋はドキリとして、顎《あご》を引いた。

「さ、三年……あっ、そういえば就活中です！」

そうだ。ライフガーディアンズに就職するという手があった。しかし鷹司は、いかにも馬鹿にしたように鼻先で笑った。

「もう来年の採用枠は埋まってる。というより、高卒は本社じゃ採らない。うちの会社に来たけりゃ、大学に行くんだな」

え、無理……。卒業すら危うい成績なのに、そんなの、逆立ちしたって無理に決まってる。

「はっ？」

「逆立ちしても無理なら、バク転でもしたらどうだ」

何、この人。さっきから、私の内心ズバズバズバズバ言い当ててない？

「仕事柄、人の気持ちを先読みするくせがあるんだよ」

鷹司は腕を組み、眉間にかすかな皺《しわ》を寄せた。

「秘書の仕事を舐《な》めるなよ。お前みたいな根性なしに務まるような甘い仕事じゃない。二十四時間自分を殺してひたすら相手にサービスしつつ、複数の頼まれ事を同時進行でさばいていくんだ。高度な事務処理能力はもちろん、コミュニケーション能力と忍耐力、

ですけど。

香恋はぐっと言葉に詰まる。そりゃ、今言われた能力なんて、ひとつも私にはないで

柔軟で迅速なトラブル処理能力が必要とされる。お前みたいな女には、まず無理だ」

「お、お前みたいな女にって、初対面のあなたに、私の何が」

「わかるね。ただ怠惰《たいだ》に日々を過ごしているだけの女子高生。短気で思慮《しりょ》が浅く、今の環境に漠然《ばくぜん》とした不満はあっても、それをなんとかしようという気はない。低いレベルに順応する力はあるみたいだがな。そんな奴には、夢も希望も未来もない。俺から見れば、最低の人種だ」

香恋は唖然《あぜん》としたまま、男の顔を見ていた。

そこまで、言う？——初対面の女子高生に、そこまで言う？

本当にこいつ、最低だ。今まで色んなことを色んな人に言われてきたけど、ここまで徹底的に全否定されたのは初めてだ。ドアから離れた鷹司に向かって、香恋は言った。

「行きますよ。大学」

そして車を降り、拳《こぶし》を握りしめる。

「行きますよ。そしておたくの会社に就職します。絶対に社長の秘書になります」

今度は、鷹司が呆れたような表情になる。

「ま、頑張るんだな。無駄な努力が好きならば」

「言っときますけど、努力は必ず報《むく》われるんです！」

そう口にしたとたん、香恋は自分の言葉に驚いて瞬《まばた》きをした。その言葉はかつての香恋の座右《ざゆう》の銘《めい》であり、そして自分で捨て去った言葉でもあったからだ。

努力は、報われない。それが一年前の理不尽な事件で、香恋が学んだ教訓である。

一瞬眉根を寄せた鷹司は、しかしすぐに冷笑を浮かべた。

「じゃあ俺も言わせてもらうが、その言葉を吐けるのは、人生の勝者だけだ」

「だ、だから、今はそうかもしれないけど」

「この世には報われない努力もある。もっともお前には、それを口にする資格すらないんじゃないか」

え、何。――どういう、こと？

「じゃあな。もう二度と会わないで済めばいいな。お互いに」

「あっ、あの、鷹司さん」

もしかして私のこと――知ってるんですか？

その時、昏《くら》い眼差《まなざ》しが香恋をとらえたような気がしたが、鷹司は何も言わずに車に乗りこんだ。駆け寄った香恋の目の前で扉が閉まる。

白いベンツが夜の闇に消えていく。香恋はしばらく身動《みじろ》ぎもできず、その場に立ち尽くしていた。

第一章　新入社員と鬼上司

「え？　じゃあ五月にもなって、今日が初出勤ってこと？　しかも午後から？」

携帯を耳と肩で挟んだまま、香恋はその言葉に頷《うなず》いた。

「そう。とにかく最初の一ヶ月は研修ばっかでさ。今日の午前中も説明会と社内見学で——あ、もうそろそろ電話切ってもいい？　昼休憩終わっちゃうから」

言葉を切った香恋は、残りのサンドイッチを野菜ジュースで流しこんだ。

「しっかし、香恋がＯＬさんねぇ」

電話の相手——親友の前田藍は、心底感心したような声で言った。その背後で「カツ丼上がり」と威勢のいい声が聞こえるのは、実家の定食屋の手伝いをしているからだろう。

「あの香恋が大学に行ったことさえ天変地異《てんぺんちい》の前触れかと思ったけど、まさかまさか、テレビでもおなじみの有名企業に本当に就職しちゃうとはね。世の中何が起こるかわかんないもんだ」

「まぁ、なんつーの？」

「……運命！」

ロマンス小説が三度のご飯より好きな藍と、その影響を幼少時から否応《いやおう》なしに受け続けてきた香恋は、そろって黄色い歓声をあげた。

隣のベンチに座るサラリーマン風の男から、ちょっと迷惑げな目を向けられる。香恋は慌てて口を押さえ、ぺこりと小さく頭を下げた。

五月の陽光の下。川沿いにある小さな公園。可愛いベンチが点在し、背後のビル群が芝生に影を落としている。ここは、昼休憩ともなればオフィス街から流れてきたＯＬやビジネスマンたちの憩《いこ》いの場となるようだ。入社式以来、ずっと外部の施設で研修を受けていた香恋にとって、こんな小洒落《こじゃれ》た場所でランチを取るのは、今日が初めてのことだった。

「まぁ、努力は報《むく》われるってことだよね」

香恋は出来上がったばかりの名刺をポケットから取り出し、しみじみと呟《つぶや》いた。

総合警備保障　株式会社ライフガーディアンズ（ＬＧＳ）

東京本社　総務部秘書課　第二係　白鳥香恋

この肩書を手に入れるために、これまでどれだけ血の涙を流したかは語るまい。

故郷の人たちからは、奇跡とまで言われた大学進学。浪人時代には体重が四十キロを切り、血尿が出て、十円ハゲが三つもできた。そして大学進学後も辛かった。生活費は自分で稼《かせ》ぐという条件で県外の大学に行かせてもらったから、勉強の合間にバイトをし、バイトの合間に勉強をした。——まぁ、語ってしまったが、それくらい苦労したのである。

「香恋、でも気をつけて」

じゃあそろそろ——と香恋が言いかけた時、不意に電話の向こうの親友が言った。

「なんだろ、つまり、何もかもトントン拍子にいきすぎて、逆に少し怖いってこと。大学合格までは確かに香恋の努力だけど、就職って個人の努力だけじゃ無理なところがあるじゃない」

「まぁ、そうかもしれないけど」

「内定まではギリでありとしても、希望通り秘書課配属ってのが、どうもね。何か、見えない力が働いてるような気がして」

「……それって、五年前のこと？」

ちょっと声のトーンを下げて香恋は訊《き》いた。五年前——白の王子と、黒の爺《じい》に助けてもらったあの夜の出来事。香恋の人生を変えるきっかけとなった、あの夜のことである。

「見えない力って、もしかしてその時の社長さんが私を秘書課に推薦《すいせん》してくれたとか？　だったら逆に嬉しいけど、その線は薄いと思うよ。……だって」

当時社長と呼ばれていた白の王子は、すでに、ライフガーディアンズにいないのだ。

白の王子――冷泉総一朗《れいぜんそういちろう》、三十六歳。ＬＧＳの創業者の玄孫《やしゃご》で、ハーバード大学卒。三年前に代表取締役を辞し、現在は関連企業の最高顧問職に就《つ》いている。父親はＬＧＳの元会長、母親は国内最大手自動車メーカー会長の娘で、どちらも他界しているようだ。

正直言えば、そんな経歴なんて知らなきゃよかったと香恋は思った。

まさに、雲の上の上の人。逆立ちどころかバク転したって無理である。何が――と問われれば、言葉を濁《にご》すしかないが、まぁ、つまり恋的なものだ。あの夜、香恋は恋に落ちたつもりなのである。

「いや、その線もあるかもしれないけど、私が気になるのは白じゃなくて、黒の方だよ」

藍の言葉に、香恋はドキッとして眉を上げた。黒の方――鷹司脩二。

「そいつ、香恋のこと、昔から知ってた感じだったんでしょ」

「それは――あれだよ、私が勝手にそうかなって思っただけで」

言葉を切って、香恋は少しだけ憂鬱《ゆううつ》なため息を吐《つ》いた。

（この世には報《むく》われない努力もある。もっともお前には、それを口にする資格すらない

んじゃないか）

あの言葉は、五年経った今でも耳に残って離れない。認めたくないが図星であり、当時の香恋にとっては、心がえぐられるような一言だった。

「ただ、その鷹司さんだって、今は本社にいないからさ」

「あれ、そうなの？」

「言わなかったっけ。三年前に海外に異動になってる。今も向こうにいると思うよ」

冷泉社長の辞任に合わせるように、彼もまた、三年前にロンドン支社に異動になっていたのだ。

それには正直、かなりほっとした香恋なのだった。冷泉元社長には会いたくても、あの男にはあまり会いたくない。

「そっか……。じゃあ、私の思い過ごしかな。もしかしてその鷹司って奴が、意図して香恋を秘書課に呼んだんじゃないかって思ったから」

「は？　意図？　なんの？　あの人とはあれ以来会ってないのに？」

「ま、なんにしても気をつけて。ロマンス小説だって、上手くいきすぎた後には、落とし穴が待ってるものだからね。とにかく鷹司には要注意、これは親友としての忠告だよ」

五月晴《さつきば》れの空の下、本社ビルが見えてくる頃には、香恋はすっかり親友の忠告を忘れていた。

株式会社ライフガーディアンズ——通称LGS。五年前には何をやっている会社かまるで関心のなかった香恋だが、もちろん今は知っている。東京赤坂に十一階建ての自社ビルを持ち、全国に三百近くの支社を持つ。資本金二百億円強の、国内最大手の総合警備会社である。

個人、法人向けのセキュリティー商品の販売。警備輸送。警備員の派遣。そして建物の総合管理。業務内容は多岐にわたる。

今も本社ビルの巨大看板では、LGSの警備員服に身を包んだ小杉絢が微笑《ほほえ》んでいる。

〈あなたの人生をがっちり守る。総合警備保障ライフガーディアンズ〉

テレビで何度も耳にした宣伝文句。本当に夢みたいだ、その会社に自分が入社できるなんて。

高級ホテルのようなエントランスで警備員に社員証を見せて自動ドアをくぐると、そこには大理石のフロアが広がっていた。天井から吊り下げられているのは小杉絢の巨大看板である。

エレベーターで秘書課のある十階に降り立った香恋は、「おうっ」と外国人みたいな感嘆の声をあげた。すごい、ふかふかの絨毯《じゅうたん》が廊下にまで敷き詰めてある。

ここが選ばれた人間しか入れない特別な空間だと、改めて思い知らされた瞬間だった。そして自分は選ばれたのだ。それは――かなりすごいことではないだろうか。

高級感あふれる木製の扉を開けると、そこもまた想像以上に華麗な空間だった。靴が埋まるほど毛足の長い絨毯《じゅうたん》。ずらっと並んだマホガニーのデスク。革張りのチェア。

なにより驚いたのは、そのデスクに座る女性たちの美しさだ。全員が目を見張るほどの美女である。髪のセットも、メイクも完璧。花畑のような色とりどりのスーツ。

「あ、あの、はじめまして。わたくし、今日からこちらに配属されました、白鳥」

さすがに緊張した香恋が、そこまで言った時だった。すっと顔を上げた数人が、その視線を再び下げた。まるで「あら、関係ない人が来たわ」と言わんばかりに。

――え、何、このアウェー感。

「あ……、苗字は白い鳥と書きまして、今日から私、皆さんの同僚になる……んですよね。名前は、いつも名前負けしてるって言われるんですけど」

「サクマさぁん」

香恋の言葉を遮《さえぎ》るように、一番手前のデスクに座っている巻髪の女性が声をあげた。

ん、サクマ？

「あ、いえ、私はサクマではなく」

香恋がそう言うと、女はふいっと左の方に顔を向ける。

「ちょっと、サクマさん、この子早く連れてってよ。何か勘違いしてるみたいだから」

え、勘違いって？　え？

「サクマ係長なら今、外だ」

低い声が背後から割って入った。

香恋のすぐ後ろ、今、入ってきたばかりの扉の側――そこに立っていたのは、香恋を見下ろすほど背の高い男である。

「たか……」と言ったきり、香恋は言葉が出てこなくなった。

まさか、なんで……ロンドンに異動になったはずの人が、どうして、ここに。

ワックスで軽く流しただけの硬そうな髪、周囲を威圧するような鋭い眼差《まなざ》し。五年前と変わったのは、チタンフレームのシャープな眼鏡をかけているということだけ。

たったそれだけの変化が、鷹司脩二を五年前の何倍も知的に――そして冷淡に見せていた。

「課長、お戻りになられたんですか」

すかさず、先ほどの巻髪の女性が立ち上がった。首にかかった名札には、志田遥《しだはるか》と書かれている。声も態度もガラリと変わり、別人のように愛想がいい。

しかし、別人になったのは志田遥だけではなかった。

「お帰りなさい。課長」「今、お茶でもお淹《い》れします！」

全員が、スイッチでも入ったかのように満面の笑みになったのは、何故……？

「いい。加納《かのう》社長と一緒に、すぐ外に出ることになった。ヤナギ主任は？」

「あ、主任は今、第二の方に」

「じゃあすぐに呼んでくれ」

鷹司はそれだけ言うと、突っ立っている香恋の傍《かたわ》らをすり抜けた。

鷹司の大きな肩、広い背中、スーツに包まれた長い手足。香恋はまだ、言葉が何も出てこない。

「突っ立ってないで、さっさと挨拶《あいさつ》にでも行ったら？」

志田遥が横目で香恋を見ながら、つっけんどんな声で言った。

「新任の課長の挨拶があるから十二時集合、って連絡あったでしょ。もう一時じゃない。初日から何、遅刻してんのよ」

「え、聞いて、ない……って、新任の課長って？」

思わず聞き返した香恋に、遥はさも不機嫌そうな目を向けた。

「前の課長が昨日付で退職したの。てか、馴《な》れ馴れしくタメ口なんてきかないでよ。第二のくせに」

「第二……？」

「あなた、――白鳥さん、こちらに来て。新任の課長を紹介します」

不意に、奥の方から凛《りん》とした美声が響いた。弾《はじ》かれたように顔を上げた香恋の視界に、声の印象以上に綺麗な女性が現れた。

身長は百七十センチくらい。八頭身で顔が人形みたいに小さく、髪は後ろでひとつに束ねられている。

一体どこから現れたのだろう。さっきまで、こんな人はいなかった。この人がいるだけで、言っては悪いが、他の女性たちが一気にかすんで見える。

一瞬ぼうっとした香恋だが、その人の背後に鷹司の姿を見つけて、たちまち顔が引きつった。室内最奥に置かれたデスクについた鷹司は、両肘をついて指を組み合わせ、刺すような眼差《まなざ》しで香恋を見つめている。

「私はここで主任をしている柳《やなぎ》です。よろしく、白鳥さん」

おずおずと歩み寄った香恋に、美しい人はそう言って微笑《ほほえ》みかけた。彼女の名札には、柳杳子《とうこ》と書かれている。すごい、声も顔も綺麗な上に、名前まで美しいなんて。

「こちらは鷹司脩二課長。数年前まで、本社の秘書課、企画部で活躍されていました。その後、ロンドン支社の統括部長をなさっておいででしたが、急遽《きゅうきょ》、本日付で本社の秘書課長に就任なさいました。企画部の戦略担当室長と兼務なので不在のことも多いと思いますが、その分は私がフォローすることになります。鷹司課長、こちらは」

「お前、化粧は？」

いきなり鷹司が香恋に向かって口を開いた。

え、――化粧？　化粧って言った？

香恋は、戸惑いながら柳を見た。しかし柳は、どうぞ？　と言わんばかりの笑みを浮かべて鷹司の背後に退《しりぞ》く。まさかと思うけど、二人で会話しろってことだろうか。

「化粧って……メイクの、ことですか」

質問の意味がわからなくて聞き返したのだが、鷹司は酷《ひど》く冷淡に笑った。

「メイクか。おやじくさい言い方で悪かったな」

言うなり、鷹司は無造作に机を叩いた。その音は、静かな室内に思いの外大きく響く。

「ここで仕事をする気なら、食事の後は口紅くらい塗り直せ。みっともない面《つら》で、間違っても客の前に顔を出すな！」

香恋は、驚きとも憤《いきどお》りともつかない感情のまま、ただ唖然《あぜん》と口を開けた。

何、それ。なんなの、それ。確かに浮かれて、メイク直しを忘れたことは認めるけど、それを男性が――上司が、皆の前で大声で言う？

「それから、遅刻だ」

たたみかけるように、鷹司は続けた。

「時間厳守はな、社会人として最低限のルールだ。いいか、連絡事項には必ず目を通せ。意識を常に周囲の状況に向けておけ」

それだけ言って席を立った鷹司は、突っ立っている香恋を無視して歩き出す。

香恋はとっさに、鷹司の背を追った。

「ちょっと待ってください。あのですね。——私、本当に聞いてないし、知らなかったんです」

新任の課長が来ることも、そのために十二時集合になったことも。

「知っていれば、遅刻なんて絶対にしません。それで叱られるのは、納得できません」

「なるほどな」

振り返った鷹司は、眼鏡越しの冷たい目で香恋を見下ろした。

「今の最低な受け答えだけで十分だ。もう用はない、とっとと自分の部署に戻れ」

は——？

「五年前、お前は社長秘書になりたいと言ったな？　あの時にも言ったが、今改めて言ってやる。お前には無理だ」

それは、香恋を侮蔑《ぶべつ》するような冷ややかな口調だった。

「大恥をかく前に、さっさと荷物をまとめて田舎に帰るんだな。——挨拶《あいさつ》は以上」

鷹司は柳主任を促《うなが》すようにして、外に出て行った。

取り残された香恋の背後では、ひそひそと不穏な囁《ささや》きが聞こえる。

「何、あの子、鷹司課長と知り合い？」

「社長秘書になりたいって……馬鹿なの？」

――最低だ。……何、余計なことを暴露してくれたんだろう。

あいつは悪魔だ。五年前はモヤモヤとした疑念だけだったけど、今ならはっきり言える。どんな理由からかは知らないけど、あの男は私を、心の底から嫌っているのだ。

「やぁやぁ、すみません、すみません、遅くなりまして」

その時、間の抜けた声が、その場に響いた。

振り返った香恋の前に、ひどく猫背の初老の男が立っていた。目も眉も細く、髪は白髪《しらがま》交じりの短髪。よれよれのシャツにねじれたネクタイ。言っては悪いが、見るからに貧相な男である。

首にぶら下がった名札には、佐隈信《さくましん》、と書かれている。――わかった。この人がサクマさんだ。

「新人さん、来ましたか。挨拶《あいさつ》はもう？　そうですか。はいはい、じゃ、行こうか白鳥さん」

痩《や》せぎすで丸まった背中が、すたすたと左の壁に向かって歩き出す。いや、よく見ればそれは壁ではなく、壁と同色のパーティションだ。――そこに、小さな扉がある。

佐隈の枯れ枝みたいな指が、ノブを掴《つか》んで扉を開けた。

「はい、ここが君の職場ね。秘書課第二係、通称第二」

目の前に広がっているのは、先ほどまでいた部屋の七分の一程度の広さの空間だった。床は灰色のリノリウム。どうやら絨毯《じゅうたん》は、きっちり扉のところで途切れているようだ。

室内には、なんの変哲《へんてつ》もない事務用デスクが三つ。そのひとつに目を向けた香恋は、ぎょっとして足を止めた。長い黒髪がデスク一面に広がっている。まるで、昔見たホラー映画のようだ。テレビの中から髪を垂《た》らした女の人が這《は》いずり出てくる、あの感じ――

その黒髪デスクの背後を、佐隈はスタスタと通り過ぎた。

「彼女、フジコさんね。不二子《ふじこ》ちゃんじゃないよ。漫画家の方。苗字だからね。ベテランなんで、経理のことは彼女に教えてもらってください――藤子《ふじこ》さん、昼休憩とっくに終わってるよ」

爆睡しているらしい藤子さんは、それでも目を覚まさない。仕方なく香恋は頭だけを下げ、そして慌てて、佐隈を追った。

「ちょ、どういうことなんですか」

「どういうこととは？」

ようやく佐隈が足を止めて振り返る。真面目なんだか笑っているんだかわからない佐隈の顔に、香恋は一瞬、どうリアクションしていいかわからなくなる。

「だって――おかしいじゃないですか。同じ秘書課なのに、違いすぎるっていうか。差がありすぎるっていうか。つまり向こうはセレブで、こっちは貧乏ですか？」

「普通だよ」

佐隈はちょっと目を丸くして香恋を見た。

「ここが、ごく普通の職場で、あちらさんが豪勢なだけ。第一が表で第二が裏ってだけの話」

「裏……？」

うんうんと頷《うなず》いて、佐隈は係長席にちょこんと座った。

「第一さんが、重役連中のお守《も》りを表立ってする立場なら、第二はそのサポート役。会場や車を手配したり、経費のチェックをしたり、給与や手当てなんかの庶務的な作業をしたり……」

少しの間天井を見上げた佐隈は、これ以上考えるのを放棄するみたいにパソコンを開いた。

「まぁ、つまるところ、同じ秘書課でも、第一と第二はやることがまるで違うってこと。あと基本、第二は第一の部屋に入れないから、そこんとこ間違えないようにね」

「は？　入れない？」

「第一には、役員や来客が頻繁《ひんぱん》に出入りするんだよ。第一の奥に役員専用のフロアがあって、来客なんかは、必ず第一を通過するようになってるからね」

香恋はポカンと口を開けた。

「つまり、……第二の私がいては、来客応対の邪魔になると……」

「邪魔っていうか、ズバリ、目障《めざわ》り。秘書課の品格の問題ね。もう知ってると思うけど、うちの会社に取締役は七人いて、その半分くらいが創業一族の親族なの。つまり、超セレブ。で、セレブの客もまたセレブ。もっとはっきり言えば、貧乏人は第一にお呼びじゃないって話」

香恋は開いた口を閉じることも忘れていた。嘘でしょ。同じ職場で、そんな格差、アリ？

ちょっと……この待遇といい、先ほどの新任課長鷹司の、人を人とも思わない態度といい……

親友である藍の予感は、見事に当たりだ。ここは最悪の職場だった。

「それにしても、さっきは残念だったね」

鼻歌まじりに、佐隈はパソコンのキーボードを叩き始めた。

「さっき、と言いますと」

「ん？　鷹司君、あ、クンじゃないか、鷹司課長」

慰《なぐさ》めてくれるのかと思った香恋は、つい身を乗り出していた。

「そうですよね。酷《ひど》すぎですよね。私、本当に時間変更のことなんか聞いてないんですよ」

「そりゃそうだ、僕が伝え忘れたんだから」

へ……？　あの……、なんですと？

「ああいう時にどう切り返すかで、君の印象も随分《ずいぶん》違ったんだけどねぇ。上司の言葉を別の言葉で言い直したり、頭から反論したりするのはまずいよ。せっかく柳主任にアピールするいいチャンスだったのに」

思わぬ言葉に、香恋は眉を寄せた。

「……どういう意味ですか」

「どうもこうも、君、秘書希望なんでしょ？　もちろん第二も秘書課には違いないんだけど、いわゆる秘書的業務は第一の仕事で、第二に秘書はいないからね。で、第二から第一に上がるには、柳主任の推薦《すいせん》がないと絶対に無理なんだよ。これは昔からの秘書課の伝統っていうか掟《おきて》みたいなものなんだけど、現場秘書のトップは主任で、主任の采配《さいはい》には、課長も口を出せないからね」

そうだったんだ――あの美しくて優しそうな人が……鷹司よりもある意味、上？

「で、その柳主任は君の目指す社長秘書で、超多忙だからね。君が主任にアピールする機会ってそんなにはないわけだ。これからは少しのチャンスにも目を光らせてないと、君、永久に第二だよ」

それだけ言うと、佐隈は、再び鼻歌まじりにパソコンのキーボードを叩き始めた。

◆

「で？　結局最初の挨拶《あいさつ》は、鷹司って奴があえて香恋にくれたチャンスだったたってこと？」

「まぁ、そうだったのかもしれないけど――」

二週間ぶりに郷里の親友、前田藍とスカイプで会話をしていた香恋は、ふぅーっと大きなため息を吐《つ》いた。

会社からほど近い1Kの独身寮。築三十年以上のオンボロで、やたら門限に厳しいこの独身寮を利用しているのは、同期の女子の中では香恋一人らしい。

「いや、やっぱり違うと思う！」

その後の仕打ち――秘書課第二係に配属されてから今日までの二週間を振り返り、香恋はきっぱりと言って拳《こぶし》を握りしめた。

佐隈があんなことを言ったから、「チャンスをくれたの？」と少しだけ思ったのもつかの間、鷹司はやっぱり最悪だった。柳主任がいるいないにかかわらず、些細《ささい》な事で香恋を呼び止めては、説教、厭味《いやみ》、説教、厭味。そして怒涛《どとう》の雑用投下。重箱の隅をつくようなミスの指摘……

説教の最後は、必ず「辞表ならいつでも受け取るぞ」とか「いつ実家に帰るんだ？　繁忙期は特急料金が二百円増しだから、早く決断したほうがいいんじゃないか？」といった強烈な皮肉で締めくくる。

「やっぱりこれって、イジメ？　復讐？　私、知らないうちにあいつの恨みを買っちゃってる？」

「まぁ、話聞く限り、イジメとは少し意味合いが違う気もするけどなぁ」

案外冷静な藍はそう言って、ちょっとだけ考えるように間をあけた。

「なんだったら、そっちに行こうか。私」

「それはいい」

香恋は即答で断った。藍が出てくると、色んな意味で大変なことになる。

「まぁ、いいや。私が乗りこむのは最後の手段として。それで同じ係の人たちはどうなわけ？　ちゃんと香恋の味方になってくれてるの？」

「うん……まぁ、二人ともいい人っちゃあ、いい人なんだけど」

第二係は香恋を入れて三人しかいない。係長の佐隈と、先輩社員の藤子さんこと藤子華《はな》だ。

佐隈は第二係長歴十年。超マイペースの変わり者で、味方でもなければ敵でもない。香恋がちょっと引っかかっているのは、初日に髪を広げて爆睡していた藤子さんだ。三十五歳。独身。ほわんとして案外可愛らしい人だが、どうも微妙に避けられているのかな、という気がする。無視されているわけではない。挨拶《あいさつ》程度の会話もする。ただ仕事に関しては――無関心、というより思いっきり見て見ぬふりをされているようなのだ。

「まぁ、佐隈係長と藤子さんは経理担当で、私とはやってることが違うから。その点ではあまり頼りにはならないんだよね。だから味方っていうのも、ちょっと」

「ん？　じゃあ、香恋は一体何やってんの？」

「私の仕事は、その他全般。雑用係ってとこなのかな」

香恋は、再び天井に向かって嘆息《たんそく》した。

「お茶出し、会議室の手配、片付け、コピー……まぁ、なんでも屋みたいな感じだね。第一係のお手伝いみたいな。少しでも手が空いたら、鷹司からすぐに仕事が降ってくるし」

「どんな仕事が降ってくるの？」

「もう思いつく限りなんでもって感じ？　荷物のお届け、手紙の代筆、出てもない会議の報告書の作成、英文レターの翻訳——できるわけないよね? とにかく、それを超早口で一気に言われるの。ちょっとでもメモを取り忘れたらたちまち雷。鬼よ、鬼、あの男は鬼なのよ!」

しまった。また感情的になってしまった。香恋はごほん、と咳払《せきばら》いをした。

「まぁ、色々言ったけど、とりあえず私は大丈夫。とにかくそいつ——鷹司のことを思い出すとね。なんだろ。もう、腹の底からフツフツと? やる気が湧いてくるのよ」

どんな厭味《いやみ》にも、酷《ひど》い扱いにも、絶対に音《ね》を上げたくない。

とりあえず社長秘書の夢は置いておくとして、あの男——鷹司脩二に、たった一言でいい、「よくやった」と言わせたい。

「そうだ、それにすっごい素敵な人がいるんだよね。柳主任っていって、社長秘書。女の人なんだけど、もう超素敵、超かっこいいの!」

「……ああ、香恋は基本、すぐ誰かに憧れるからね……」

今度は藍がため息を吐《つ》いた。

「まぁ、仕事のことは心配してないよ。なにしろ香恋は、うちの父ちゃんお墨付きの働き者だから。高校の時だって、うちの店で売り子やったり、原チャの免許取って出前行ってくれたり」

「そりゃ藍のおっちゃんにはお世話になったからさ。子供の頃からご飯食べさせてもらったし」

それに、あの事件ではすごい迷惑をかけてしまった——蒸し返すと藍が怒るから言わないけど。

「問題は、目先のことに夢中になるあまり、すぐに本質を見失うってことだよ。柔道だって最初は小杉絢のおっかけだったのが、頭数合わせで試合に出されて、あれよあれよと代表選手に」

「そりゃ、絢ちゃんみたいになりたいと思ったからだよ！」

女子柔道界に燦然《さんぜん》と輝くひとつ星、小杉絢。香恋は子供みたいに目を輝かせた。

女子高生が金メダルをゲットしたことで、日本国中がにわか柔道ブームに沸《わ》いたあの頃——香恋はまだ小学校に上がる前だった。以来、小杉絢はずっと香恋の憧れの人だったのである。

「握手してもらった時のことは、今でもはっきり覚えてるよ。その頃、私は中学生で——絢ちゃん、色々バッシングとかあったけど、翌年のオリンピックで三度目の金メダルを取ったんだよね」

当時の小杉絢はオリンピック出場が危ぶまれるほど成績が悪く、その上恋人との手つなぎデートが写真誌に掲載されたため、マスコミから手のひらを返されたように叩かれていたのだ。

「いや、だから今はそういう話をしてるんじゃ……あ、ごめん香恋、ちょっと待っててくれる？」

多分店の手伝いだろう。藍が画面から消えたので、香恋は所在なく仰向けになった。

藍と香恋は幼稚園の時からの幼馴染《おさななじみ》で、小中高と全て同じクラス。共に父子家庭で父親同士の仲も良かったため、幼い頃から姉妹同然に暮らしてきた。

柔道一筋、町の猛犬と呼ばれた香恋と、ロマンス小説の熱心な愛読者で、誰もが振り返るほどの美少女の藍。対照的な外見を持つ二人は、力関係でいえば香恋の方が下だった。

藍はとにかく、外見に反して勇ましいのだ。小さい頃から彼女の父親が営む肉体労働者向けの定食屋を手伝っていたせいか、いざという時の男らしさは半端ない。もしかして中身はおっさん？　と思うことさえある。おせっかい度も半端なく、恋愛事と見れば目の色を変えて介入してくる。ちなみに、藍が介入してきた恋愛は上手くいった試しがない。

「香恋、お待たせ。あれ、香恋？」

親友を待つ間に、香恋はいつしか眠りに落ちていた。

ああ、明日も頑張らなくちゃ。早くあの鬼上司を見返して、よくやったって言わせるんだもん。それまで、絶対、辞めたりなんかしない……

◆

「――模様」

新聞から顔も上げずに鷹司は言った。

朝。秘書課第一係。課長席に湯呑みを置いて立ち去ろうとした香恋は、足を止めて首をかしげた。

「模様といったら湯呑みの模様。お前の耳は飾りか？」

しまった。お茶の温度から出し方、手の添え方まで完璧だったのに、また、そこを忘れていた。

「う、……申し訳ありません」

香恋は作法通り頭を下げ、湯呑みに手を添えて向きを変えた。模様がお客様の前になるように――相手はお客様ではなく、課長なのだけど。

新聞をデスクに置いた鷹司がようやく顔を上げる。チタンフレームの下の冷たい目は、今朝は一段と不機嫌そうだ。

「不思議なもんだよな」

湯呑みを長い指で掴《つか》み、唇に軽くつけてから鷹司は言った。

「お茶なんて茶葉に湯を注《そそ》ぐだけだろ。誰が淹《い》れても同じ味のはずなのに、どうしてなんだろうな」

「どうして……と、おっしゃいますと」

「ただの煎茶《せんちゃ》も淹れ方によっては玉露《ぎょくろ》のようになるし、最高の玉露も淹れ方によっては出がらしになる。これは本当にいい見本だよ」

——言いたいことがあるなら、はっきり言ってくださいよ！

香恋は心の声をぐっと呑みこんだ。これも朝の恒例行事。どうせ何を出したって、鷹司が厭味《いやみ》以外の言葉を口にすることはないのだ。

「それからついでに言うけどな。昨日回ってきた今月の業務報告書。あれ、日本語じゃないよな」

「……は？　どういう意味ですか、それ」

思わず反論めいた言葉が漏《も》れた。首をかしげた鷹司がおもむろに口を開く。

「申し訳ございません。仰《おっしゃ》っておられる意味が、私の頭ではわかりかねるのですが。——はい」

背中に隠した両拳《こぶし》を握りしめ、香恋は引きつった笑顔で鷹司の言葉を復唱した。くっそお……本当に覚えてろよ、この男。

「業務報告書のお前のレポート。日本人の俺に読めなかったから、てっきり日本語じゃないと思ったんだが？　なぁ、あれは一体何語だったんだ？」

　課長席の前に立つ香恋の背後からは、秘書たちの抑えた笑い声が聞こえてくる。

　もう駄目。もう限界。毎度のことながら、このあたりが限界だ。香恋は顔を上げていた。

「鷹司課長。お言葉を返してよろしいのなら、私は日本語以外の言語を知りません」

「堂々と言うな。バーカ。ここにいる全員が、少なくとも英検一級は持ってんだよ」

　だん、と鷹司の手がデスクを叩いた。ひっと香恋は首をすくめる。

「お前、当然英会話くらい勉強してるんだろうな」

「き……基礎英語Ⅱくらいは」

「はぁ？　中学生か。それで社長秘書になりたいなんてよく言えたもんだ。いいか、時代は今」

「いっ、今は時間もお金もないんです。もうちょっと余裕ができたら、英語くらい習いにいきますよ」

　長い説教の前触れを予感し、香恋はとっさに反論した。鷹司がむっと眉を寄せる。

「給料、ちゃんともらってるよな。多少高く思えても、自己投資はビジネスマンの基本だぞ」

　わかってます。わかってますけど——色々、言いたくない事情もあるんですよ。

だいたい英会話を習おうにも、毎日残業で帰宅は夜の十時すぎ。今は、仕事だけで一杯一杯だっていうのに。

課長席のすぐ傍《そば》には、憧れの人、柳主任のデスクがある。その席に座る柳は、こちらの会話を聞いているのか微笑《ほほえ》んでいる。それが、一番恥ずかしい。

その柳が、くすくすと笑いながら立ち上がった。

「話が盛り上がっているところ、ごめんなさい。課長、そろそろお時間です」

あの……何が盛り上がっているって……

唖然《あぜん》とする香恋には構わず、鷹司は立ち上がって上着を羽織り、腕時計に視線を落とした。

「車の用意は？」

「下にクラウンを。今日は私が運転します」

かっこいい――！

むろん、鷹司のことではない。柳主任のことである。

柳主任は三十五歳、鷹司より三歳も年上だが、そんな年にはとても見えない。かつて鷹司が秘書課主任だった頃の同僚のようで、何をするにも二人の息はぴったりなのだ。

こういう時、香恋は少しだけ嫉妬《しっと》めいた感情にかられてしまう。柳にではない。鷹司に。なにしろ今の香恋の憧れの人は、柳主任なのだから。

「白鳥」と、足を止めた鷹司が言った。

「今日の仕事のリストは、社内メールで送っているからな。全部、残さずやり遂《と》げるように」

「わ、か、り、ま、し、た」

やるわよ。たとえ十時になろうと十一時になろうと、やりますとも。絶対完璧にやり遂げて、「よくやった」と言わせてやるんだから。

憤慨《ふんがい》しつつ、盆を持って廊下に出たとたん、どんっと誰かと肩がぶつかった。

「あ、すみま……」

顔を上げた香恋は、凍りついた。相手は志田遥である。香恋より少し上背《うわぜい》のある遥が、何故だかものすごく恐ろしい目で睨《にら》んでいる。

「課長に目をかけられてるからって、いい気にならないでよね。なんの資格もないブスのくせに！」

そう言って通り過ぎた遥の背を、香恋はしばらく呆気にとられて見送った。

「まぁ、そう言われるのも無理はないね。志田ちゃんに限らず、第一の女子は、みぃんな鷹司君狙いみたいなところがあるから。第二のくせにベタベタして！　みたいな感じじゃないの」

ネット囲碁を打ちながら、佐隈は心底楽しそうに言った。

いや、面白がってる場合じゃないんですよ、マジで。それに、どのあたりがベタベタなのか。

昼休憩。第一の秘書たちに茶を配り終えた香恋は、ぐったりと机に突っ伏していた。上司のパワハラに次いで、同僚に嫌われていることも判明。この職場で、私、やっていけるのだろうか。

「てゆうか、鷹司課長ってそんなに人気なんですか」

「人気ですよ。だって三十二歳で本社課長って、そんなエリート滅多《めった》にいないもん」

ひょい、と佐隈は肩をすくめた。

「しかも身長百八十五センチのイケメンだし。以前、秘書課で主任をしていた頃は、鷹司君のために掟《おきて》がひとつ追加されたくらいだからね」

「……どんな掟ですか」

掟というのは、秘書課の掟のことである。いわば秘書課に代々伝わる不文律《ふぶんりつ》のようなもの。主任に人事権があることから始まり、服装やメイクのしきたりまで、様々な種類がある。文章化されていないから、ひとつひとつ経験しながら覚えていくしかないらしい。

「課内恋愛禁止。鷹司君自ら提案したっていうから、よほどウンザリしてたんだろうね。

ははは、モテメンは余裕っていうか、やることが厭味《いやみ》だよねぇ」

最後の一言だけは共感できたが、そうか――鷹司め、そんなにモテまくっていたのか。

「みなさん、ドMなんですね」

ややふてくされて香恋が言うと、ふはっと、意味深に佐隈は笑った。

「わかんないかなぁ。九は厳しくても残りの一が優しい。そういうのに、女子はみんなやられちゃうんだよ。彼って本当は優しい人……？　そのギャップにときめいた時が、恋の始まりなんじゃないの」

その一の優しさは、果たして私に向けられることがあるのだろうか。それにしても、そこまで分析する佐隈係長って意外と女子力が高いのでは……

「佐隈係長も、私が課長に目をかけられてるって思います？」

「いや、全然。だって君、明らかに秘書向きじゃないもん」

即答されてしまい、さすがにガクっと肩が落ちる。

「まぁ、目をかけられてるってよりは、どうしようもなく駄目な生徒を、一生懸命引っ張る先生って感じだね。教え方は乱暴だけど、秘書の基本を伝授《でんじゅ》してるようにも見えるし」

「え、それ、どういう……」

「君が、どこから見てもうちの秘書向きでないだけに、不思議でならないよ。鷹司君はもっと割り切ったタイプの人間だと思ってたけど、ロンドンで性格変わっちゃったのかもしれないねぇ」

香恋がその意味を尋ねようとした時、パーティションの扉が開いた。

「白鳥さん、ちょっといいかしら」

朝から外に出ていた柳主任である。憧れの人の登場に、香恋は目を輝かせて立ち上がった。

ちなみに、第二係の室内に扉はふたつある。ひとつは第一係との間を仕切っているパーティションの扉で、もうひとつは廊下に通じる扉である。パーティションの扉は原則一方通行で、その扉を開けて勝手に出入りできるのは、第一係の人たちだけだ。第二係から第一係に入るには、あちら側の呼び出しか許可が必須。それもまた、秘書課の掟《おきて》のひとつである。

「ごめんね、お昼休みに。ちょっと急な仕事を頼まれてくれる？」

わー、なんだろ。柳主任に直接仕事を頼まれるのは初めてだ。

ドキドキしながら駆け寄る香恋に、柳は優しく微笑《ほほえ》んだ。そして、言った。

「今日の午後一時、社長室にテレビの取材クルーが入るから、控え室の手配と記者の誘導をして。それから、外部団体の方が二時に社長を訪ねて来られるので、会議室の確保と湯茶《ゆちゃ》の手配。二十名分ね。会議資料は先ほどメールで送ったから人数分コピーしておいて。――メモは？」

呆気に取られていた香恋は、弾《はじ》かれたように近くのコピー機から白いコピー用紙を掴《つか》み取り、上着の内ポケットに差しこんでいたボールペンを取り出した。

ちょっと待って、もしかしてこれ、鷹司課長の三倍の量？

その後も柳のオーダーは延々と続き、香恋はコピー用紙三枚分のメモを取った。

「以上。ちょっと多くなっちゃったけど、時間制限のないものは今日中にお願いね」

最後に優雅に微笑んでそう言うと、柳は再び第一係の部屋に戻っていった。

◆

「ちょっとお、無線ＬＡＮの調子がメチャ悪いんですけど、どうなってんの」

「は、はいはい」

昼休憩。第一係から聞こえる志田遥の声に、香恋は第二係のコピー機の前に立ったまま返事だけをした。悪いけど今、それどころじゃないんですよ。

昨日に次いで、その翌日である今日も、柳主任の無茶苦茶なオーダーは続いた。

その酷《ひど》さは、もはや鷹司が天使に思えるほどだ。昨日はさすがに全てをこなすことができなかった。なのに、またしても今日、その倍の仕事が容赦《ようしゃ》なく振られたのである。

会議資料を五十名分、大至急。一時には届け物をしに外に出なければならないから、それまでに作っておかないと間に合わない。

「そっちで原因調べてなんとかしてよ。これじゃ大事なメールが打てないじゃない」

「やー、でも、こっちのパソコンは問題ないですよ」

「はぁ？　あんたのパソコンなんてどうでもいいのよ。いいから早くこっちに来て直してよ！」

ああ、なんかもう泣きそう。唯一の心の拠《よ》り所だった柳主任にまでこんな仕打ちを受けるなんて——マジで私、ここでやっていく自信がなくなってきた。

香恋は助けを求めて、佐隈と藤子の顔を見たが、藤子は例によって逃げるように目を逸《そ》らし、佐隈は首をぶるぶると横に振る。まぁ、最初からこの反応は予想していたが。

その時、第一係と第二係の間の扉が勢いよく開いた。

「あーっ、もうっ、だから、今は無理なんですって！」

しかしそこにいたのは遥ではなかった。ちょっと驚いた顔で立っていたのは、鷹司だ。

「何が無理だって？」

「……いえ」

「最低の出迎えだな。これが来客か役員だったら、間違いなく、お前は、クビだ」

くっ。指を差されて駄目出しするみたいに言われても、なんの言い訳もできない。

「おや、鷹司君……じゃない、課長、何か用かね」

「ちょっと時間が空いたので、よろしければ久しぶりに一局おつきあい願えないかと」

「おっ、いいねぇ。それじゃあぜひ、お相手願おうか」

え、なんの話――？　と思う間もなく、鷹司と佐隈の二人は、室内の端に置かれた長机に向き合って座り、パチリ、パチリ、と碁を打ち始めた。

――はぁ、囲碁ぉ？　部下がてんてこ舞いなのに、どういうこと？

香恋は呆れながら鷹司を見て、改めて不思議な人……と思っていた。

三十二歳にして課長というのも驚きだが、その前職はロンドン支社の統括部長。実質、支社のナンバー2というポジションだ。確かに佐隈の言うように超エリートには違いない。

ただ、その華やかな経歴の割にはガツガツした所がひとつもないのも、また謎だ。

企画部戦略担当室長とかいう、何をしているかよくわからない部署との兼務のせいか、一日の半分は秘書課にいないし、いても自分は表に出ずに、柳主任のサポート役に徹《てっ》しているように見える。

そういえば、鷹司は冷泉元社長と今どうなっているんだろう。

「ちょっと、第二！　いつまで私を待たせんのよッ」

その時、遥の金切り声がして香恋は我に返った。

仕方ない、こうもうるさくては仕事にならない。香恋は急いで戸棚から無線ＬＡＮの設明書を取り出して、パーティションの扉に手をかけた。その時だった。

「優先順位が、違う」

――え？

振り返ると、鷹司は香恋に背を向けた状態で腕組みをしている。その背中が言った。

「その局面で、それはないと思いますが」

「そうかい。僕はそうは思わ――あっ、しまった」

囲碁の話かい。

それでも、ちょっと迷った香恋は、ＬＡＮの説明書を机に置いた。

そうだった。勢いであっちに行こうとしたけど、重要度では柳主任の仕事が遥《はる》かに大きい。

「第二――っ、何やってんのよッ」

「ごめんなさい。あと十分で終わりますから、こっち先にやらせてください！」

香恋は急いでコピー機に向き直ると、再び作業に専念した。

「白鳥さん、今度はこれ、頼んでもいいかしら」

柳にそう言われたのは、そのさらに翌日――彼女の前に午後のコーヒーを出した時だった。

一瞬、香恋の顔に動揺が浮かんだ。なにしろ、二日にわたってあれだけこき使われたのである。柳には変わらず憧憬《どうけい》を抱いているが、もしかすると、ややS《エス》気味の人なのかもしれない。

「昨日は、頑張ったわね」

しかし柳は、香恋の内心を読んだように微笑《ほほえ》んだ。

「かなり無茶なオーダーをしたのはわかっていたけど、それもあなたのタスク管理能力を確かめたかったからなの。五月からずっと鷹司課長に仕込まれたせいかしら。優先度をきちんと判断して的確に仕事をこなしていたわね。――合格よ。その意味では」

え……え……

「週明け、うちに内部監査が入るの。それで過去五年の外勤手当の集計表を提出するんだけど、昨日確認したらデータの集計方法に誤りがあって――五年分だから、かなりの量になるんだけど」

柳は微笑みを浮かべたまま、香恋を見上げた。

「明日の朝までに、直しておいてくれる？　ちょっと時間はかかると思うんだけど」

「は、はい、わかりました」

うわ、なんかすごいドキドキする。よくわからないけど、一ランク上の仕事を任された感がある。

「それから、……これなんだけど、見たことある？」

きょとんとする香恋に、柳はコピー用紙を綴《と》じたファイルを差し出した。

細かい字でびっしり印字されているその内容は、様々な会社の役員たちの個人情報のようだ。住所や家族構成から個人的な嗜好《しこう》まで。香恋は少し驚いて柳に視線を戻した。

「いえ、今初めて見ました。これは……」

「現行役員と取引先相手の詳細な個人情報……これはコピーしたごく一部なんだけど。秘書課専用フォルダにパスワード付きのファイルがあるの。当然、部外秘ね」

なんだかワンランク上どころか……ものすごく上？

「このファイル、毎年情報が変わるからその都度《つど》私がチェックして作り直しているんだけど、その修正、白鳥さんに頼んでいい？　パスワードは今からメールで送るから」

少し離れた場所から、小さな咳払《せきばら》いが聞こえた。顔を上げると、斜め奥の課長席で、鷹司が唇に拳《こぶし》をあてている。ひどく苦々《にがにが》しい目をしているが、風邪だろうか。

「……え、でも修正っていっても、何をどのようにしたらいいのか」

「六月の株主総会で役員に変更があったかどうか確認してくれればいいのよ。家族や趣味等の個人情報の部分は、確認が取れる度に私が修正しているから大丈夫。なるべく早めにお願いね」

香恋が頷《うなず》くと、柳は満足そうに微笑《ほほえ》んだ。そして両肘をつき、香恋を見上げる。

「それから、明日なんだけど、夜、空いてる？」

「え、夜ですか？」

「加納社長が、一部の幹部を招いてカクテルパーティーを開かれるの。よかったら参加しないかと思って」

その瞬間、香恋は秘書たちの鋭い視線を背中に感じた。そのような表の場には、たとえ私的な催《もよお》しであっても、第二係は出てはならないという掟《おきて》があるからだ。

ドキドキが急速に高まった。もしかして私、柳主任に気に入られて、秘書への階段を着実に上がってる？　このまま順調にいけば、秘書になれるの？

「行きます。絶対、行きます！」

「そ、じゃあ、七時にエスペリアホテルの二十二階にね」

やった。やったよ、藍。秘書課に配属されて一ヶ月、ようやく奈落《ならく》にも光が差しこんできた。

「おい」

うきうきと給湯室に盆を置きに行ったところで、背後から声をかけられた。香恋は振り返り、固まった。げっ、なんで課長が給湯室に来るのよ。

「何、浮かれてんだ。馬鹿。――どけ、邪魔だ」

「ちょ、何する気ですか」

「お前の淹《い》れた茶があまりに不味《まず》いから、自分で淹れ直すんだよ」

……何それ。そんな厭味《いやみ》ってアリですか。

本当は、お礼を言おうかなって、少しだけ思ってたのに。だって今日、柳主任に誉《ほ》められたのは、なんだかんだ言ってこの人が厳しく教えてくれたおかげだから……

それに、昨日だって――優先順位が違う、と言ったのは、あれは囲碁の話じゃなくて――

そんな香恋の目の前で、鷹司は棚から煎茶《せんちゃ》の缶を取り出し、自ら茶を淹れ始めた。

――う、上手い。

茶葉を入れる。湯呑みを温める。抽出《ちゅうしゅつ》時間はきっかり六十秒。その手つきの鮮やかで美しいこと。香恋は思わず、我を忘れて見入っていた。

そっか、鷹司は五年前は秘書課主任。つまり今の柳のポジションで社長秘書をやっていたのだ。今の秘書課には男性秘書は一人もいないが、当時は自らお茶淹れもしていたのだろうか。

「お前、明日は行かないほうがいいぞ」

明日？　明日って、加納社長のパーティーのこと？

眉を寄せる香恋の前で自分で淹れた茶を飲み干すと、鷹司は湯呑みをシンクに置いた。

「洗っとけ」

「ちょっと」

「――言っとくが、柳主任は、お前が思うほど優しい人じゃない」

香恋の声を遮《さえぎ》るようにそれだけ言うと、鷹司はさっさと給湯室を出て行った。


「で、その柳主任って人に頼まれた仕事は終わったわけ？」

「うん。外勤手当の集計の方ね。結局、十一時までかかったけど」

深夜二時。スカイプの画面には、親友藍の眠そうな顔が映っている。

「ごめん……、マジで眠いんだけど、本当に今からメイクの練習なんてするの」

「するする。だって今まで地味な就活メイクで通してきたからさ。こら、寝ないで見ててよ」

香恋はコンビニで買ってきたメイク雑誌をめくった。

「服はさ、藍に就職祝いにもらったツーピース。あれ着ていくことにしたから。冷泉さんとの再会用にとっといた勝負服だけど、明日もある意味勝負だからね！」

すでに藍は、椅子に背を預けて爆睡しているようだった。

ま、いいか。本当は、鷹司に言われたことも相談するつもりだったけど、藍に何を言われたところで、明日のパーティーを欠席する気はないし。

（柳主任は、お前が思うほど優しい人じゃない）

ふんだ。気にしないもんね。そりゃ仕事だもん。優しいばかりの上司なんていないでしょ。

厭味《いやみ》を言わないだけ、柳主任の方がよほど香恋には信頼できる。

そう。明日は入社式以来、初めて社長に会えるのだ。加納元佑《げんすけ》代表取締役社長。気難しいと言われているが、実際はどんな人だろう。お爺《じい》ちゃんみたいな年だから、話せば案外優しいかも。

ああ、ドキドキして眠れない。地下室のシンデレラが、明日は初めて表舞台に立てるんだから！

◆

「あれ、あれあれ？」

翌朝。机についた香恋は素《す》っ頓狂《とんきょう》な声をあげた。パソコン内のどこを探しても、昨日のファイルが見つからない。

昨日十一時までかかって作成した内部監査用の資料がない——ない。消えている！

香恋は口を押さえて立ち上がった。どういうこと？　修正前のファイルは残ってるけど、肝心の最新ファイルが消えているなんて。保存したのは間違いないのに。

「白鳥さん、柳主任が――ぶぶぶっ」

声をかけてきた佐隈が、顔を背けて噴《ふ》き出した。佐隈のこの反応は、本日これで二度目になる。

「なんですか、失敬な」

「だって、見慣れないんだもん。つけ睫毛《まつげ》、今度は右がずれてるよ」

慌てて香恋は手鏡を取り出した。くっ、やっぱり付け焼き刃では無理があったか。

「だいたいピンクって、白鳥さんには全く似合ってないと思うんだけど、どう、藤子さん」

藤子は顔も上げずに首を横に振る。気のせいかもしれないが、今朝はいつも以上に素っ気ない。

「いいんです。これは郷里の親友がプレゼントしてくれた、大切な勝負服なんですから」

香恋はちょっと唇を尖らせて、佐隈を振り返った。

「それより佐隈さん。昨日作ったファイルが消えてて――第二の専用フォルダに入れてたんですけど、ご存知ないですか」

「僕はそこへの入り方すらわからないよ」

そうでした。訊《き》いた私が馬鹿でした。香恋は向かい側に座る藤子を見た。

「あの、藤子さん」

藤子は気の毒なほどわかりやすく、びくっと肩を震わせて立ち上がった。

「知りません。私は何も知りません！」

――え……もしかして、藤子さん、やっちゃった……？

ばたばたと外に出て行く藤子を唖然《あぜん》と見送る。そんな香恋に、佐隈が気の毒そうに声をかけた。

「で、柳主任が呼んでるんだけど、早くあっちに行ったほうがいいんじゃない？」

「ふぅん、そう。データ、消えちゃったんだ」

香恋の報告を聞いても、柳はさほど驚きもせずに顔を上げた。

「すっ、すみません。もうちょっとかかるとは思いますけど、必ず今日中に提出しますから」

さすがに藤子のことは言えなかった。そもそも藤子がやったと決まったわけでもないし。

秘書課第一係。その場にいる全員が、何故か香恋と柳の会話に聞き耳を立てているようだ。唯一の救いは、今日は朝から鷹司がいないことだ。

多少提出は遅れても、柳主任なら許してくれるはず――。柳は、相変わらず優しい笑みを浮かべている。

「それはそれは……随分《ずいぶん》初歩的なミスなのね。もうちょっと出来る子だと思ってたけど」

なんだろう。今の、ちょっと厭味《いやみ》っぽかった。

「じゃ、今夜は無理ね。せっかく着飾って来てくれたみたいだけど、データの直しがあるんだものね」

「あの、七時までには必ず終わらせますから」

「んー……、やる気は買うけど、遠慮しといて」

柳は微笑《ほほえ》んだままで香恋を見上げると、視線を下げてくすりと笑った。

「加納社長は、女性の外見にそれはこだわる方なのよ。ごめんね。ちょっと無理みたい」

そう言って席を立った柳は、香恋に背を向けて秘書室を出て行った。

それ、どういう……

「そりゃ無理よねー。マジでその安っぽいドピンク、受けるんですけど」

背後で志田遥の声がした。それを合図に、室内に嘲笑《ちょうしょう》が満ちる。

「だいたい、白鳥さんみたいな低学歴の女が、なんだってここにいるわけ？」

「でも、これでようやく鈍いあんたにもわかったでしょ。第二がいくら張り切っても無駄なんだって」

何も言えない香恋の傍《そば》に、遥がゆっくり歩み寄ってきた。

「柳主任の性格の悪さを知らないなんて、ご愁傷《しゅうしょう》さま。持ち上げて突き落とすのはあの人の常套《じょうとう》手段よ。やたらあんたを構い出した頃から、いつ落とすんだろうって、みんな楽しみに待ってたのに」

そんなの――そんなの、知らないし。

「ここまでされても、まだわかんないの？　あんた、はっきり言って柳主任に嫌われてんのよ」

「じゃあ、鷹司君、悪いが今週一杯で頼むよ。忙しいところ申し訳ないが」

そんな声が聞こえたのは、その日の正午前《まえ》――二階の会議室の片付けを済ませた香恋が、コーヒーカップを載せたトレーを持って外に出ようとした時だった。

扉を開けて外を覗《のぞ》いた香恋は、足がすくむのを感じた。鷹司と柳。他は知らない人たちだが、今一番顔を見たくない二人が廊下に並んで立っている。

「わかりました。七月にはもう記者発表ですから、なるべく早く整理しておきます」

鷹司の声。気のせいでなければ、少しだけ疲れて聞こえた。そういえば、朝から秘書課にいなかった。多分兼任してる方の仕事が忙しいのだろう。

彼らが立っているのは、フロアの奥にある別の会議室の前。どうやら今、会議が終わったばかりのようだ。

鷹司と柳は、折悪くこちらに歩いてくる。香恋は慌てて扉を閉めようとしたが、持っていたトレーがガチャガチャと音を立てるだけの結果となった。

「あら、白鳥さん」

そんな香恋を目ざとく見つけた柳が、笑顔で歩み寄ってきた。かろうじて会釈《えしゃく》したものの、もうその笑顔には恐怖しか感じられない。

「会議の片付け？　ああ、今日は臨時の役員会だったものね」

にっこりと笑った柳は、背後の鷹司を一瞬だけちらっと見た。その鷹司といえば、苦虫を噛《か》み潰《つぶ》したような表情で香恋を見ている。香恋は、穴があったら入りたくなった。

もしかしてこのメイクがおかしいのだろうか。いつもよりちょっと派手目にしただけなのに、傍《はた》から見れば、それほど滑稽《こっけい》に映るのだろうか。

「私、これから総務に顔を出さないといけないの。荷物、秘書課に持って帰ってもらえるかしら？」

え、荷物って……私、トレーも持ってるんですが。

それでも柳が、手にしていた紙袋を差し出したので、香恋は仕方なく、バランスを取りながら片手をトレーから離して受け取った。う、重い。書類が詰まった紙袋はかなりの重さだ。

その時、とん、と軽く肩を小突かれた。一瞬、何が起きたのかわからなかった。というより、柳のような人がそこまでする意味がわからなかった。

バランスを崩した香恋は、かろうじて壁で自分を支えた。が、トレー上のカップが倒れ、コーヒーがこぼれる。それをとっさに胸で受けてしまったため、服には瞬《また》く間に茶色の染みが広がった。

「ごめん。服、汚れちゃった？」

柳は微笑《ほほえ》んで、香恋を見下ろした。

「でもいいよね。どうせスーパーで買った安物でしょ？　ゴミと似たようなものだものね」

柳と別れ、後ろも見ずにエレベーターに乗りこんだ香恋は、片手でトレーと紙袋をなんとか持ち、もう片方の手で叩くように「閉」ボタンを押した。このエレベーターに、誰にも入ってきてほしくなかったからだ。しかし扉が閉まる寸前で大きな手が差し入れられる。入ってきたのは、少し焦った顔をした鷹司だった。

「馬鹿、業務用のエレベーターを使え」

……この状況で第一声が馬鹿って何よ。

香恋は顔を背けたまま、「すみませんでした」とだけ言った。

「荷持、持つから貸せ」

「いいです」

「貸せ」

「本当にいいです」

気まずい沈黙の中、扉が閉まりエレベーターが上昇する。この世に神がいないことはよくわかった。なんだって今、一番顔を見られたくない相手と二人になってしまうんだろう。

私、今、かなり一生懸命耐《た》えてるんですけど。色んなこと、耐えてるんですけど。

最悪なことはまだ続いた。昼休憩のチャイムが鳴り、五階で停まったエレベーターに、数人の若い女子社員が流れこんできたのだ。九階の社員食堂に行くのだろう。

「何、コーヒー臭《くさ》……」

「やだ、コーヒーが床にこぼれてる。靴についちゃったじゃない」

「す、すみません」

とっさに謝った香恋を、複数の女子社員が訝《いぶか》しそうに見た。香恋は耳まで赤くなる。忘れていた。自分は今、胸元からスカートまで、コーヒーでびしょ濡《ぬ》れなのだ。

香恋がうつむいて身を縮こまらせると、それまで黙っていた鷹司が口を開いた。

「申し訳ない。僕が彼女にぶつかって、こぼしてしまったので」

そう言うなり、鷹司はポケットからハンカチを取り出してしゃがみこんだ。膝をついて、自分のハンカチで床のコーヒーを拭《ふ》きとり始める。

香恋は、ただ唇を引き結んで、その光景から目を逸《そ》らし続けていた。

一体なんの真似だろう。正直、ものすごく迷惑だ。今だけは、そんな優しさいらないのに。

エレベーターには、次から次へと社員が入ってくる。立ち上がった鷹司は、香恋を囲いこむように壁に手をついた。香恋は肩を抱かれ、鷹司の陰に入るように促《うなが》される。

当たり前だが、乗りこんだ社員たちが、不審そうな目を向けてくる。

そりゃ、周りもへんな目で見るよ。まるで満員電車で彼女を守る彼氏、みたいな。

ようやく香恋は、自分の目から涙がぽたぽた落ちていることに気がついた。

歯を食いしばって、どんなに意識を別のことに向けようとしても、涙は後から後から頬《ほほ》を伝い、一向に止まる気配がない。

何よ。こんな時だけ優しくされても迷惑なのよ。ずっとずっと我慢してたのに、もう――止まんないじゃない。

気がつけば、エレベーターは食堂のある九階、そして秘書課のある十階を過ぎ、さらに上の階に向かっていた。これより上には、会議室のフロアしかない。鷹司と再び二人きりになった時、香恋は声をあげ、しゃくりあげるように泣いていた。

香恋の手からトレーと紙袋が抜き取られる。

「よしよし、わかったからもう泣くな」

「な、泣いてなんか、な、ないですし」

香恋は必死に言う。だが、もう服だけじゃなく、顔だってぐしゃぐしゃだ。香恋は顔と胸元を隠すようにして、鷹司に背を向けた。

「そ、そんなにアウトだったんですか」

「何が」

「今日の私の、何もかもが、……服とか、メイクとか、そんなに外してたんですか、私」

「そんなことはない」

あっさりと言われ、香恋は驚いて顔を上げた。

嘘でしょ。今日一日、あれだけ皆に笑われたのに。課長だって、酷《ひど》く苦い顔で私を見てたのに。

「本当だよ。似合ってた」

絶対に嘘だと感じたものの、その瞬間、香恋の中で荒ぶっていた何かがすうっと消えていった。

「……本当ですか」

「ああ。だから染みにならないうちに、クリーニングに出しにいくといい。大切な服なんだろ」

そう、すごく大切な服だった。親友の藍が就職祝いに買ってくれた特別な服だった。でも柳主任にゴミだと言われた時、自分はこの服をとても恥ずかしく感じた。それが悔しかったし、情けなかった。ここは、私が来る場所じゃない。私がいてはいけない世界だったのだ……。

再び涙があふれてくる。

躊躇《ためら》ったように近づいてきた鷹司が、香恋の頭を引き寄せて、軽く叩いた。

「そんなくだらないことで落ちこむな。服は全く悪くない。——ただ、今日のパーティーにはふさわしくなかった。それだけのことだから。な」

「ほら」

鷹司から差し出された缶コーヒーを、ベンチに座る香恋は複雑な気持ちで受け取った。

日差しがさんさんと降り注《そそ》ぐ公園。五月のあの日、ここで一人ランチを取った。あの時の幸せな気分と高揚感。それを思い出すだけで、なんだか涙が……。

「いつまでもメソメソ泣くな。みっともない」

「う、……すみません」

香恋は手の甲で涙をこすりとって、買ってもらった缶コーヒーのプルタブを引いた。

まだ勤務中なのに、こんなことしてていいのかなと、ふと思う。

コーヒーカップを片付けた後、着替えを取りに寮に戻ろうとしたら、鷹司が車で送ると言ってくれた。断ったのだが強引に地下駐車場に連れて行かれて、結局は車に乗せられた。というより、その時点で、香恋はもう会社に戻らないつもりだった。だからもう、どうでもいい、みたいな気持ちになって……

「お前さ」

香恋の隣に腰を下ろした鷹司が、不意に口を開いた。

「社長秘書になりたいって……五年前にも言ってたし、履歴書にもそれ書いてたらしいけど、マジなわけ？」

「まぁ……一応、それ目標にやってきたんで」

「何、過去形？」

今は、その言葉にどう答えていいかわからない。

それより、今の鷹司の砕けた言葉遣いに、香恋は少し戸惑っていた。しかも胸ポケットから煙草《たばこ》を取り出している。香恋は眉を上げた。

「えっ、煙草《たばこ》、吸っちゃうんですか」

「お前も吸う?」

「吸いませんよ。何言ってんですか。不良ですか。本当は不良だったんですか」

職場と全然イメージが違う。真面目で、美しい手つきで茶を淹《い》れる課長が煙草?

手慣れた様子で煙草に火をつけると、鷹司は美味《うま》そうに煙を吸いこんだ。

「バーカ、俺はもうおっさんなんだよ。おっさんになったら煙草吸っても不良とは言わないんだ」

「お、おっさんかもしれないですけど」

「はーっ、やっぱ、仕事さぼって吸う一服が最高だな」

マジでキャラが崩壊してるよ。この人。

でも、同時に思い出していた。五年前も、確かこの人はそうだった。不意に、怖い目をして乱暴な口調になった。もしかすると、これが鷹司という人の素顔なのだろうか。

「あんな職場にいるんだ。マジ、ストレス溜まるって。あー、秘書課にだけは戻りたくなかったのに、なんでこうなったかな」

いかにも大儀《たいぎ》そうに煙草の煙を吐き出す鷹司を、香恋はしばらく別の生き物を見るような気持ちで見つめていた。

「秘書課、嫌いなんですか」

「課長は性に合ってない。しかも元先輩が部下だろ。やりにくくてしょうがねぇっての」

まさかと思うけど、その人って――

「……柳主任？」

「そう」

鷹司は唇をかすかに歪《ゆが》めた。

「俺も初《しょ》っ端《ぱな》は第二、今のお前と一緒だよ」

「えっ」

「で、柳主任が第一で、当時副社長だった加納さんの秘書。正直、今のお前の比じゃねえくらいあの人には酷《ひど》い目にあわされたよ。三歳年上といっても、女相手にどれだけ屈辱《くつじょく》的だったかわかるだろ」

今日の自分を思い出し、香恋は思わず唾《つば》を呑んだ。まぁ、想像に難《かた》くない。

「何度も辞めようと思ったけど……でも、辞めなかったな。その時は俺にも、意地っつーか、目標みたいなものがあったからな」

「……過去形ですか」

少し黙ってから、鷹司は煙草の煙を吐き出した。

「ま、過去形だな。今のお前より遥《はる》かに無謀な目標だから、過去形になって当然なんだけどさ。聞けば、十人中十人が爆笑か苦笑か、みたいな」

「なんですか、それ」

「LGSの代表取締役社長」

は？　と香恋は自分のことは棚に上げて呆れていた。

「マジですか」

「本気と書いて、マジだったな」

いや、だって。いや、だって。——社長？

鷹司は肩をすくめた後、大きく伸びをした。

「当時つきあってた女が、世界一でさ」

「はい？」

何それ、どういう意味？　世界一好きってこと？　それとも世界一美人ってこと？

「俺も若かったし、社長になれば釣り合えるとでも思ったんだろうな。そんな馬鹿な動機で入社して——まぁ、はっきり言えば、今のお前より馬鹿だよ、馬鹿、救いようのない大馬鹿だ」

なんだろう。微妙に腹立ったぞ、今。

「お前、俺の学歴見た？　ああ、無理か。消されてるもんな。俺、高卒なんだ。大学中退してるから」

「…………」

「つまり、今のお前以下。冷泉さんに拾ってもらわなかったら、今頃どっかの組に入ってたかもしれない。腕っぷしだけは強かったからな。そんくらい、入社前は荒《すさ》んだ生活してたんだ」

香恋は目を見開いたまま閉じることも忘れていた。そんなの、どうしたって想像できない。あの真面目で、仕事が出来て、お茶を淹《い》れるのが上手くて、超エリートな鷹司が――どっかの組？

「……その無謀な目標、なんで諦めちゃったんですか」

「現実を知ったっつーか？　まぁ、あれだ、目標を下方修正して頑張ってるって感じかな」

「下方修正って、どう変えたんですか」

「それは秘密だ」

なんだか本気でわからなくなってきた。高卒――なのに、超エリートコース。そして大真面目に社長を目指していたとカミングアウト。鷹司課長って、一体何者？

「まぁ、俺の話はどうでもいいや。お前、これからどうすんの」

さっと顔が強張《こわば》るのが、自分でもわかった。

「……どうって、言われても」

なんか、糸が切れちゃった感じで。というよりもう、秘書課に戻るのが怖い。

頑張ればいつか奇跡は起こるって——多分、無理に信じてたけど、本当は心のどこかでわかってた。服装やメイク、資格や知識の量にその他諸々《もろもろ》。一番無理だと思ったのは、親の資産面だ。

セレブぞろいの役員たちに随行する秘書には、当然それなりの服装が求められる。そんなものが経費で落ちるわけがないから、結局は自腹になる。志田遥の父は鉄鋼会社の社長。他の秘書たちだって、父親はかなりの資産家だ。それが選考基準のひとつなら、最初から香恋はＬＧＳの秘書になれるはずがなかったのだ——

「……ちょっと、考えてみようかなって。田舎に帰って働くのもありだと思うし」

「辞めるってことか」

「まぁ、それも含めて、……考えようかなって」

視線を少し遠くに向けた鷹司が、かすかに息を吐いて立ち上がった。

「俺は全く構わないが、冷泉社長がどう思うかな」

——え？

「せっかく秘書課に推薦《すいせん》したのに、たった一ヶ月で音《ね》を上げたら、さぞかし落胆するだろうな」

「ちょっ、ちょっ、ちょっと、ちょっと」

思わず立ち上がった香恋は、鷹司の腕を両手でがっしり掴《つか》んでいた。

「なんですか、今の。今のもう一回、もう一回リピートでお願いします！」

「お前にも、もうわかってるだろ。うちの秘書課に配属されるには、それなりの大学を出ていることや資格を持っているのは当然として、実家が資産家だっていう暗黙の条件があるんだよ」

迷惑そうに香恋の手を振りほどき、上着を直してから鷹司は言った。

「大学の偏差値は六十以上、英検は準一級以上で書道は五段以上。その基準を若干満たしていない者が第二に配属されて、主任の審査を受けるんだ。若干だぞ。──何もかも満たしてないお前はもちろん論外。それだけでわかるだろ。お前が秘書課に配属されるわけがないことが」

現実に数字をつきつけられると、いかに自分が場違いだったかが改めて見えてくる。

思わずうつむいた香恋を見て、鷹司は軽く息を吐いた。

「お前で二人目なんだよ」

「……二人目？」

「秘書課の掟《おきて》を無視しての例外採用。ちなみに一人目が俺で、──理由は、冷泉社長の推薦」

「…………」

「お前に、他にどんな理由がある？　冷泉さん以外に、会社の重役に知り合いでもいるのか？」

自分の顔がみるみる緩んでいくのが、香恋にはわかった。

「いません、いません、誰一人としていません！」

「力いっぱい言うことかよ」

うっわー、うっわー、うっわー。

絶対忘れられてると思ってた。お伽話《とぎばなし》の続きはないと思ってた。でも、覚えてくれてたんだ。王子様が私を覚えて――そして、足長おじさんのように私を陰で見守ってくれてた！

「じゃあ、秘書課は辞めるってことでいいんだな」

鷹司がふいっと顔を背けて歩き出したので、香恋は慌てて後を追った。

「まぁ、社長秘書になりたいって五年越しの目標を、あっさり諦めたようなヘタレだからな。さっさと辞めた方がお前のためかもしれないな」

「や、辞めませんよ。何があっても辞めません。最後まで死ぬ気で頑張ります」

「柳さんは真性《しんせい》のドS《エス》だからな。今日みたいなことは、日常茶飯事になるかもしれないぞ」

「ぜんっぜん、問題ないです。ノープロブレムです」

香恋から見える鷹司の横顔が、初めて優しい笑みを浮かべた気がした。不意に彼の腕が伸びて、ぱちん、と額《ひたい》を叩かれる。

「ばーか、単純すぎるんだよ」

え……、何、今の。なんかすごくドキッとした。

長く忘れていたこの感じ……五年前に初めて感じた……なんだっけ。

きゅん？

いや。まさか。錯覚だ。この私が、鷹司なんかにきゅんするはずがないじゃない。

「お前が頑張る気ならあえて言うけど、本気で社長秘書目指すんなら、今のままじゃ駄目だ」

前を行く鷹司が言った。

「確かにお前は、裏表なく、よく働くよ。俺も感心したし、柳さんも同じだったと思う。でも、それだけじゃ秘書にはなれない。俺に言わせれば、お前には最初からやる気があるようには思えなかった」

痛烈なその言葉に、香恋は声も出なかった。

「今日の柳さんだけどな。決して意味もなくあんな真似をしたわけじゃない。やり方は酷《ひど》いけど、あれも、あの人なりの教育方針——とも言える。まぁ、多少Ｓっ気が過ぎるきらいもあるが」

どういうこと……？

「悪いが、課長の俺に、これ以上主任の方針についての助言はできない。秘書課の掟《おきて》だ」

「…………」

「ショックだったろうが、少し冷静になって考えてみろ。柳さんは何故怒ったと思う？　今日だけじゃない。うちに配属されてから今まで、お前に足りなかったものはなんだと思う？」

「……白鳥さん」

小さな、囁《ささや》くような声が聞こえたのは、夜の十時を回った頃だった。

パソコンの画面を食い入るように見ていた香恋は、ちょっと驚いて顔を上げた。廊下に続く扉の前、幽霊みたいに立っているのは、定時に帰宅したはずの藤子華である。

「ど、どうしたんですか、藤子さん」

悪いけど鳥肌が立ってしまった。この人のロングヘア、薄闇でみると半端なく怖い。

「今日は本当にごめんなさいっ」

藤子は、いきなりばさぁっと髪を振り乱して頭を下げた。怖い、怖いよ、藤子さん。

こんな時間にそれやられると、本気で怖い。

「や、柳主任に、頼まれて――できませんって言ったんだけど――ごめん、本当にごめんっ」

ああ……やっぱり、そうだったんだ。また知りたくない事実をひとつ知ってしまった。

「いいですよ、もう」

「でも」

「大丈夫。色々あって、気持ちはもう前向きです。打たれ強いんで、そんくらい平気です」

藤子は躊躇《ためら》うように視線を泳がせた後、自分の席についた。

「……柳主任の噂、知らないの」

「色々、聞きはしましたけど」

「過去に、あの人のイジメで、何人も秘書が脱落したって。あの人、入社以来、秘書課一筋《ひとすじ》で、しかもずっと加納さん専属で、その座を脅《おびや》かす相手は容赦《ようしゃ》なく潰《つぶ》すって」

香恋は瞬《まばた》きしながら、藤子を見つめた。こんなによく喋《しゃべ》る人だったんだ、この人。

「じゃあ私、社長秘書の座を、脅かしてるんですか？」

香恋がそう言うと、初めて藤子が表情を崩してわずかに笑った。

「ごめん。……全然、脅かしてないと思う」

「ですよねー。てか藤子さん、正直すぎです」

笑いながらパソコンに向き直ると、立ち上がった藤子がそろそろと歩み寄ってきた。

「何やってるの？　明日は休みだし、データの修正なら手伝うつもりで戻ってきたんだけど……」

「ありがとうございます。でも、もうそれは終わったんですよ。今は――」

香恋は、パソコンの画面を藤子の方に向けた。

「えっ、何これ、冷泉元社長のスリーサイズ？」

「い、いや、そっちじゃなくて……まぁ、そういうものも含まれているんですけど、うちの役員や取引先会社役員の個人情報みたいな……。藤子さん？　目キラキラしてません？」

「あ、ああ、ごめんなさい、つい。……噂では聞いたことあるけど、これが『接待・虎《とら》の巻《まき》』ね。第一係しか見られない極秘データって聞いたけど、なんで白鳥さんが？」

「柳主任にファイルのパスワードを教えてもらったから。今は、このデータの修正をしてるんです」

「……え？」

「正確には、修正はもう終わって、今は追加です。吉川《よしかわ》電工の三宅《みやけ》専務は和菓子が苦手……」

インターネットで調べた情報をコピー用紙に書きこみながら、香恋は鷹司の言葉を思い返していた。

（柳さんは何故怒ったと思う？　今日だけじゃない。うちに配属されてから今まで、お前に足りなかったものはなんだと思う？）

考えた。鷹司と別れた後、一生懸命考えた。

第二係に配属されて一ヶ月。確かに香恋はよく働いた。どんな雑用だって文句ひとつ言わずにやり遂《と》げたし、命じられたことはなんでもやった。でも多分、それだけでは駄目なのだ。

鷹司に口うるさく言われた茶の淹《い》れ方――英会話――メイク――そして文字の書き方。柳主任にこき下ろされた服装もそうだ。今まで仕事の忙しさにかまけて忘れていた。

自分の目標はあくまで社長秘書になること。そのための能力は、誰も与えてはくれない。仕事外のところで、自分で身に付けるしかなかったのだ。

「藤子さんは知ってました？　加納社長って、ピンクが嫌いなんですって」

「あ、それ聞いたことある。以前、ピンクのネクタイ締めてたどこかの部長さんが、支社に飛ばされたって噂。――そういえば、白鳥さん、今日の午前はピンクのスーツ着てなかった？」

着てました。データをきちんと把握《はあく》さえしていれば、絶対にしなかったミスをやらかしてました。

つまり柳主任は香恋の向上心を試したのだ。そして香恋は、その期待を裏切った。とはいえ、あの仕打ちは酷《ひど》すぎると思うけど。

いずれにせよ、香恋には勉強も準備も不足していた。それで秘書になりたいなんて、ちゃんちゃらおかしい。やる気がないと思われても仕方がない。

「手伝うよ。私。パソコン検索とか得意だし」

「え、いいんですか」

「いい。本当は手伝うの駄目なんだけど、やらせて」

駄目って……？

顔を上げた香恋の疑問を察したのか、藤子は少し困ったように笑った。

「……私、秘書候補脱落組。もう十年も前だけど、やっぱり第二で白鳥さんと同じ立場で、一年、持たなかった」

「…………」

「別に、柳さんにイジメられたとかじゃなく――自分で無理って思ってやめちゃった。だから、正直、白鳥さんのガッツが羨《うらや》ましいし眩《まぶ》しいの。頑張ってほしいなって思う。ここを自力で乗り越えたら、絶対第一に上がれると思うから。――あ、手伝ったことがバレると、その分白鳥さんの減点になっちゃうんだけど」

そっか。それで佐隈係長も藤子さんも、私の手助けをしてくれなかったんだ。

なぁんだ、もう。そこも軽く落ちこみポイントだったんだけど、そういうことだったのか。

あー、なんか、すっごく嬉しくなってきた。今日、短気起こして辞めなくて本当によかった。

「じゃあ藤子さん、ひとつお願いがあるんですけど、明日とか暇《ひま》ですか？」

「え、暇だけど、何？」

「うん……あの、ですね。……ぜひ、先輩としてのお知恵をお借りしたいんですが……」

◆

「――柳主任」

早朝。鷹司が本社前で見つけた背中に声をかけると、かつての先輩で今は部下になった女は、少し疲れた顔で振り返った。が、すぐに職場と同じ完璧な笑顔になる。

「おはようございます。鷹司課長」

「……おはようございます。月曜から大変ですね」

「今に始まったことじゃありません。それに応対なら、私一人でいいと申し上げたのに」

今朝、六時前に警備員室から鷹司にかかってきた緊急電話。秘書課に緊急の来客あり。こんな時間にかと驚いたが、警備員の口ぶりでは、確かに今日が初めてではないようだった。

「他の社員に電話は」

「してません。私一人で大丈夫だと、申し上げませんでしたか？」

なんでも一人で抱えこむところは変わらないな。そう思ったが言葉に出さず、鷹司は柳と肩を並べて歩き出した。

朝の六時半。さすがに早朝とあって、会社の敷地内に入っても周囲はまだ閑散《かんさん》としている。

「そういえば聞きました。白鳥さん——金曜、エレベーターの中で盛大に泣いていたそうですね」

柳は思い出したようにそう言って鷹司を見上げると、にっこりと微笑《ほほえ》んだ。

「で、どうでした？　その後、課長が外に連れ出されたそうですが、退職届でも預かりました？」

「……まだ、受け取ってはいませんが」

そう言った鷹司は、ため息を吐《つ》いて傍《そば》の植えこみに視線を向けた。

「というより、やりすぎなんですよ、あなたは。相手は僕じゃない。十も年下の女の子ですよ」

「あら、ようやく昔の脩二君に戻ったわね」

　肩をすくめた柳は、少し呆れたように眉を上げた。

「あんなスーパーのワゴンセールで買ったような服で、社長の主催するパーティーに参加しようなんて舐《な》めた真似するからよ。言っておくけど、ヒントはちゃんとあげていたのよ」

「知っていますよ」

　柳が『接待・虎《とら》の巻《まき》』の存在を白鳥に教えた時から、近々その内容を問うテストをするんだろうとは予想していた。しかし、まさかその翌日に白鳥自ら大失敗をするとは――さすがの柳も、そこまでは予測していなかったに違いない。

　その意味では、庇《かば》ってやれることは何もない。よりによって加納が毛嫌いするピンクをチョイスする間抜けぶりに、正直、呆れたものである。

「あなたがご立腹された理由は、僕なりに理解しているつもりですけどね。それでも、作らせたデータをわざと消させたのは、意地が悪すぎたんじゃないですか」

「それも、テストだったんだけど」

　柳は平然と言った。

「危機管理能力のテスト。まさか大切なファイルを同僚に簡単に見られる場所に保存しているなんてね。秘書課はただでさえ同性同士の足の引っ張り合いが多いのに、甘いったら。想像以上にタスク管理がしっかりしていたからもうちょっと様子を見てもいいとは思ったけど、あの子にうちの秘書課は無理よ。もうテストは終わり。あの子には早々に出て行ってもらうわ」

テストの過酷さと、見切った時の容赦《ようしゃ》なさ。柳が『後輩潰《つぶ》し』と噂される所以《ゆえん》である。

しかしそれは、理由のない意地悪ではない。言ってみれば、入社以来、秘書課一筋《ひとすじ》でその伝統と格式を守り抜いてきた柳のプライドである。

常日頃、役員の体調、気分、嗜好《しこう》に神経を尖らせている柳から見れば、社長の好みもわきまえずに「社長秘書になりたい！」などと言っている白鳥は、コーヒーを頭からぶっかけてもなお足りないほど、腹立たしかったに違いない。それはわかる。わかるのだが……

「失敗といってもたった一度です。……まだ、判断するのは早すぎだと思いませんか？」

「は？　この期《ご》に及んでまだ庇《かば》うの？　あなた、本当にあの子には甘いのね」

呆れたように眉を上げた柳だったが、すぐに冷静な表情に戻った。

「じゃ、もうひとつ言ってあげるわ。親が借金を抱えてるのよ、あの子」

鷹司はわずかに目を見開く。

「もちろん脩二君だって知ってるんでしょ？　ゴリ押しで白鳥《はくちょう》の巣にねじこまれた醜《みに》くい

アヒル。どう見たってワケありで入社した子を、調べもせずに放置しておくほど甘くないのよ、私」

柳の目には、もう全てを知っているという余裕が浮かんでいる。

「脩二君があの子にシンパシーを感じてる理由も、私なりに理解しているつもりよ。まぁ、そんなことはどうでもいいの。あの子の父親、三年前に身体を壊して、その時にかなりの借金をしているの。今はあの子が、給料の大半をその返済にあててるってわけ」

「……借金のことまでは、把握《はあく》していませんでした」

眉を寄せながら鷹司は答えた。

「じゃあ、奨学金を二度に分けて受けていることは知っているのね。その返済と親への仕送り。そりゃ、服を買うお金もないはずよ」

そういうことか、それで女子社員は見向きもしないオンボロ寮に入り、昼も夜もカップ麺やコンビニのおにぎりばかり食っていたのか。

「服はペラッペラの安物。靴は傷だらけで磨《す》り減ってる。挙句《あげく》、髪は伸ばし放題で爪の手入れもしていない。確かに仕事は出来るわよ？　総務あたりじゃ重宝されるでしょうよ。でも秘書課は無理。うちみたいな職場に、そんな貧乏臭い女がいていいと思ってる？　無理でしょ、実際」

「……それで、わざとパーティーに誘ったんですか」

「そうよ。そこで場違いな自分に気づいて少しは自分磨きをすればいいと思ったんだけど、服の選択を失敗した時点で連れて行くこともできなくなった。あの子は秘書には向いてない。それ、脩二君だってわかってるでしょ」

「確かに、今は」

鷹司は一瞬こみあげた強い怒りに戸惑い、言葉を切って言いよどんだ。

何があの子のためになるのか、真剣に悩んだこともある。そういう意味では、柳の残酷な仕打ちが、むしろ彼女のためであることも知っている。

「僕は、もう少し様子を見てもいいと思います。僕は……そもそも着ている服や見かけだけが、秘書の本質だとは思えない。それだけで判断するのは、あまりにもったいない」

「で——？　あの子が働き者で、裏表のない良い子だってことくらい、私も承知してますけど？」

柳は冷ややかに鷹司を見た。

「言っておくけど私、あの子が貧乏なことを問題にしてるんじゃないの。そこに甘えて何もしない姿勢に問題があると言ってるの。親の借金？　奨学金？　そんなものを言い訳に自分に自己投資もできないような人間はね、しょせん何をやらせても駄目なのよ」

「おはようございますっ」

大声と共に、秘書課の方からパタパタという足音が聞こえてきたので、給湯室にいた鷹司は少しむっとして眉を寄せた。

あれほど廊下は走るなと言ったのに、高校生か。こんな新入社員、秘書じゃなくても失格だ。

何もかも柳主任の言う通りで、俺が感傷的になりすぎていたのか。

あの子が……あまりに昔の俺に似ているから。

足音が間近に迫り、ばん、と給湯室の扉が開いた。

「げっ、課長。なんでこんな早く給湯室に？」

しかも、上司への第一声がそれかよ。俺の特訓の成果は、まるで無意味だったのか？

「遅い。課長より遅く来る新人がどこにいる」

「というより、課長が早すぎなんですよ。応接室の電気もついてるし、一体何があったんですか」

「来客。朝一で加納社長夫人がお見えなん――」

振り返った鷹司は、そこで言葉を呑んだ。え――

「えへっ、似合いますか？」

スカートの裾《すそ》を軽く指で持ち上げた香恋は、その場でくるっと一回りした。

上品なアイボリーのスーツに、胸元には青色のスカーフ。馬鹿のひとつ覚えみたいに結んでいた髪はほどよい長さにカットされ、肩にふんわりとかかっている。

「あ、もしかして見とれてます？　案外綺麗だとか思ってません？　私もね、昨日美容サロンで見てびっくりしたんですよ！」

鷹司はしばらく呆けたように瞬《まばた》きをした後、少し眉を寄せた。

「レンタルか」

「ちっ、違いますよ。ボーナス一括ローンです。昨日藤子さんにつきあってもらって、上から下までそろえたんです。一流の秘書は、まず形から。これ以上は、逆立ちしたって鼻血も出ませんよ」

その時、廊下から少し苛立った足音が聞こえた。

「課長、すみません。後は私がやりますので——あら」

給湯室の前で足を止めた柳は鷹司と同じように驚き、香恋を見つめてから言った。

「レンタル？」

「だ、だから違いますって。どうして二人そろって、同じ厭味《いやみ》しか言わないんですか」

「それってプラダの春物でしょ。バーゲン品とはいえ、初心者がよくそんなものに手を出したわね」

腕を組む柳の目が呆れている。一瞬、物怖《ものお》じしたように顎《あご》を引いた香恋は、しかし次の瞬間、柳の目を見返して言った。

「だって、柳主任のスーツもプラダじゃないですか」

鷹司は、手にしていたコーヒー豆の缶を落としてしまうところだった。

マジか、こいつ、柳相手に宣戦布告しやがった。

「へぇ、……私の真似」

思わず柳の目をうかがうと、案の定、完全に据わっている。

「主任を見て勉強しろって、課長にそう言われましたから」

言ってねぇよ！　頼むからこの恐ろしい状況に俺を巻きこむなよ。

しかし、香恋はひるまずに続ける。

「柳さんの何もかもを真似て、勉強します。それで私も、いつかは社長秘書になります」

新人の思わぬ反撃に、柳は唖然《あぜん》としている。

「待ってます。い、いつでも潰《つぶ》すつもりで来てください」

それ、お前のセリフじゃねぇだろ。鷹司は、不謹慎《ふきんしん》にも笑い出したくなっていた。

なんだよ。こいつ、マジで面白い。あの柳相手に――こんな反応見せた奴が今までいたか？

張り詰めるほど緊迫したその空気を、最初に破ったのは柳だった。

肩をすくめるようにして息を吐くと、柳は鷹司に向き直った。

「実は、JJホライズン社のミッシェル・ハワード氏を私的に招いた晩餐《ばんさん》を催《もよお》すことになりました」

「いつだ」

「三日後の木曜日です」

鷹司は自分の目元が険しくなるのを感じた。

JJホライズン社は、米国最大手の情報通信社。ミッシェル・ハワードはその最高セキュリティ責任者だ。つまり、ライフガーディアンズにとって最大級の顧客である。

「休暇で来日されていることは知っている。表向きの目的は観光だったな」

「はい。取り急ぎ、秘書課でその準備をしなければなりません。それでひとつお願いがあるのですが」

なんだか、すごいことになってるみたい。

柳と鷹司が話す内容は、香恋には半分くらいしかわからない。

そういえば朝一のお客様って、誰なんだろう。鷹司が来客と言っていたが、名前はよく聞き取れなかった。まだ七時を少し過ぎたばかりなのに、堂々と社内に入れるお客様って――

「柳さん」

その時、給湯室の入り口から、柔らかい女性の声がした。香恋が振り返るより早く、柳が即座に声のした方に駆けていく。そして、丁寧《ていねい》なお辞儀をした。

「大変申し訳ございません。何分《なにぶん》早朝だったので、湯茶《ゆちゃ》の支度《したく》が間に合いませんで」

「いえ、いいのよ。用件は伝えたのでもう帰ります」

やんわりとそう言ったのは、六十歳くらいの長身のご婦人だ。コサージュのついた帽子と黒のワンピース。ひと目で普通の主婦でないとわかる装《よそお》いをしている。

「下まで、お送りいたします」

柳は何度も頭を下げている。

そんな柳を、黒服の婦人はにこやかに見下ろしている。その目に、なんとなく嫌なものを感じるのは気のせいだろうか。

――誰だろ……？

ぼんやりしていると、いきなり頭を押さえられた。相手はむろん、鷹司である。

「馬鹿。じろじろ見るな。加納社長の奥様だ」

あの人が――？　ひぇーと思いつつ、香恋は靴音が遠ざかるまで頭を下げ続けた。

「いつも、こんな時間にいきなり来られるんですか」

「……ま、我儘《わがまま》な人だからな」

我儘《わがまま》っていうか非常識——まさか、先ほどのミッシェルなんとかって人を招いた晩《ばん》餐《さん》会も、社長夫人の依頼だったのだろうか。

だったら三日後って、とんでもない無茶ぶりじゃない？

鷹司は軽く息を吐いて、出したカップを片付け始めた。

「それよりお前、これからが大変だぞ」

「え、これからって」

「馬鹿。聞いてなかったのか。三日後に、奥様が開かれる晩餐会の準備を秘書課ですることになった。柳主任がさっき、お前をサポート役に指名したぞ。三日間、自分の部下として使いたいと」

——……そんなこと、言ってたっけ？　え？　ていうかサポート役？　私が？

「えええええっ」

のけぞった香恋は、思わず鷹司の腕を掴《つか》んでいた。

「なんですか、それ、新手のイジメですか。私を秘書課から追い出すための陰謀《いんぼう》ですか」

「は、な、せ」

香恋の手首を掴んで、鷹司は自分の腕から引き離した。その大きな手の乾いた感触に、香恋は少しドキッとする。あ、あれ？　おかしいぞ？　まさかまだ、先週の錯覚が続いてる？

「まぁ、柳さんの仕事を見るいい機会じゃないか。……あの人も、案外苦労してるからな」

それだけ言うと、鷹司は踵《きびす》を返して給湯室を出て行った。

◆

「白鳥、何してる。まだ配席の手配をしてないのか！」

「は、はい、今すぐ」

「グズ、本当に使えないわね！」

その日から、本当に大変なことになった。

香恋の席は急遽《きゅうきょ》、第一係に移された。相変わらず同僚たちの態度は冷たいが、気にしている場合ではない。期限は三日。調べることもやることも山のようにある。少しでも失敗すれば、柳主任と鷹司課長――二人の容赦《ようしゃ》ない厭味《いやみ》と叱責が待っているからだ。

たった一日で香恋は、自分のメンタルにかつてないほどの自信を覚えた。藍、もうこの先、何があっても生きていけそうだよ。私。

「もういいわ。通訳はいいから、私が直接話します。すぐに電話を繋いで頂戴《ちょうだい》」

そうしてやっぱり、柳主任はかっこいいのだ。悪魔みたいに意地悪だけど、仕事をしている時はかっこいい。英語はペラペラ、文字は達筆、接遇《せつぐう》態度はお手本そのものだ。海外の要人を招くパーティーの段取りを手際よく整えながら、社長秘書としてのスケジュール管理も完璧にこなしている。本当にこの人はすごい。

そしてその柳が、課内で一番頼りにしているのが鷹司なのである。

「課長、会場のことでひとつ問題が」

「わかってる。セキュリティレベルの問題だな。それは俺が掛け合ってみよう」

つきあいが長いだけあって、二人の息は本当にぴったりだ。なにしろ――

「白鳥、お前の目は節穴か！」

「あなた、その目で何を見てるの？」

厭味《いやみ》を言うタイミングまで一緒ときている。そして、なんだろう。厭味にはとっくに耐性がついたはずなのに、こんな時、ちょっと寂しくなるのは……何故？

「これを朝までに確認しておけ」

鷹司から差し出されたのはファックス用紙だ。五十名程度の名前が筆で書かれている。

「……て、これからですか」

香恋は思わず呟《つぶや》いた。

現在の時刻、午前一時少し過ぎ。さすがに帰宅しようとしていたところだった。

気づけば秘書課は、第一も第二ももぬけの空になっている。

「それは今、加納社長の奥様から届いた新たな招待客のリストだ。当日礼状をお渡しするから、間違いがないか確認して、朝一番に印刷業者に渡せるようにしておけ」

「………」

「何か？」

「いえ……」

やっぱ、鬼だ。この人鬼。これ、もう、確実に今夜は徹夜ですよね。しかし、前日になってこんなものを送ってくるなんて、社長の奥様もなかなかの鬼かもしれない。

「そういえば、柳主任は？」

「北海道」

鷹司は自席に戻りながら、眠気のせいか、ぶっきらぼうに答えた。

「え？　北海道って……あの、五時までは普通に仕事されてましたよね」

「加納社長くらいになると、普通にプライベートジェットをお持ちなんだよ。北海道在住の人間国宝にミッシェル氏へ渡す手土産を頼むことになって、それで急遽《きゅうきょ》な」

「じゃあ、柳主任は、加納社長と一緒に北海道に行かれたんですか」

何気なく口にしたことだったが、その瞬間、鷹司がひどく険しい顔になった。

え、何、もしかして私、何かまずいことでも口にした？

「……馬鹿野郎。社長の予定くらい把握《はあく》しとけ」

あ、そうだった。社長は、明日も朝から会議が入っている。

「ミッシェル氏は日本通で、ありきたりな手土産じゃ満足なさらないんだ。毎回、加納夫人が趣向を凝らした贈り物を用意される。ミッシェル氏も、それを楽しみにしておられるからな」

じゃあ、それも、社長夫人の無茶ぶりか。なんだか柳主任が気の毒に思えてきた。

「今日は車で来てるから、それが終わったら寮まで送ってやる。こんな時間に自転車は危ないだろ」

え……。なんだろ、また今ドキッとした。

「あ、ああ、いいですよ。ち、近いですし、自転車置いて帰るほうが面倒なんで」

「心配しなくても朝もついでに拾ってやるよ。——そういや、お前、寮には連絡入れてるんだろ？」

え、連絡？　きょとん、としていると、眉を寄せて鷹司が顔を上げた。

「独身寮、だったよな。あそこは門限が厳しくて、一時過ぎると中に入れなくなるんじゃなかったか」

「なんで古いくせにセキュリティが厳しいんですか。入居してるのに入れないなんて、絶対におかしいですよね」

「知るか。入居する時に誓約書を書かされただろうが。連絡しなかったお前が悪い」

あの後、何度電話をかけても寮の管理人室には繋がらなかった。鷹司に車で送ってもらったものの、すでに建物はエントランスが閉じられた後である。

「住んでる奴に頼めば中から開けてもらえるんだが、まぁ、こんな時間じゃな」

車に戻り、鷹司は疲れたように息を吐いた。現在の時刻は午前三時少し前、鷹司でなくともため息が出る。

「マジ眠いんだよ。ボケ。なんで俺がお前の不始末につきあわなきゃいけないんだ」

「す、すみませんっ」

「管理人に連絡さえつきゃ、なんとかなるんだが……。仕方ない、この時間じゃラブホテルか」

「えええっ」

「一人でな。前まで車でつけてやるから」

そ、そうですよね。度肝、抜かれました。都会の人はさらっとラブホなんだと一瞬思ってしまいました。そうですよね。一人でラブホ……

「い、嫌ですよ。絶対嫌。そんなだったら野宿かファミレスか漫画喫茶にしてください。一人でラブホなんて、どうやって入ればいいんですか」

「普通に入ればいいんだよ。お一人様禁止なんてルールはないし、風呂もあればベッドもあるだろ」

「鷹司さんはいいかもしれませんが、私はそんなのがラブホ初体験なんて、絶対に嫌です！」

「はぁ？　どんな無意味なこだわりだよ！　だいたいファミレスも漫画喫茶もこの近くにはないぞ。この時間から探せってのか！」

「だったら会社に戻ってください。一人で自転車で行きますから！」

「ああ、そうするさ！」

しかしハンドルに手を添えた鷹司は、さも忌々《いまいま》しげに、それを叩いた。

「仕方ない。今夜だけ俺の部屋に泊めてやる」

「――え」

「間違っても手なんか出さないから安心しろ。俺は女には不自由してないからな」

その瞬間、香恋の中で何かが急速にしぼんだ気がした。じゃあ、鷹司さんって彼女持ち……？

「いや、だったら余計行きづらいっていうか、悪いっていうか……」

「泊めるっていっても、今から朝まで三時間仮眠するだけだろ。もういい。議論してる時間が惜しい。悪いが俺は、一秒でも早く寝たいんだ」

鷹司のマンションは、香恋の住む寮から車で十分ほど走った場所にあった。ごく普通の賃貸マンション。部屋は七階で1LDK。リビングは案外広く、家具はほとんどが新品のようだ。

ひぇー、本当に上司の部屋まで来ちゃったよ。藍に話したら、飛んで来そうだ。

「すみません、あの……私なら、ソファでいいですから」

「当たり前だ」

いかにも不機嫌そうにリビングの奥の部屋に消えた鷹司は、すぐにタオルケットとパジャマのようなものを持って戻ってきた。それを無造作にリビングのソファに投げる。

「ここで寝ろ。風呂はいいよな？」

香恋は大慌てで頷《うなず》いた。シャワーなら、朝に寮で浴びればいい。

「台所に新しい歯ブラシ置いとくから、歯だけは磨いて寝ろよ」

そう言って奥の部屋にひっこんだ鷹司が、再び出てくる。まだどうしていいかわからずにぼんやりしていた香恋は、鷹司の姿を見て、慌ててソファに寝転がってタオルケットを頭までかぶった。

——う、嘘でしょ。もう。

下は何か穿《は》いているようだが、上半身は裸である。ちょっといくらなんでもデリカシーが……。ここに、乙女が一人いることを忘れてない？

鷹司が足を止め、こちらを見ている気配がする。

「おい」

寝たふりを諦め、香恋はおずおずとタオルケットから顔を出した。

うわっ、裸。見た目スマートなのに、結構逞《たくま》しい。い、いやいや何見とれてんだ、私。

「服は脱げ。皺《しわ》になるだろ」

「だ、大丈夫……気をつけて寝ますから」

服なんて脱げるわけがないじゃない。そりゃ、鷹司さんはこんな状況に慣れてるのかもしれないけど、私には何もかもが初めてで——。今だって、心臓、ドッキドキなのに。

「……脱げよ」

ドッキドキが、あっと言う間にドドドになる。

何それ、何それ、そんな意味深な声で服を脱ぐことを求められるなんて、やっぱり——

その時、バサッとタオルケットの上に何かが投げられた。何……？　ハンガー？

「いい服なんだ。一着しかないなら、大切に着ろ」

シャワーの音が聞こえてきたので、そろそろと身を起こした香恋は、急いでスーツを脱いで、鷹司の出してくれたハンガーにかけた。

ちょっと誤解してしまった。そうだよね。大切に着ないと、当面次を買えるお金なんてないし。

ストッキングも脱ぎ、小さくくるんでバッグにしまうと、おそるおそる、鷹司の貸してくれたパジャマに袖を通してみる。

「でかっ」

まぁ、身長百八十五センチと、百五十五センチじゃな。

白い、薄手のワッフル生地で、どうやら外国製らしい。袖も裾《すそ》もブカブカだったが、思いの外肌触りはよく、石鹸の香りに混じって、少しだけ鷹司の匂いがした。

下は……パスでいいだろう。だって男物のズボンって一部が生々しくて、それが職場の上司のものとなると、ちょっと想像したくないと言いますか。

落ち着くと、緊張で忘れていた好奇心がむくむくとわいてくる。鷹司さんの部屋って一体どんなだろう。意外なグッズとかないかしら。ああ見えて通販マニアとか。

しかし香恋は、すぐにその好奇心を失った。見事なほど何もない。住宅展示場みたいに綺麗な部屋。唯一書棚だけが本人の嗜好《しこう》を知るアイテムだったが、中身はビジネス書籍ばかりである。

が、その書棚の中に、一冊だけ青色の厚いファイルが収められている。背表紙には少し褪《あ》せたラベルが張ってあり、綺麗な筆跡で『要人警備部門立ち上げに関する資料』と書かれていた。

要人警備っていったらSPのことかな。そんな部門、うちの会社にはなかった気がするけど……

不意に強烈な睡魔が襲ってきて、香恋はソファにうつ伏せに倒れこんだ。衣服から感じる鷹司の香りが強くなる。

——いい匂い……この人の匂い、私、好きだな……

汗とも体臭とも違う。なんとも言えない、温かな香り。そういえば、昔、冷泉さんも言っていた。僕は鷹司の匂いの方が好きだよ——それ、誰と比べてたんだっけ。ああ、私か。

「おい、寝たのか？」

声をかけても反応がないので、鷹司はタオルで髪を拭《ぬぐ》いながらリビングに入った。

面倒だったし、眠かったし、だからといって田舎から上京したばかりの女の子を夜中一人で放り出すわけにもいかないし——色んな理由があったとはいえ、なんだってこんな馬鹿な、危険な真似をしてしまったんだろう。

セクハラだと訴えられれば、一巻の終わり。三年前みたいにまた本社から追い出されるか、下手すればクビだ。この微妙な時期にそんなことになれば、迷惑を被《こうむ》るのは……

「電気消す――……」

スイッチに手をかけた鷹司は、そのまま凍りついた。――は？

ソファっつったのに、なんで床に転がってる？　し、しかも臍《へそ》まで丸出しで……

臍まで出ているということは、当然その下もむき出しだ。案外綺麗な足が二本、無防備に床に投げ出されている。

鷹司は目を逸《そ》らしながら、そろそろと香恋の傍《そば》に歩み寄った。

何を勘違いしたのか、服を脱げと言ったら真っ赤になったくせに、ズボンすら穿《は》かねぇのかよ。こいつ、もしかしてわざと挑発してんのか？

目を逸らしたまま膝をつき、床に落ちているタオルケットをつまみ上げ、それを投げるようにしてかけてやった。ミッション、終了。まるで恐ろしい罠に挑む探検家の気分だ。

しかしいきなり未知の怪物が足に絡みついてきた。離れようと膝を立てたとたん、その足に――正確には腿《もも》に、香恋が両腕を巻きつけてきたのだ。

「うおっ」

思わず腰をついた鷹司は、自分の腿に腕を絡めてすやすやと寝息を立てる女を、しばし唖然《あぜん》と見下ろした。

ちょっと待て、これは、……さすがに位置的にまずいだろ。わざとか？　わざとなのか？　やっぱりこれは、何かの陰謀《いんぼう》か罠だったのか？　信じた俺が馬鹿だったのか？

腿《もも》をくすぐるような吐息と、薄く開いた小さな唇。腕も胸も柔らかく、少しいい匂いがする。ああ、こいつも女の子だったんだと——思ってる場合じゃねぇよ、これ。

やばい、ちょっと反応してきた。最近そういう機会もなかったし、疲れて理性も飛びぎみだし。

「おい、離せっ、この馬鹿女、お前と違って、俺は純情な男なんだよ」

「鷹司さん……」

え……。ドキッとした。なんだ、今のこの感じ。

「すみません、枕はもっと、柔らかめでお願いします……」

「…………」

はい？

するするっと腕が解《ほど》けて、香恋はそれきり眠りの底に沈んでしまったようだった。

——電話……、電話に出なきゃ……

ほんの一瞬、ものの数秒意識を失っただけの気がしたのに、はっと目が覚めると、室内は朝の明るさに包まれていた。

一瞬、自分がどこにいるのか、何故電話の着信音がするのか、全くわからなかった香恋だが、胸元からタオルケットが落ちたので気がついた。そうだ、ここは上司の部屋で、私は昨夜——正確には今朝、この部屋に泊めてもらったのだ。

あれ、でもなんで床に転がってんだろう？

着信音は、リビングのコーナーテーブルから聞こえてくる。見れば、固定電話の赤ランプが点滅している。香恋は慌てて腕時計を見た。午前六時ジャスト。こんな時間にどこから電話？

一度切れた電話がまた鳴った。しかしもちろん、香恋の立場で出るわけにもいかない。

仕方なくそろそろと起き上がると、香恋は隣の部屋をノックした。

「鷹司課長、朝です。電話、鳴ってますけど」

電話もむろん気になるが、そろそろ寮に送ってもらわないと、朝の支度《したく》が間に合わない。

返事がないので、仕方なく扉を開ける。遮光《しゃこう》カーテンのせいかリビングより薄暗いその部屋は、広さにして六畳あまり。部屋の主は、壁際に置かれたシングルベッドの上で熟睡していた。

「すみません……、電話が鳴ってるんですけど」

あ、切れた。まぁ、急ぎなら、またかかってくるだろう。

香恋は少しだけベッドの近くに寄って、もう一度鷹司に声をかけた。無反応。もう少し傍《そば》に寄ってみる。

「課長、そろそろ起きてくださいよ」

かすかに呻《うめ》いた鷹司が、手の甲で目のあたりを覆《おお》って顔を背ける。寝る前に吸ったのか、少し、煙草《たばこ》の匂いがした。そうだよね。そりゃ疲れるし、ストレスも溜まるよね。

顔を覆った腕の下から、形のいい鼻梁《びりょう》が覗《のぞ》いている。少し開いた唇は、ちょっと厚めだ。そして顎《あご》には無精髭《ぶしょうひげ》。

なんだろう。こんな隙だらけの鷹司さんを初めて見た。そのせいかもしれないけど、なんか……

その時、いきなり背後でけたたましいベルの音がした。

「ううわっ」

それがあまりに唐突で、そしてあまりに周囲が静かだったから、とっさにしゃがみこんだ香恋は、目の前の鷹司の腕にしがみついてしまった。鷹司がぎょっとした顔をして跳ね起きる。

乱れた前髪、当たり前だが眼鏡はかけていない。二人は至近距離で、しばし驚いたまま見つめ合った。

「何……、襲うつもりだった？」

「ち、ちが、違いますよ。電話が、電話が鳴ったから」

「電話じゃなくて、目覚まし時計な。切れよ」

そ、そうでした。慌てて立ち上がって、デスクの上に置かれた目覚ましのアラームを切る。

「あ、そんなことより本当に電話です。こんな時間に二回もかかってきたんですけど」

「それなら多分、寮の管理人。こっちに連絡するよう伝言残したから」

鷹司はさも大儀《たいぎ》そうに伸びをした。

「まずいくらい眠い。今夜が本番なのに、持つかな、それまで」

「あまり眠れなかったんですか？」

一方の香恋は、思いの外すっきりしている。鷹司は、ちらっと香恋を上目遣いで見た。

「まぁ、寝る前に刺激的なもん見ちゃったからな」

――え……？

「お前さ。男の部屋に泊まる時は、もうちょっと気をつけろよ、お互いのために。少なくともズボンは穿《は》け。それから無防備にケツ出して寝んな」

は……はい？

「そ、それ、問題発言ですよね。セクハラ以外の何ものでもないですよね」

「むしろ俺が被害者だろ。見たくて見たわけじゃない。風呂から出たら、お前が床に転がって」

その状況を想像した香恋は、たちまち耳まで熱くなった。

「ストップ。ストップ。その話は、もう二度と、絶対にしないでくださいっ」

「しねぇよ。思い出したくもない」

う、それは少し酷《ひど》いと思う。確かに、自慢できるようなお尻じゃないけど――

「おい、まさか泣く気じゃないだろうな。なんでそこで目を潤《うる》ます……」

香恋は鷹司をきっと睨《にら》んだ。

「だって、二十三の乙女が、三十過ぎのオジサンにお尻見られたんですよ？　それだけでも人生最大のショックなのに、被害者だとか思い出したくもないとか、酷すぎです！」

「はぁ？　じゃあなんて言えばいいんだよ」

「ほんっとデリカシー、ゼロですね。可愛いとかエロかったとか、それくらいお世辞でも言えないいんですか」

今度は本気で呆れたように、鷹司は口を開いた。

「……デリカシーゼロはお前だろ。とにかく、早く部屋から出て行け！」

◆

パーティー当日。会場は赤坂のホテルで、その直前まで様々なトラブルがあったものの、本番は滞《とどこお》りなく進んでいた。

会場には留守番の佐隈を除く秘書課の全員が駆り出され、要人やゲストたちの接待に勤《いそ》しんでいる。そんな中、香恋と藤子は、関係者控え室とされた別室で、予備要員という役目を割り当てられていた。簡単にいえば、雑用係である。

「なんか、釈然《しゃくぜん》としないんだけど」

来客へのプレゼントを載せたカートを押しながら、藤子が言った。

「私はともかく、あれだけ頑張った香恋ちゃんが表に出られないっておかしくない？」

「まぁ、残念だけど、接遇《せつぐう》面ではまだまだですから」

同じくカートを押しながら、香恋は言う。正直、かなりの悔しさはあるが、それが現実だ。先ほどちらっと会場を覗《のぞ》いたが、午後四時に北海道から戻ってきたばかりだというのに、柳主任は完璧な笑顔。午後五時の時点では死んだようにキーボードを打っていた鷹司は、別人のような鮮やかさで場の采配《さいはい》を振っていた。——まだまだ、あの域にはほど遠い。

香恋と藤子は今、加納夫人が用意した有名シェフの手作りケーキを会場に運んでいる。これもまた、ぎりぎりで発注しろと言われたため、届いたのもぎりぎりだったのだ。

「え、じゃあ、ついにバレちゃったの」

そんな声が聞こえたのは、会場横の控え室前にさしかかった時だった。

「そう。だから最近、社長の奥さん、やたら柳主任に厳しいの。今夜のパーティーだって、無茶に次ぐ無茶で、はっきり言えばイジメみたいなもんじゃない」

藤子と香恋は顔を見合わせて足を止めた。声は、志田遥と別の秘書たちのものだ。

「いい気味っていうか、バチだよね。社長と不倫なんてするからさ」

そう言った遥が、クスリと笑うのがわかった。

「枕秘書……ああはなりたくないよね。いくら秘書課のトップに立ちたいからって」

思わず香恋は、足を踏み出しかけていた。藤子に腕を掴《つか》まれる。

「ちょっと待って。何言うつもり？」

「だって、……あんな言い方、酷《ひど》すぎです。仮にも同じ課の仲間なのに」

「放っときなよ。柳さんには、香恋ちゃんだって酷い目にあわされたんでしょ？」

それは、そうかもしれないけど。だからって、主任の何もかもを否定してほしくはない。

柳主任が加納社長とそういう関係だった——その衝撃より、今の遥たちの言い様《よう》の方が香恋には何倍もショックだった。

「だいたい鷹司課長もお人好しだよね。あそこまで必死になって、柳主任のフォローなんてしなくていいのに」

その言葉に、香恋は眉を寄せていた。

「あの二人、昔、つきあってたって本当の話？」

「らしいよ。鷹司さん入社したてで、三歳年上の柳主任に夢中だったんだって。結局、柳主任が当時副社長だった加納社長と出来ちゃって、駄目になった、みたいな」

あ、……そう、そうなんだ。まぁ、お似合いだし、なんとなくそんな予感はあったけど。

あれ？　……あれ？　なんで私が、ここで無駄にショックを受けてるわけ？

「白鳥、藤子、中に入れ」

その時、背後からいきなり声がした。

げっ、課長――だけじゃない、その隣には柳主任も立っている。いつから二人はここにいた？

「あ、あの、その、別に私、立ち聞きしてたわけじゃ」

「いいから中に入れ。緊急事態だ」

二人の緊迫した表情を見て、香恋は言葉を呑みこんだ。

「北海道在住のガラス工芸作家、道下隆治《みちしたりゅうじ》氏の作られた花瓶だ。個展用に出される作品を、今回無理を言って譲っていただいた」

そう言った鷹司が、白木《しらき》の箱の蓋《ふた》を開ける。中を覗《のぞ》きこんだ香恋は、口に手を当てていた。酷《ひど》い、粉々に砕《くだ》けている。

「私のミスよ」

柳が疲れた声で言い、額《ひたい》に手をあてた。

「持ち運びには十分注意していたつもりなんだけど、――渡す直前に中を確認したら、このありさま。道下氏には改めて謝罪させていただくとして、問題は、あと一時間で会場を去られるミッシェル・ハワード氏に手渡す物が何もないということよ」

鷹司が、後を続けた。

「みんなも知っての通り、日本通のミッシェル氏に、ありふれた土産物は厳禁だ。うちの最大手取引先なだけに、失敗は絶対に許されない」

パーティー会場横の控え室。ここには今、手伝いに駆り出された秘書課の全員が集められている。

「ここに俺の考えた、これなら、と思える土産物のリストがある。ただしどれも、この時間、しかもあと一時間では入手困難なものばかりだ」

コピー用紙が全員に配られた。そこには鷹司の殴り書きで――とはいえ相当美しい筆跡なのだが、様々な工芸品と、その作家名が記されている。

「リストに挙げられている物ならどれでもいい。各自、電話で手配してほしい。ただし通常の方法で一時間以内は難しい。各人、あらゆる伝手《つて》やコネを使ってくれ。謝礼の額は言い値で構わない」

バタバタと慌ただしく、全員が携帯やスマートフォンを持って部屋のあちこちに散った。

「どこに電話？」

「うちのパパ。確かこの作家さんと知り合いだったと思う」

すごい、さすがはセレブな親を持つ秘書たちだ。でもこれから一時間って——交通状況を考えたら、よほどのミラクルでもない限り、無理なんじゃ……

「課長、私も心当たりがあるので、少し外に出てきます」

一礼して、疲れきった表情の柳が控え室を出て行った。香恋の背後で秘書たちが囁《ささや》き合う。

「ねぇ、本当に輸送中の事故だと思う？　もしかすると加納夫人の嫌がらせだったりして……」

香恋はとっさに鷹司を見た。スマートフォンを耳にあて、鷹司もどこかに電話しているようだった。そうだ。理由はどうあれ、結局、責任は全て課長であるこの人が取るのだ。

ぽん、と藤子に背中を叩かれた。

「香恋ちゃん、とりあえず私たちはケーキ運ぼう。多分、私たちにできることは何もないよ」

「う、うん……」

その通りだ。できることなんて何もない。伝手《つて》もなければコネもない。ここに書いてあるものだって、何がなんだかチンプンカンプン……。ん、待てよ。でも、どこかで見たような名前がある。

「ちょ、ちょっと待ってください。藤子さん」

考えろ、考えろ、自分。今、何かが閃《ひらめ》いた。何か、シャボン玉みたいに儚《はかな》い何かが。

そもそも、課長はどうして、短時間でこのリストを作れたんだろう。結構細かく、作家の連絡先までメモしてある。ああそうか。『接待・虎《とら》の巻《まき》』だ。確かミッシェル・ハワード氏の情報もそこに……

「あーーーっっっ」

大声をあげた香恋を、全員が驚いて振り返った。

「白鳥、お前、何もできなくても、邪魔だけはすんな！」

目に怒りをにじませて鷹司が声を荒らげる。

「か、か、課長、私にもアイデアがあります。外に、外に出てきてもいいですか」

「はぁ……？」

タクシー、電車、どちらも間に合わない。バイクは……保険の問題もあるから他人の物は借りられない。

「自転車、どっかで借りられないですか？」

一瞬、訝《いぶか》しげに眉を寄せた鷹司は、すぐに室内の電話機に向かった。

「ホテルに頼んでみよう。すぐに出るのか」

「はい」

「じゃあ、西側の駐車場に手配させる。――行け」

「はいっ」

解き放たれた犬みたいに、香恋は全力で駆け出した。

「今夜は、本当にお疲れだったね」

にこやかに微笑《ほほえ》む小柄な老人は、ＬＧＳの代表取締役社長、加納元佑である。

六十五歳。わかっていても、嘘だと信じたいと香恋は思った。この人と柳主任が――あり得ない。年もそうだけど、ビジュアル的にあり得ない。

パーティー会場横の控え室。直立不動の秘書課社員全員を前に、加納社長は滔々《とうとう》と続けた。

「家内が無理な頼みをして、本当に皆さんにはご迷惑をかけてしまった。皆さんの心遣いに、ミッシェル氏も随分《ずいぶん》喜んでおられたよ。ありがとう」

その加納の背後では、柳主任が微笑を浮かべて立っている。そのさらに背後には警備員が二人。本当に大物、という感じである。

それはそうだ。年商二百億を超えるLGSの頂点に立つ男。創業者の直系で、前社長である冷泉総一朗は、この人の甥《おい》にあたるのだ。

その加納の視線が、ふと香恋の前で止まった。

「君は……新人かな」

「は、はい。白鳥香恋です」

「社長、この白鳥が、ミッシェル氏への土産物を手配してくれました」

背後から柳がそっと囁《ささや》くと、糸みたいに細い加納の目が、少しだけ開いた。

「それは君、お手柄だったね。まさか氏が、近年あのような物にはまっているとは、私も全く知らなかった。指示したのは鷹司君かね」

鷹司は視線を下げて、控えめに異を示す。

「ほう、ではどのようにして、氏が……あー、柳君、なんだったかな」

「いちご大福、でございます」

「そう。いちご大福、ね。そういった和菓子を好むと、どうして知ったのかね」

私？　私に訊《き》かれてる？　一瞬慌てたものの、傍《かたわ》らの鷹司を見上げて、少しだけ落ち着いた。

「SNSで」

「ほう、SNSかね」

「フォローしてるんです。訳してくれるのは藤子さんですけど。それで、……日本から来た友人にもらったストロベリーダイフクが、とても美味《おい》しかったという呟《つぶや》きあったのを思い出して」

加納はにこやかに微笑《ほほえ》んで「なるほど」と言うと、秘書全員を見回した。

「それは、ミッシェル氏には思わぬサプライズであり、同時に我々の誠意を存分に示せたことになるだろうね。今夜はありがとう。君たちのような秘書がいる限り、我が社はこれからも安泰だ」

「馬鹿野郎、社長になんて口きいてんだ、お前」

加納社長が退室したとたん、後ろから頭をぱしっとはたかれた。相手はむろん鷹司である。

「だ、だって緊張して」

「俺の教育姿勢が問われるだろうが。お前はやっぱり秘書失格だ」

他の秘書たちが、笑いをこらえたり、肩をすくめたりしながら部屋を出て行く。

「すごかったねー。白鳥さん」

「髪を振り乱して飛びこんできた時は、どこのヤンキーかと思っちゃった」

彼女たちの言葉を聞いて、香恋はちょっと落ちこんで肩を落とした。

えー……今日は私、結構頑張った感があるんですけど。

しかも、買ったばかりのスーツには黒い染み。なんか今頃へこんできた。別に誉《ほ》められたくてしたことじゃないけど、それにしたって……

いきなり背後から頭に手が置かれた。

「よくやった」

「…………」

「ミッシェル氏のSNSは俺もフォローしてるんだ。でもビジネスに関係のないコメントは読み流してた。本当に今夜はよくやったよ、お前」

頭から手が離れる。

「――以上、さっさと撤収《てっしゅう》作業に戻れ」

香恋は弾《はじ》かれたように振り返った。鷹司が驚いたように顎《あご》を引く。

「……な、なんだよ。何か悪いことでも言ったか？」

だって。

「おい、嘘だろ、こんなところで泣くな」

だって、だって、だって。

少し慌てたように、鷹司が肩を抱いてくれる。

「泣くなって。まるで俺が泣かせてるみたいだろ。え——俺なのか？　俺が泣かせてるのか？」

「……って、だって私、ずっと鷹司課長に……」

よくやったって、ずっとそう言われたかったから。

片手で口を押さえて、香恋はこみあげる嗚咽《おえつ》を懸命に呑みこんだ。

「う、嬉し泣きです。ごめんなさい。すぐ、おさまりますから」

「…………」

不意に肩に置かれた手に力がこもった。顔を上げようとすると、鷹司の胸元に引き寄せられる。

——え……？

すぐ近くで鷹司の匂いがした。肩に回された腕が、香恋を優しく包みこんでいる。

え、何、え……？

外から、鷹司を呼ぶ志田遥の声がした。ぱっと手が離れ、鷹司が一歩後退する。思わず見上げた顔は——気のせいでなければ、ひどく動揺しているように見えた。

なんでそこで課長が動揺してるわけ。こっちまでどうしていいか、わからなくなるじゃない。

「今のは、……」

うつむいた香恋はドキッとした。今のは？

「セクハラじゃないからな」

はい？

立ちすくむ香恋を残し、鷹司は部屋を出て行った。

◆

「香恋ちゃん、どうしたの。なんか今日、おかしくない？」

藤子の問いかけに、お茶を飲んでいた香恋は、咳きこみながら顔を上げた。

「お、おかしいって、どういう意味ですか？」

昼休憩。パーティー後の日常を取り戻した秘書課で、香恋もまた第二係に席を戻していた。

「まぁ、色んな意味でおかしいんだけど」

そこで言葉を切った藤子は、サンドイッチを置くと、ちょっと意味深な目で香恋を見た。

「課長と、何かあったんじゃない？」

ぶっと香恋は飲みかけのお茶を噴《ふ》き出してしまった。

「だって、今朝から不自然に目を合わさないっていうか、なんか妙に意識してるっていうか」

ドキッ。その通りである。何もかも昨日の、あの抱擁《ほうよう》のせいだ。

鷹司はなんだってあんな真似をしたんだろう。でも今日の態度は私の方に問題あり、だ。これじゃ私、まるで——まるで鷹司のことを……

「好きなんでしょ。鷹司君のことが」

佐隈である。ひっくり返りそうになった湯呑みを、香恋は慌てて手で押さえた。

「きゃっ、佐隈係長も気づいてました？」

「ふふ、年の功だよ。藤子さん」

一体何が年の功なのか。年甲斐《としがい》もなく目をキラキラさせる佐隈と藤子。

「実は私、最初から怪しいと思ってたんですよね」

「僕もねぇ。鷹司君のツンがいつデレになるか。それを今か今かと待ってたんだよ」

ちょっと待てい。香恋は堪《たま》らず立ち上がった。

「違います。お門違《かどちが》いです。全否定しますし、ありえません！」

「……何もそこまでムキにならなくても」

そりゃ、なるよ。だってこんな話が鷹司の耳に入ったら、私、今度こそ秘書課にいられない。

「……あのですね。実は私、心に決めた人がいるんです」

香恋はとっさに言ってしまった。

「え、彼氏いたの？」

「そうじゃなくて——む、昔ですけど、高校生の頃、土手で倒れていた私を助けてくれた人のことが忘れられないんです」

「……土手？」

顔を見合わせ、藤子と佐隈が同時に言った。

「それ、どういうシチュエーションなの？」

それは説明すれば長くなる。だいたい、そこで冷泉社長と会ったなんて話、しない方が常識的に正しいことくらい、香恋にだってわかっている。

「つまり土手の上の王子様だね」

佐隈が、したり顔で頷《うなず》いた。

「え、なんなんですか。それ」

「知らないの？　昔『丘の上の王子様』っていうのがいたんだよ。昭和の少女漫画でね。丘の上で王子様みたいな素敵な人と出会ったことから始まるラブロマンスなんだけど、ヒロインは、最終話まで王子様が誰だかわからないんだ」

どこまで間が抜けた女の子の話だろうか。

「ところで、白鳥さんを助けた人が立ってた場所って土手の上？　下？」

「下です。てか、上でも下でもどっちでもいいですよ。つまり、その人が私の初恋で運命の人なんです。鷹司課長なんて、その人と比べたら全ッ然、色褪《あ》せちゃって」

「……そりゃ、悪かったな」

その時、パーティションの扉が開いて、酷《ひど》く不機嫌な声がした。げっ、課長。よりによってこのタイミング？　固まったまま声も出ない香恋を見下ろし、鷹司は怒りを抑えたように言った。

「ちょっと、表に出ろ」

ひ、ひぇー……お礼参りですか。課長が部下にお礼参りですか。

ち、違うんですよ。鷹司さん。今のはあなたにとって不名誉な噂を白紙にするためにやむなく、ですね。香恋はあわあわと口を動かしたが、鷹司は背を向けて歩き出してしまう。

「か、香恋ちゃん、ガンバ」

「その誤解も恋の大切なスパイスだよ」

ここに藍が加われば、最強の女子会が誕生するに違いない。佐隈は女子ではないが、違和感はないだろう。そんな無駄な現実逃避をしながら、香恋は鷹司に続いて廊下に出た。

「……あの、さっきは、ですね」

「気にするな。そりゃ冷泉社長と俺じゃあな。フルカラーと白黒くらいの差はあるさ」

いや、だから、そうじゃなくて。だって、……迷惑でしょ。ただでさえお荷物の私との間にそんな噂が立ったら。それに、万が一私の態度で誤解させてしまったら、それはそれで大迷惑だろうし。

「それより、悪かったな」

え……？

「昨日――冷静になってみると、セクハラと取られても仕方ないな、と思ってな。今日は、朝から俺を避けていたようだから」

え、いや……それは、違うっていうか。

「せっかくだから、双方誤解のないようにしておこう。泣いてる赤ん坊をあやす勢いで、――まぁ、他意はなかったんだ。それでも悪かった。できれば、気にしないでもらえるとありがたい」

自分の中で、昨日の夜からずっと膨《ふく》らんでいた何かが、しゅうっとしぼんでいくのがわかった。

「……いえ、そんなこと言われなくても、全然、気にしてないですし」

あ、まずい。暗い声になっている。香恋は急いで笑顔を作った。

「だって私、体育会系だし、女より男友達の方が多いし、男子とのふれあいには慣れてますし」

足を止めた鷹司が、少し意外そうに振り返る。

「あれくらいで動揺する女子なんて、少女漫画の中にしかいませんよ。全然問題ないですから」

って、何言ってんだ。私。

男友達は確かに多いけど、あんなにドキドキしたのは、今まで生きてきて初めてだった。

鷹司課長の胸と手が心地よくて……、きゅんがもうきゅんじゃなくて、きゅーーーんって感じで。

「……まだ時間あるな。社内じゃあれだから、外に出て話すか」

腕時計を見て、鷹司が言った。え、話ってこのことじゃなかったの？

そして初めて気がついた。鷹司は手に、大きな紙袋をぶら下げている。

「ああ、これな。柳主任からの預かり物だ。後で、お前に渡せって言われてな」

そういえば、今日は珍しく柳主任が休んでいる。香恋は眉をひそめて鷹司を見上げた。

「えっ、柳主任が辞めた？」

川沿いの公園。ベンチに座った香恋は、驚いて隣に座る鷹司を見た。

「辞表は今週の月曜にもらってた。辞令が出るのは来週だから、まだ、誰にも言うなよ」

鷹司は淡々と言い、手にした煙草《たばこ》に火をつけた。

「加納社長の退任が今月中には決まるからな。それに先駆けて辞めるってことだろう」

ますます香恋は混乱した。加納社長の退任？ それ、一体どういうこと？

「じきにわかるから言うが、社長については体調の悪化が原因だ。長期療養が必要で、退任は昨年度末からの既定事項だった。柳さんは、入社した時からずっと加納さんの秘書だったからな」

「じゃあ加納社長が辞めるから、柳主任も辞めなくちゃいけないってことなんですか」

「……会社までは辞めなくていいが、うちでは少なくとも秘書課は出ることになる。役員と秘書は一心同体の間柄だ。後任の役員にとっては、邪魔でしかないんだよ」

その時、鷹司のポケットから着信音がした。

香恋は納得できないまま、唇を噛《か》む。

取り出したスマートフォンを耳に当てた鷹司は、「ああ」とか「わかった」とか言った後、それを香恋に差し出した。

「柳さん。お前とちょっと話したいってさ」

「ごめんね？　驚いた？　もう鷹司課長からだいたいのことは聞いた？」

電話の声は、思いの外明るかった。逆に香恋は、面食らって瞬《まばた》きをする。

鷹司はベンチから少し離れた場所で、香恋に背を向けて煙草を吸っている。

「本当は社長が退任される日まで残るつもりだったんだけど、私がいるとまた昨日のパーティーみたいなことが起きると思って。それで思い切って辞めることにしたのよ」

「あの、それは……」

言葉が何も出ないまま、香恋はスマートフォンを握りしめた。

「知ってるんでしょ、愛人だって。今はもう、父と娘みたいな関係なんだけどね。入社以来ずっと可愛がってもらって、随分《ずいぶん》利用したし、後ろ盾にもなってもらった。最後まで傍《そば》で恩返ししたかったけど……最後は、奥様を選んじゃった。癌《がん》なの。もう……長くはないんでしょうね」

「…………」

「社内での私の噂、聞いたでしょ」

柳がかすかに笑うのがわかった。

「何もかも噂通り。私の後ろ盾は加納さんだけだったから、会社に残ったとしても、憐《あわ》れな末路が待ってるだけよ。秘書以外の経験ないし、偉そうにふるまってても、実力なんて全然ないしね」

「そんなことないです——柳主任は」

真性《しんせい》のドS《エス》ですけど、仕事は完璧で。綺麗で賢くて、とにかく秘書の理想みたいな人で。

「ありがとう」

香恋の心の声を察してくれたのか、柳の声が優しくなった気がした。

「色んな意味で、あなたには楽しませてもらったわ。だからお礼。あなたが一番気にしてることを最後に教えてあげようと思って——私と鷹司課長のことだけど」

その瞬間、香恋は自分の胸が思いっきり跳ね上がるのを感じた。

「え、あの、えと、あの、なんでしょう。別に私、鷹司課長のことは——なんとも」

「つきあってたなんて、嘘よ。大嘘。本質的に相性が悪いのくらい、見てわかるでしょ？」

——え……

「どうも脩二君は、愛人やってる私が放っておけなかったみたいでね。知り合いに悲惨な愛人経験者でもいたのか、やたら私を気にかけてくれてたの。それで噂になったんだけど、双方噂を否定しなかったのはカムフラージュね。当時は脩二君も、人には言えない相手とつきあってたから」

ほっとしたのもつかの間、香恋は胸がぎゅうっと押し潰《つぶ》されたように感じた。

「人には言えない、相手って……」

「あら？　有名な話なのに知らないの？　写真誌にも撮られたし、毎日、顔を見てるのに」

写真誌――？　毎日、顔を見る……？

「脩二君、元N大の柔道部なのよ。まぁ、後は彼に訊《き》いたら？　とっくの昔に終わった話だしね」

え……？　今、なんて言った？　柔道？

「いけない、そろそろ切らなきゃ。プレゼント、見てくれた？」

初めて香恋は気がついた。先ほど鷹司がベンチに置いた紙袋は、プラダのショップ袋である。

「服、駄目にしちゃったお詫《わ》び」

「…………」

「秘書としてはまだまだだけど、これから頑張って精進なさい。ありがとう。それからごめんね。最後にあなたみたいな面白い部下ができて、本当に楽しかった」

「なんだ、お前、さっきからおかしいぞ」

会社に戻る道中、黙ったままの香恋を、鷹司は訝《いぶか》しげに見下ろした。

「柳さんに何言われたか知らないが、俺の悪口なら、いちいち真に受けて信用すんなよ」

「いえ、……別に、そういうんじゃないですから」

胸が不安で押し潰《つぶ》されそうになって、香恋は急いで歩き出した。

――鷹司課長が……柔道をやっていた。

彼が柔道をやっていたことを隠していたとしても、別におかしなことではない。柔道なんておしゃれとは真逆のスポーツだし、隠したい気持ちも、ちょっぴりわかる。

問題は、鷹司と出会った時に彼が見せた、不思議な反応なのだ。

五年前のあの夜、私が名乗ったら、彼は一瞬、黙った。

まるで、私の過去を全部知ってるみたいな態度だった。それから、あのセリフ。

(報《むく》われない努力もある。もっともお前には、それを口にする資格すらないんじゃないか)

いきなり背後でクラクションの音がした。ぼんやりしていた香恋は、驚いて足をすくませる。

「おい、何ボケっとしてんだ」

鷹司が香恋の腕を掴《つか》む。よろめく二人の前に、白いベンツが滑りこんできた。

場所は会社のエントランス前。顔を上げた香恋は、次の瞬間、思わず目を見開いていた。

透明な自動ドアの向こうに、広いロビーが見える。そして、小杉絢の巨大吊り看板。

毎日顔を見る。柔道。――世界一。

嘘だ。まさか、そんな。じゃあ鷹司課長が昔つきあっていた人って、……小杉、絢……？

「ごめんごめん。大丈夫かな。自分で運転するのに、慣れていないものだから」

不意に、背後で柔らかな男の声がした。

振り返った先には、停車した白のベンツ。その前に、白いスーツを着た男の人が立っている。

香恋は思わず小さな声をあげていた。

まさかデジャブ？　違う、これは現実だ。現実に、目の前に、その人が立っている。

初恋の、白い王子様――冷泉総一朗……

混乱して、何から口にしていいかわからなかった。この会社に入社させてくれたこと、
秘書課に推薦《すいせん》してくれたこと、私に人生の目標をくれたこと――本当に、何から口に

していいのか。

しかし冷泉は、視線を香恋の隣に向けた。

「やぁ、鷹司」

香恋はようやく、自分の隣に立つ鷹司が、何ひとつ言葉を発していないことに気がついた。

「三年ぶりだね。やっと本社に戻ってきてくれて嬉しいよ」

なんだろう、この緊張感。まるで、敵に再会したかのような……

鷹司を見上げた香恋は、思わず眉を寄せていた。鷹司の目は冷泉を見ていない。冷泉の背後、白のベンツに向けられている。助手席側に立っている人に――

鮮やかな青のワンピースに、透《す》け素材のボレロ。すらりとした健康的な足を包む華奢《きゃしゃ》なハイヒール。サラサラのロングヘアーだけは、初めて金メダルを取った高校時代と変わらない。

小杉絢。テレビコマーシャルのボーイッシュな印象と打って変わって、大人の女性ならではの気品と美貌をたたえたその人は、鷹司の視線から逃げるように、少し控えめに頭を下げた。

「これは――総一朗様！　おいでになられると聞いていれば、皆で出迎えにまいりましたのに」

自動ドアが開いて、中からばらばらと社の重役と思《おぼ》しき人たちが飛び出してきた。

「たまたま絢さんと食事したから、ついでに送ってあげようと思ってね」

冷泉は車のキーを傍《そば》にいた警備員に預けると、小杉絢の腰を抱くようにして歩き出した。

小杉絢が一瞬、物言いたげな目を鷹司に向ける。

鷹司もまた絢を目で追う。香恋はそれを複雑な気持ちで見つめていた。

第二章　課長と社長は恋のライバル？

藍、元気？　最近忙しくて、電話もメールもできなくてごめん。

ＬＧＳの秘書課に配属されて早二ヶ月、仕事にもすっかり慣れて順調――と言いたいところなんだけど、実は大変なことになりました。


「おはよう」

秘書課第一係。声と共に入ってきたのは、先週就任したばかりの新社長である。

ガタガタッと全員が立ち上がったから、香恋もお茶を出す手を止めて姿勢を正した。

「おはようございます、冷泉社長」

「おはようございます」

すらっとした痩身《そうしん》を包む淡いグレーのスーツにシルバーのタイ。柔らかく波打つ褐色《かっしょく》の髪。今朝も、うっとりするほど優雅に微笑《ほほえ》むと、冷泉総一朗は秘書課の奥に続く役員室のフロアに消えていった。

「ほんっとに素敵……」

「あれで三十六だなんて信じられない。若々しいし、まるで英国紳士みたいね」

ため息を吐《つ》く秘書課の面々。これもまた、朝のお馴染《なじ》みの光景だ。その中で、課長席の鷹司一人がやや憂鬱《ゆううつ》そうな顔をしている。別に男の嫉妬《しっと》ではない。というのも――

「ああ、言い忘れた」

ひょい、と消えたはずの冷泉が顔だけを覗《のぞ》かせた。

「鷹司、今日のお茶は、少し濃いめがいいな」

「……承知しました」

そう言って苦虫を噛《か》み潰《つぶ》したような顔で給湯室に向かう鷹司を、秘書課の全員がなんとも言えない表情で見送った。


「――課長」

鷹司を追って香恋が給湯室に入ると、鷹司はすでに戸棚から急須《きゅうす》を取り出していた。

「あの、私がやりましょうか。お茶を淹《い》れるのは、随分《ずいぶん》上手くなりましたし」

「自分で言うな。――まぁ、そうしてほしいのは山々だけどな」

言葉を切って、鷹司はため息を吐いた。

新任社長に、まだ正式な秘書はついていない。つまり、前社長の秘書だった柳が退職して以来、そのポストはずっと空いたままなのだ。理由は簡単、冷泉がそれを拒否しているからである。

（いいよ。秘書は。僕は自分のことは自分でするし、手が欲しい時は鷹司に頼むから）

まさに秘書課の存在意義が問われる一大事であったが、自分のことは自分でするとと言い切った冷泉が、自分のことを自分ですることは、ほとんどと言っていいほどなかった。

（鷹司、午後の予定はどうなっていたかな）

（鷹司、ちょっとそこまで車を出してくれないかな）

つまり、まだ決まっていない社長秘書に代わり、課長である鷹司が、秘書としか言いようのない扱われ方をしているのである。朝昼三時のお茶出しまで。

盆を棚に置いた香恋は、ちょっと考えてから鷹司に近寄った。

「ねぇ、ねぇ、私に、淹《い》れさせてくださいよ」

「はぁ？　何言ってんだ、お前」

「いいじゃないですか。どうせ持ってくのは課長なんだし、私が淹れたってバレないですよ」

冗談めかして言ったものの、本当は少しだけ気になっていた。

鷹司の元気がない。冷泉社長が就任してからずっと、どこか憂鬱《ゆううつ》そうな顔をしている。

原因は――おそらく、ＣＭの契約更新のためにＬＧＳを訪れた小杉絢との再会のせいだ。

「お前なぁ。冷泉社長の真の恐ろしさを知らないな」

茶葉を急須に手際よく移しながら、うんざりしたような口調で鷹司は言った。

「あの人はな。人の顔と名前を覚えるのはてんで駄目なくせに、匂いと味には異常なくらい敏感なんだ。絶対に、バレるに決まってる」

「えー。そんなのやってみなきゃわかんないじゃないですか。私も一度くらい社長にお茶が淹れたいんですよ。淹れさせてくださいよ」

ちょっとしつこく言いすぎたかな、と思った。手を止めた鷹司が冷めた目で香恋を見下ろす。

「お前、楽しんでるだろ」

「……はい？」

「そりゃ、楽しいよな。毎日、お前の大好きな土手の上の王子様に会えるんだもんな」

違う――と言う間もなく、いきなり左右から頬《ほほ》をつまんで引っ張られた。

「ふぁっ、ふぁにふるん、でふかっ」

「朝からお前の浮かれた顔見てると、むかつくんだよ」

本気で痛い、本気で痛いって。

「仲がいいんだね」

いきなりそんな声がして、二人は弾《はじ》かれたように身体を離した。給湯室の入り口に、不思議そうな顔で立っているのは冷泉である。たちまち鷹司が、姿勢を正して頭を下げた。

「申し訳ありません。お茶はすぐにお運びしますので」

「——えーと、その子は……」

「第二係の白鳥ですが」

「ああ、白鳥さん、僕が秘書課に推薦《すいせん》した子ね。忘れてた。社長就任初日にお礼を言われた子だ」

さすがに香恋は、少し戸惑いながら頭を下げた。もう理解したし納得もしたが——冷泉総一朗は、極めて人の顔を覚えるのが苦手な人……のようなのだ。

でも、こんなことってあるのだろうか。一度だけ会った高校生を、その五年後自らの会社の秘書課に推薦しておきながら、当の本人の顔をまるで覚えてないなんて——

しばし香恋の顔を不思議そうに見ていた冷泉は、ようやくかすかな微笑《ほほえ》みを浮かべた。

「鷹司、今日のお茶は、その子に持ってきてほしいな」

「白鳥に、ですか」

「そう。その白鳥さん。今日からお茶は彼女でいいよ。なにしろ僕が推薦した子だからね。それに、主任業も兼任して忙しいだろう、鷹司も」

「どうぞ、入って」

言われた通り社長室に足を踏み入れたとたん、香恋はつんのめりそうになった。うわ、靴が沈む。

大きなマホガニーのデスクの前で、冷泉はスマートフォンを耳にあてている。

「うん。いいよ。――そうだね。今夜は九時過ぎには出られるかな。じゃあ、いつものバーで」

女だろう、間違いなく。というのも再び社長に就任した冷泉には、この手の目撃談が絶えないからだ。王子様のような見かけとは裏腹の女癖の悪さに、秘書課では「ＬＧＳの肉食獣」とさえ囁《ささや》かれているほどだ。

そりゃ独身だし韓流アイドルみたいにかっこいいしセレブだし、もてる要素はそろってるよ？　でも、大企業の社長としては――どうなのよ、この人って。

作法通り湯呑みを置いた香恋を、冷泉はスマホをデスクに置いてから見上げた。

「白鳥さん、でよかったかな」

「はい、白鳥です。冷泉社長に秘書課に推薦していただいた白鳥です」

このセリフ、五回は言った。

そこ、忘れる？　それ以前に人の顔が覚えられないって、経営者としては致命的なんじゃ……

「ああ、そうだったねぇ。なんだか色々あって、すっかり忘れっぽくなっちゃったな、僕も」

最近のことじゃない気がしますが、その忘れっぽさは。理想の王子様像がガラガラと崩れていく。この人は、小説から出てきた完璧な王子ではなかったのだ。

ただ、それはそれで、なんだか親近感が持てるというか、面白い人なのかな、と思う。

その上でひとつ、香恋には最大の疑問があった。これほど忘れっぽい人が、どうして五年も前のたった一夜の出来事を覚えていて、香恋を秘書課に推薦してくれたのか、ということだ。

「あの、冷泉社長、……私を推薦してくださった理由ですけど」

「ねぇ、そんなことより君さ、鷹司と親しいわけ？」

はい？

「親しいよね。まぁ、そりゃそうに決まってる。で、それってラブなわけ、ライクなわけ」

はい？　何その、親父みたいな質問……

「ど、どちらかといえば、ノーマル、ですかね」

しばらく香恋を食い入るように見ていた冷泉は「ノーマルね」と安堵《あんど》したような息を吐いた。

「だったら単刀直入に訊《き》くけど、鷹司、最近ちょっとおかしくない？」

「おかしい、と言いますと？」

回転椅子をくるっと回し、指を組み合わせて冷泉は言った。

「へこんでないかって話。やっぱまずかったかなぁ。僕さ、初日に絢さんと一緒だったでしょ」

小杉絢。香恋はドキッとして、思わず目を伏せている。

「なんの他意もない偶然だったのに、鷹司の心の傷に土足で踏みこんじゃったかな、的な？　だってあれだよ。二人を別れさせたの、僕みたいなものなんだから」

なんの前触れもなく核心に入った。しかしこの件は、香恋にとっても最大の関心事だ。

「絢さんは人気者だし、当時はうちとＣＭ契約したばかりでね。……邪魔だと思ったんだよ。その時は」

優しそうな顔して、案外、残酷なことをはっきりと言う人だ。あれだけ忠実に冷泉社長に仕えていた鷹司さんを邪魔の一言で切り捨てるなんて、ちょっと酷《ひど》すぎる、という気もする。

「それにしても、まいったな。三年ぶりに再会した鷹司が、まさかあんな覇気《はき》のない男になっているとは。どう思う？　おかしいだろ。あの鷹司が、僕の言うことを何ひとつ聞こうとしないんだ」

いや、かなり聞いてると思いますが……

しかし冷泉はため息を吐《つ》くと、ちょっと寂しそうに指を顎《あご》の下で組み合わせた。

「せっかくうちの会社に入ってくれたのに悪いんだけど、うち、今、業績が右肩下がりでね」

「……そうなん、ですか」

「そうなんです。業界トップなんて、実質的には過去の話。イメージだけでもってるけど、それも絢さん頼みだしね。内情は火の車、ははは。だから鷹司には頑張ってもらわなきゃ駄目なんだよ」

ははは……って……。トップがそんな態度だと、末端はものすごく不安なんですけど。

「やっぱり、まずは鷹司の心の傷を癒《い》やすことから始めなきゃだな。えーと、君は」

「……白い鳥と書いて白鳥です」

「うん。白い鳥さんね。これからも色々と協力してもらうことがあると思うけど、よろしくね」

できれば遠慮した方がいいような気がする——と思いながら、香恋は一礼して背を向けた。

「やっぱりラブストーリーの王道といえば、美女と野獣。あの作品はね、ラブストーリーとしておよそ全ての要素を備えた、ほぼ完璧な一作なんですよ」

——ん？　なんだ、この声。

第二係の扉の前で、香恋は思わず足を止めた。聞き覚えのある声が、扉の中から聞こえてくる。

「まず、出会い。野獣こそが運命の相手であることに、ヒロインはなかなか気づかない。そこ、萌死《もえし》にポイントです。普通に観てて、三度は死ねます」

「——藍？」

悪夢でも見ているような思いで、香恋は思い切り扉を開けた。

「香恋！」

目を輝かせた藍が、即座に会議用の椅子から立ち上がる。

さらさらのロングヘアに、潤《うる》んだ大きな瞳。身を包む白いワンピースよりもさらに白くて華奢《きゃしゃ》な手足。藍は、郷里では誰もが振り返る美少女である。その藍の傍《かたわ》らに座る佐隈と藤子が、上機嫌で香恋を見上げた。

「まさか白鳥さんに、こんな上品で綺麗なお友達がいるとは思わなかったよ」

「なのに気さくで、ロマンス小説と恋愛映画に詳しいこと！　仕事を忘れて聞き入っちゃったわ」

「ちょっ、ちょっ、藍、外で話そう」

ようやく事の経緯を理解した香恋は、藍の手を引いて、廊下に出ようとした。確かに藍は上品で綺麗で恋愛メディアにやたらと詳しい美少女である。確かにそうなのだが――

「え、いいじゃん、別に。それに私、もうちょっとここで話を」

「いいから早く。てか一体、あんたここに何しにきたのよ」

「何を騒いでるんだ」

ああ、こういう時に必ず現れる鷹司――！

だけではない。その背後には、ちょっと驚いた目をした冷泉社長が立っている。

「社長がお前を探しておいでだったからお連れしたんだ。……そちらの方は？」

しまった。秘書課は部外者立ち入り絶対禁止。一般社員ですら許可がないと立ち入れない。

「あの……彼女は前田藍さんといって、面接に来たアルバイト希望者なんです」

青くなった香恋が言い訳するより早く、藤子がそう言って立ち上がった。

「ほら、佐隈係長が腰を悪くされて……、会社が一ヶ月だけバイトの予算を回してくれるって」

「藍、店は？」

香恋は思わず藍の腕を掴《つか》んだ。一ヶ月のバイトって、年中無休の定食屋は？

「改装工事中。一ヶ月、香恋の部屋に居候《いそうろう》しようかなって。ついでにバイトも探してるんだ」

「佐隈係長の代わりなら、男性でないと意味がないだろう」

鷹司が、冷たく会話を遮《さえぎ》った。

「彼女には帰ってもらうように。白鳥、お前は早くこっちに来い。いつまでも社長をお待たせ」

「ねぇ、香恋。結局、鷹司って男には会えたわけ？」

藍が突然、話題をとんでもない方向に持っていった。

「ほっらぁ、言ってたじゃん。五年前に土手で会った最低男。香恋のことを人間のクズ、死んだ方がマシとまで言い切った……」

あ、藍……？

そんなことまで鷹司は言ってない……てか、目の前にいるのが、その鷹司なんですけど。

香恋はおそるおそる鷹司の様子をうかがい、ぱっと目を逸《そ》らした。とんでもなく、怒っている。

「……それはそれは、随分《ずいぶん》最低なことを言う男なんだな」

「そうなんですよ。香恋がそいつと同じ秘書課に配属されたって聞いて、実はちょっと心配してたんです。最低な人間っていうのは、しょせん何年経っても、最低ですからね」

藍の背後では、佐隈と藤子が凍りついている。まずい、最高にまずい。藍が超毒舌なトラブルメーカーなのはいつものことだが、ここまで恐ろしい事態を起こしたことがあっただろうか。

「あっははは、君、面白いね。なんていったっけ、前川さん？　白い鳥さんの友人なのかな」

その沈黙を破ったのは、驚いたことに冷泉だった。藍の目が、別人みたいに可愛らしくなる。

「あなたが香恋の王子様、冷泉社長ですね。超絶素敵なのでひと目でわかりました。お噂はかねがね。その節は香恋の命を助けていただき、本当にありがとうございました」

冷泉はその言葉にはちょっと面食らったようだったが、すぐになんでもないように微《ほほ》笑《え》んだ。

「君、運転免許は？」

「大型持ってます。日常的にビールケースを運んでるんで、こう見えて体力にも自信があります」

「じゃ、採用。いいね、鷹司」

「はっ？　え、いや……」

鷹司が内心感じている苦々《にがにが》しさが香恋にも伝わってくる。恐ろしくてもう、香恋は鷹司の顔が見られない。

その時、ぽん、と冷泉が手のひらを拳《こぶし》で叩いた。

「いけない、肝心の用件をすっかり忘れてしまっていたよ。実は今夜、約束していた女性にふられてしまってね。代わりに白い鳥さんを食事に誘いにきたんだ」

その瞬間、藍をのぞく全員が息を呑んだ。

「は、はい……？　私……でございますか？」

「キャンセル料を払うくらいなら、再会の記念に利用しようと思ってね。でも今の話でわかったよ。僕は君の王子様だったんだね。だったらこれはデートだ。そういうことにしておこうよ」

一人で納得した冷泉は、さっさと第二係を出て行った。

◆

どうしてこんなことになってしまったんだろう……

「すみません、水のお代わりお願いします」

その声に呼ばれてやってきたウエイトレスに、鷹司は不機嫌そうにつけくわえた。

「こちらの女性にも、同じものを」

同じものも何も、水でしょ、それ！

香恋のグラスに三度目の水を注《そそ》いだウエイトレスが去って行ったので、香恋はたまりかねたように、向かい側に座る鷹司を睨《にら》んだ。

「ちょっと、いい加減何か注文してください。一時間も水で粘るって恥ずかしすぎですよ」

「俺は、代理でここに座ってるだけだ。それに水っていっても一杯八百円もするんだぞ」

え、じゃあ、これだけですでに四千八百円？　都会の高級レストラン、半端ない……

「れ、冷泉社長は、本当に来られるんですかね」

「知るか」

（ちょっと会議が長引いてね。悪いけど鷹司を迎えにやるから、先に行って、二人で時間を潰《つぶ》しておいてくれないかな）

――そんな電話が香恋の携帯にかかってきたのが、午後五時過ぎのことである。

そして今、午後七時半。まだ冷泉はレストランに現れない。

「何、無駄に着飾ってんだよ」

それまで、不機嫌オーラ全開でむっつりと押し黙っていた鷹司が不意に言った。

「む、無駄ってなんですか。一応、場所的なものを考えて、藤子さんに服を借りただけですよ」

いくらなんでも仕事用のスーツで冷泉に恥をかかせてはまずいと思った。それで昼休憩に会社近くにある藤子の家に服を借りに行き、夕方は早退して美容院にまで行ったのだ。思わぬ出費に、泣きたいのはこっちである。

「嘘つけ。そんなに着飾って、浮かれ上がってんのが見え見えだ。別に意地悪で言ってるんじゃないが、冷泉さんは、挨拶《あいさつ》と同じレベルで女性をデートに誘える人だぞ」

「わ、わかってますよ。だから別に、浮かれ上がってなんかないのに……」

淡いカナリヤ色のノースリーブのワンピースはすごく可愛らしいデザインで、初めてアップにまとめた髪にすごくよく似合っている——と、自分では思っていた。

「……似合ってないですか、服」

「別に」

「別にって、——つまりどうなんですか。似合ってるんですか、似合ってないんですか」

「別に」

何、その、拗《す》ねた子供みたいな態度。むっと眉を寄せた香恋は、少し迷ってから言った。

「もしかして、怒ってるんですか？」

「は？　誰が怒ってるって？」

「だって、さっきから一度も私を見ないじゃないですか。何度言ったらわかるんですか。昼間のあれは違うんです。藍が勝手に言っただけで、何も私があんな言い方したわけじゃないですから」

　しばらく黙っていた鷹司は、ふっと軽くため息を吐《つ》いた。

「別にそんなことは気にしていない。五年前、確かに俺はお前に最低なことを言ったからな」

　じゃあ、なんで怒ってるの……？　戸惑いながらも、香恋は気になっていたことを切り出した。

「……あの、食事、鷹司さんも同席してくれるんですよね」

「なんで。お前と冷泉さんのデートだろ」

「そ、そんなこと言わずにどっかで待っててくださいよ。いくらなんでも――さすがにちょっと怖いですよ。なにしろLGSの肉食獣ですよ？」

「あの人は、びっくりするくらい来るものは拒まないってだけで、自分からガツガツいったりはしないよ。むしろ究極の羊体質じゃないのかな。まぁ……大丈夫……だろ」

「ちょっ、ちょっと、語尾が微妙に自信ない感じになってるじゃないですか」

その時、鷹司のスマートフォンが鳴った。画面を見る表情でわかる。相手は多分、冷泉だ。

「はい、今、白鳥と二人です。はい、わかりました。え、ちょっと待ってください。それは――」

神妙に頷《うなず》いていた鷹司が、ひどく慌て出したので、香恋は少しだけ期待した。もしかして、このまま社長が来られないとか。が、電話を切った鷹司は「じゃあな」と素っ気なく立ち上がった。

「え、ちょっと、どこ行くんですか」

「帰るに決まってんだろ。冷泉さんなら今、駐車場。一分もしないうちに上がってくるってさ」

「そ、そんな。鷹司さんも一緒にいればいいじゃないですか」

「そうは思ったけど、こっちも別の用事ができたんだよ」

鷹司はちょっと投げやりに言って振り返ると、香恋を睨《にら》みつけた。

「だいたい一緒にいてくれって、俺は保護者か。そんなに不安なら最初から断ればよかったんだ。それに、その無駄に露出の多い服。それで何かあったら俺のせいか？　ふざけんな」

「ふ、服のことは加納社長の時の反省もあって——は？　これのどこが露出の多い服なんですか」

しかし鷹司は、決めつけるように香恋を指差して続けた。

「そもそも秘書候補の分際で、社長とどうにかなってみろ。秘書失格。俺がお前を許さないからな」

え、ちょ……なんで私が、やや叱られてる感じになってるわけ？

唖然《あぜん》とする香恋一人を残し、鷹司は大股で店を出て行った。


「で、結局、何もなかったんだ」

「そ、冷泉さんと食事した後、タクシー代もらって終わり。はぁ、緊張しすぎて喉《のど》カラカラだよ」

しかも冷泉には九時に別の約束が入っており、二人は一時間でコース料理を食べなければならなかった。当然会話はほとんどなし。救いといえば、何かいいことでもあったのか、やたら冷泉の機嫌がよかったことくらいだ。結局なんのためのデートだったのか、わからなかったが。

「——で、ようやく本題いきますけど。藍、あんた一体、何しに東京まで出てきたわけ」

会社からほど近い独身寮。冷泉と別れて帰宅した香恋は、布団の中でうつぶせになってようやくそう切り出した。その藍は隣で仰向けになって、呑気にスマートフォンをいじっている。

「おかげで課長はカンカンだし、冷泉さんには誤解されるし、散々だったんですけど、私」

「いやー、それにしてもまさか鷹司が小杉絢の元恋人とは。世間って広いようで狭いんだね」

いきなりの藍の切りこみに、香恋はギクッとして言葉を呑みこんだ。

「……誰に聞いたの、それ」

「佐隈さん。今夜は第二の三人でご飯食べに行ったんだ。だいたいの人間関係は掴《つか》めたよ」

な、なんなの、それ。佐隈係長、口が軽すぎでしょ。

「それで納得したよ。どうもおかしいと思ってたんだよね、最近の香恋。今まで鷹司鷹司って、話題といえばそればかりだったのに、いきなり鷹司の夕の字も言わなくなっちゃって」

「ちょっ、ちょっ、ちょっ、ちょって待って、私、そんなに鷹司さんのことばかり喋《しゃべ》ってた？」

「うん。それでご飯が三杯食べられるくらいにね。——あ、あった、これだ」

にっこり笑って差し出されたスマートフォンの画面には、週刊誌のページ画像が写っていた。

『呆れた！　小杉絢、合宿所を抜け出して深夜の手つなぎデート』

「……その記事なら、見たことあるし」

香恋は力なく息を吐いてスマートフォンを藍に押し戻した。

その記事を初めて見たのは中学一年の秋。三度目のオリンピックを控《ひか》えているのに絶不調だった小杉絢は、当時その記事のせいで、これでもかと言わんばかりに叩かれていた。

ああ、なんか目茶目茶《めちゃめちゃ》切ない。まさかその手つなぎデートの相手が鷹司さんだったなんて！

「その後、小杉絢が人気タレントになったから身を引いたとか、無理に別れさせられたとか、色々噂があるみたいだけど、作隈さん聞いて拍子抜け。記事は十年前、別れたのだって七年くらい前の話なんじゃん」

腕を伸ばしながら、呆れたように藍が言った。

「そんな黴《かび》臭い過去、今さら気にしなくていいって。むしろ上書きする気でかかっていきなよ」

「無理だよ。だって私なんて、そもそも課長の眼中に」

力なく呟《つぶや》いた香恋は、自分の口から出た言葉に驚いて顔を上げた。

「ちょっ、待って、今のナシ」

「いや、いいよ。今さら否定しなくても。だいたい香恋の気持ちなんてとっくにお見通しだしね」

ふふっと笑う藍の目は、完全に恋愛伝道師のものになっている。

「どうせ香恋のことだから、素直になれないでいるんじゃないかと思ってね。だから嫉《しっ》妬《と》のスパイスを、彼にちょっと振ってあげたんだよ。どう？　効果は絶大だったでしょ」

まさかと思うけど、あれがスパイス？　鷹司をこきおろして冷泉社長を持ち上げたのが？

「まだわかんないかなぁ。私は香恋の恋を応援しにきたの。実は五年前から、鷹司にはちょい運命の匂いを感じたんだよね。つまり私は、運命の二人をくっつけにきたんだよ！」

…………最悪だ。

今まで、藍が口を出して上手くいった恋愛なんてない。今日だってくっつくどころか、ますます距離が開いちゃった感じなのに。それに――

「……私の好きなのは、冷泉さんだもん」

自分の腕に頭を埋めて、香恋は言った。それはもう、かなり過去形に近い感情だけど。

「五年前、土手で冷泉さんに助けられて、ひと目惚《ほ》れして、冷泉さんに会うためだけに五年間頑張って。そこに鷹司課長なんて、全然出てこないもん。今さら、……好きになる理由がないよ」

「本当は鷹司だったかもしれないじゃん」

天井を見上げたまま、少し呆れたように藍は言った。

「……どういうこと？」

「香恋はしょっちゅう勘違いするし、目先のことにとらわれて本質を見失いがちだから。今回も見失なってるだけかもしれないじゃん」

それは……

「秘書課にせっかく入れたのに雑用やって満足したり、ライバル相手に憧れて浮かれちゃったり、本質見失うってそういう意味だけど」

「い、言われなくても自覚してるし。それに、いくらなんでも好きな人を間違えたりしないよ」

香恋がそう言うと、藍はちょっと物言いたげに眉を上げた。

「まぁいいや。どっちにしたって、ヒロインは最初に王子様に出会っているのに、なかなか気づかないものなんだよ。もう十分、時間は経った。そろそろ——気づいてもいいんじゃないの？」

◆

翌日――十階の女子トイレ。

鏡の前に立った香恋は愕然《がくぜん》とした。瞼《まぶた》が腫《は》れていつもより二割増しブスになった自分がいる。

それもそのはず、昨夜はほとんど眠れなかった。もしかして鷹司のことが本当に好きなのかな。いや、そんなわけがない。でも好きだったらどうしよう。その堂々巡《めぐ》りである。

ひとつわかっているのは、好きになっても失恋確実、ということくらいだ。昨日さっさと帰った鷹司からはなんの連絡もなかったし、今日は朝から姿が見えない。香恋が冷泉社長とどうなろうと、鷹司にはなんの関心もないのだろう……

「鷹司、この後の予定はどうなっていたかな」

トイレから出ようとしたら、いきなり冷泉の声が聞こえてきた。香恋はぎょっとして足を止める。

「十一時から尾上《おのうえ》会長との面会、十二時からは常務とのランチミーティングが」

しかも相手は鷹司――二人の足音が近づいてきたので、香恋はますます息をひそめた。

「昨夜は、余計な真似をして悪かったかな」

冷泉の口調が、少しだけ砕《くだ》けたものになった。

「絢さんも鷹司も強情だから、無理にでも引き合わせないと、二人で会うこともないと思ってね。あれから二人で飲みに行ったそうだが、ゆっくり話し合えたかい？」

昨夜――絢さん――小杉絢。それだけでなんとなく香恋にもわかった。昨夜、香恋と別れた後、鷹司は小杉絢と会っていたのだ。

「まぁ、色々話はしましたが……、絢から何か聞きましたか」

「今朝は起きられそうもないから、打ち合わせの時間を遅らせたいと、マネージャーさんから連絡があったくらいかな。……鷹司も今朝は珍しく寝不足のようだね」

「――っ、おかしな推測はやめてください。絢が酔い潰《つぶ》れたから家まで送っただけですよ」

鷹司の声は、明らかに動揺している。冷泉がくっくっと楽しそうに笑う気配がした。

「絢さんも、久しぶりに鷹司に甘えたかったんじゃないのかな。野暮《やぼ》なことを訊《き》いて悪かったね」

足音が遠ざかり、声はそれきり聞き取れなくなる。香恋は石のように固まったまま、しばらくその場から動けなかった。

香恋が第一応接室にコーヒーを持っていくように命じられたのは、その日の午後のことだった。

（冷泉社長直々《じきじき》のご指名ですって。信じられない、なんで第二のあんたなんかが）

志田遥が怒るのも無理はない。第一応接室はＶＩＰルームとも呼ばれ、特別な相手をもてなすための場所なのだ。もちろん、そこにコーヒーを運ぶのは香恋にとって初めての経験である。

「失礼します……」

毛足の長い絨毯《じゅうたん》に足を取られないよう、そろそろと扉を開けると、中は控室のようになっていて、思いの外、普通だった。見たところ簡素なソファとテーブルが一揃い置かれているだけだ。が、何故かそこに今一番顔を合わせたくない男が座っている。鷹司である。

「なんで課長がいるんですか」

香恋がむっとしながら言うと、同じようにむっと眉を寄せた鷹司が、奥の方に親指を向けて立ち上がった。そして、その奥に続く扉をノックする。中から「ああ、入って」と冷泉の声がした。

扉を開けると、内装はまさにＶＩＰルームにふさわしいものだった。外国製の緋色《ひいろ》のソファに、くつろいだ風に座っている冷泉社長と――小杉絢？

え、え、ええええっ？

ラベンダー色のワンピースに黒の上着を羽織った小杉絢は香恋を見上げ、わずかに唇の端を持ち上げた。

香恋は完全にパニックになっていた。憧れの小杉絢。小杉絢がここにいる。今、私の目の前に！

かたかた指を震わせながらコーヒーを出す香恋に、冷泉は優しく微笑《ほほえ》んだ。

「知ってるかな。小杉絢さん。うちのイメージキャラクターだ」

「は、はい。存じ上げております」

「こちらは白い鳥さん。可愛い名前だろう」

「し、白い鳥です。あ、違います。白い鳥と書いて白鳥です。白鳥香恋と申します」

その時、微笑んでいた小杉絢が、かすかに驚いたように見えた。

「白い鳥さんはね、鷹司ととても親しい仲なんだ」

小杉絢の表情の変化にも、それを訝《いぶか》しむ香恋にも気づかず、楽しそうに冷泉は続けた。

「あの生真面目《きまじめ》な鷹司が、彼女とは子供みたいにじゃれ合っていたからね。ああ、ちょっと失礼」

不意に立ち上がると、冷泉は慄《おのの》く香恋の腕を引いて、扉の方まで連れて行った。

「どう、この作戦」

「はい？　作戦？」

「嫉妬《しっと》は恋の最大のスパイス……。実は昨日も、君を口実に絢さんを呼び出したんだよ。このままだと鷹司が別の女性と二人きりで夜を過ごすことになるかもしれない……と嘘を言ってね」

「は、はぁ？」

ちょっと待って。つまり昨夜のデートは最初から私を当て馬にしただけってこと？

「しっ」と言って冷泉はますます声をひそめた。

「君さ、これから鷹司の傍《そば》にいて彼の様子を——後で僕に、報告してくれないかな」

「どういう意味ですか？」

「できれば昨日絢さんと何があったか、無事仲直りできたかとか、その辺も含めてさ。問題は鷹司が僕を許したかどうかなんだよ。とにかく、僕らの話が終わるまで、外で鷹司と一緒にいてくれないか」

「ちょっと……待機するように言われたので」

そんな言い訳をして、控え室のソファに鷹司と隣り合って座ると、香恋は所在なく視線を下げた。

……やっぱり無理。昨日何があったかなんて、そんなこと、絶対に訊《き》けない。

そうだ、また私は本筋を見失っていた。小杉絢に会えたからって、浮かれてる場合じゃない。この場合、小杉絢は私の……ライバル……？

「どうやら、すっかり冷泉社長のお気に入りになったみたいだな」

不意に、黙っていた鷹司が口を開いた。

「……は、なんですか、それ」

香恋はポカンとした。お気に入りも何も、私は馬。ただの当て馬なんですけど。

「まぁ、いいんじゃないか。社長に気に入られるのは秘書への第一歩だからな。俺はそういうやり方は好きじゃないが」

何それ。それは私が——色仕掛けでも使ってるって、そういうこと？

「そうです。無事お気に入りになりました。何もかも課長が昨日、私を放置してくれたおかげですよ。本当にありがとうございました」

あまりの腹立たしさから、半ばやけになって香恋は言った。

「まぁ、私の色気の前には、社長もメロメロってやつですよ」

「は……？　何言ってんだ、お前」

口調とは裏腹に、互いに囁《ささや》くような小声である。なにしろ隣室には社長と小杉絢がいるのだ。

「……おい、まさか冷泉さんと、本当におかしなことになったんじゃないだろうな」

「さぁ、だとしても鷹司課長には、一切関係ないことですよね」

「ふざけんな、関係ないことはないだろう。同じ職場でそんなふしだらな真似をされたら」

「ふしだら。――ふしだらって言いました？　今」

思わず大きな声が出ていた。ぎょっとした鷹司が「しっ」と、唇に指を当てる。

「じゃあ自分はなんですか。部下を放置して昔の恋人と朝まで二人きりですか。ほんっと勝手、ほんっと無神経。そのくせ私のことをふしだら呼ばわり」

いきなり鷹司がのしかかってきた。――え？　大きな手で唇を塞《ふさ》がれた香恋は、瞬時に顔が熱くなるのを感じた。

「おい、頼むから大声出すな。声が隣に丸聞こえだ」

「ちょっと、やだ、エッチ、離してくださいよ！」

その最悪な状況で、奥に続く扉が開いた。呆気に取られたような顔で、冷泉と小杉絢が立っている。数秒の間の後、冷泉が取りつくろったように咳払《せきばら》いをした。

「うん、まぁ、こんな風にね。彼女には鷹司を童心に返らせる、不思議な魅力があるんだよね」

「……そうみたいね」

そう言った小杉絢が見せた、なんとも冷たい――敵意のある微笑を、香恋は生涯忘れられそうもない気がした。「申し訳ありません。お騒がせしました」と、鷹司が軽く息を吐いて立ち上がる。

「鷹司、もう話は済んだから、絢さんを下まで送ってもらえないかな」

「かしこまりました」

「じゃあ、絢さん。例の件、了承してくれてありがとう」

そう言って、小杉絢をエスコートして歩き出した冷泉が、扉の前で足を止めた。

香恋をちらっと振り返り、親指を立てる。まさかと思うけど、グッジョブ……？　あ

あ、当て馬の役目を、見事に果たしたってことですか、私。

一人になった香恋は、ソファに座ったまま、しばらくぼんやりと前を見ていた。

まだ唇に、鷹司の指の感触が残っている。なんか、好きみたいなんですけど。

目の端ににじんだ涙を、香恋は手のひらでこすり取った。

こんな最悪の状況で気づいてしまった。なんかもう、かなり好きになってるみたいなんですけど……。

◆

「よう、鷹司」

なんなんだ、一体。なんで俺が、ああも責められるような言い方をされなきゃいけないんだ。

そもそもあいつが、なんで昨夜のことを知っている？　昨日のあれは、――冷泉さんの企《たくら》みで、こっちだって、いきなり「絢が下まで来ている」と言われて驚いたのに。

「おい、鷹司」

というか、最近の俺はどうかしている。白鳥とは先月色々あったから、ちょっと保護者意識が過剰になりすぎているのかもしれない。でも昨日は……、いくらなんでもノースリーブはないだろう。

あんなに肩や腕が見えたら、実際、目のやり場に困るじゃないか。あんな格好で……相手がある意味朴念仁《ぼくねんじん》の冷泉さんじゃなかったら、引きずってでも連れ帰っていたところだ。

さっきは口……柔らかかったな。またセクハラみたいな真似をしてしまったが……

「おい、鷹司、舐《な》めてんのか！　俺をいつまで無視するつもりだ！」

はっと鷹司は顔を上げた。目の前には、眉を吊り上げた男が立っている。顔の造形がどことなく冷泉社長に似た四十三歳の中年男――冷泉明《あきら》。冷泉社長の従兄《いとこ》で、専務取締役である。

面倒くさい人が来た。そう思いながら、鷹司は立ち上がって姿勢を正した。

「申し訳ありません。懸案《けんあん》事項で頭がいっぱいになっていましたので」

二階の大会議室。満員だった室内はすでに閑散として、会議を主催した企画部の社員たちが椅子を片付け始めている。立ち上がった鷹司を見上げ、冷泉明はふんっと鼻を鳴らした。

「今日は見事なプレゼンだったと誉《ほ》めてやるよ。ロンドンに三年飛ばされてすっかり腐ってるって聞いたけど、仕事の勘はまだ衰えてないようだな」

厭味《いやみ》と皮肉に満ちた口調は相変わらずだ。冷泉明は冷泉社長の復帰と共に取締役に返り咲いた人間の一人だが、鷹司とは、昔から馬が合わなかった。

「というより、知らなかったよ。てっきりお前、ただの秘書課長で戻ってきたと思ってたら、戦略担当室長との兼務なんだってな。呆れたよ、どこまで総一朗はお前に甘いんだ？　あん？」

専務取締役が課長クラスの人事を知らなかったとは——仕事に関心がないことを恥じることなく宣言した冷泉明は、さも忌々《いまいま》しげに肩をすくめた。

「この経営不振の折に金のかかる新事業。しかも小杉絢を使ってド派手な記者発表をやらかすってマジかよ。これで失敗したらお前、……今度こそ責任を取る覚悟はできてるんだろうな」

冷泉明の小言《こごと》からようやく解放された時には、もう時刻は午後五時を過ぎていた。うんざりしながら秘書課に戻った鷹司は、第二係の扉まで行った所で、ふと足を止めていた。

――……誤解は、早めに解いた方がいいな。

間違いなく、白鳥は昨夜のことを誤解している。それで態度がつんけんしているなら、……いや、しかしなんだってそんな言い訳めいた真似を、この俺がしなきゃならない？

「え、じゃあ嫌だっていうのを無理矢理？」

気を取り直して歩き出そうとした鷹司は、扉の中から聞こえた佐隈の声に、再び足を止めていた。

「そりゃあ相手が相手だけに、香恋ちゃんの立場じゃ断れないわよ。可哀想に……」

「香恋、昨夜は一睡もしてないんだよ。どうしよう、もし香恋に何かあったら」

次は藤子華。最後は昨日雇ったアルバイト、前田藍の声である。

嫌だっていうのに無理矢理。香恋ちゃんの立場じゃ断れない。昨夜は一睡もしていない。

その三つのワードが意味する顛末《てんまつ》が、鷹司の脳裏に黒い稲妻《いなずま》のように落ちてきた。

いや、まさか、でも、そんなはずは……昨夜社長に電話したら、確か九時前には別れたと……

「あっ、鷹司、あんた、一体何やってんのよ！」

気づけば扉が開いていて、目の前に立つ前田藍が、何かすごい剣幕《けんまく》でまくしたてている。その言葉がほとんど耳に入らないまま、鷹司はその場に立ち尽くしていた。

◆

「あ、あの、私になんのご用なんですか」

香恋は、おずおずと運転席に座る人を見た。小杉絢。信じられないことに香恋は今、彼女の運転するシボレーで、夕方のオフィス街をひた走っているのだ。

「もし、今日のことをご不快に思われているなら、私と鷹司課長との間には、何も……」

返事はない。綺麗な横顔は、どこか険しい表情のまま、じっと前の道路を見据《みす》えている。

香恋は泣きそうになって、窓の外に顔を向けた。――どう見ても怒ってるし！

定時少し過ぎ、小杉絢はいきなり第二係に現れた。香恋は藍と一緒に帰ろうとしていたところだった。今夜は第二係のメンバーで藍の歓迎会をやろうということになり、一足先に近くの居酒屋に行こうとしていたのだ。

香恋が用事があると言っても、小杉絢は引かなかった。そして強引に連れ出され、――今に至る。

「あなた、柔道やってたでしょ」

その絢がようやく口を開いたのは、車が帰宅ラッシュの渋滞に巻きこまれた時だった。香恋のバッグの中では、携帯が何度も震えている。相手はおそらく藍だろう。

「やってました。……ご存知だったんですか」

覚悟を決めて、香恋は逆に訊《き》き返した。最初に名前を言ったら反応された。その時から、こんなこともあるかもしれないとは思っていた。

「結構強かったでしょ。名前も記憶に残りやすいし、どこかで見た顔だと思ってたのよね」

そこで言葉を切り、絢はわずかに眉を寄せた。

「高校生の女の子が暴力事件で大会出場資格剥奪《はくだつ》なんて、当時は仰天ニュースだったしね」

思わず息を呑んだ香恋は、唇を引き結んでうつむいた。

「未成年だから名前までは知られてないと思ってた？　生憎《あいにく》だけど、関係者には名前や学校まで伝わってくるの。白鳥香恋、インターハイで準優勝した国際大会の強化指定候補選手。柔道連盟は事件のもみ消しに必死だった。だって柔道界全体のイメージダウンじゃない。あなたみたいな選手がいると」

少しの間、こみ上げてきた様々な感情に耐《た》えてから、香恋は言った。

「そんなに、イメージ、悪かったんですか。私」

「はっきり言わせてもらえば、最悪ね」

小杉絢は断言した。

「繁華街で飲酒した挙句《あげく》の乱闘事件。相手は全治六ヶ月の重傷。あなたの高校、強豪だったって聞いたけど、それで活動自粛《じしゅく》に追いこまれたんでしょ。数多《あまた》の努力、たくさんの夢や希望が、あなたの軽率な行動で潰《つぶ》れたの。柔道に青春の全てを捧げた私に言わせれば、あなたは最低の人間よ」

郊外にある古びた道場。その外観に見覚えがあった。いつだったか雑誌で見たことがある。小杉絢が幼少時代に通っていた道場だ。

「着なさい」

立ちすくむ香恋の前に、ごわごわした布袋がドサッと投げられた。

「私の古い道着よ。お互い現役から退《しりぞ》いて久しい者同士、条件は一緒よね」

凛《りん》とした目はタレントではない、格闘家小杉絢のものになっている。

香恋の返事も聞かず、小杉絢は背を向けて豪快に上着を脱いだ。えっ、ここで……と思ったが、先輩である小杉絢が堂々と着替えているのだから、せめてトイレで、とも言えない。

香恋は道場の隅にあるモップハンガーの側に行った。ここなら、スーツを掛けておけそうだ。

「心配しなくても、手加減くらいしてあげるわよ。受け身は身体が覚えてるでしょ」

小杉絢は手早く着替え終えて帯を締めると、腰に手をあてて香恋を見据《みす》えた。

「何も、大人気なく今になってあなたを制裁《せいさい》しようっていうんじゃないの。ただ、あなたの根性を見たいのよ。あなたが、私の大切な人に相応《ふさわ》しいかどうか」

やっぱりそこか。だから何度も誤解だって言ってるのに。

しかし香恋も、元はバリバリの体育会系である。小杉絢の思考回路は自分のもののように理解できる。相容《あいい》れない者同士は、最後は、試合で決着をつけるしかないのだ。

が……

いやでも決着って、おかしいでしょ。だいたい私、なんのために投げられなきゃいけないわけ？

まだ高校の時に起こした事件の制裁と言われた方が、何倍も納得できる。小杉絢と鷹司課長は両思いのはず。それで、当て馬の私が投げられるって……惨《みじ》めすぎ……

「もう知ってると思うけど、脩二は怪我《けが》で柔道を諦めたの」

絢の声に、香恋はブラウスのボタンを外す手を止めた。

「ちっちゃい頃からこの道場で稽古して、一緒にオリンピックを目指してた。でも、あと少しってところで何もかも失った。脩二も、もちろんあなたのことは知ってたでしょうよ。当時は、私以上に腹が立ったと思う。健康な身体とずば抜けた才能を持ちながら、それを自分で捨てたんだから」

「…………」

「そんなあなたを、よりによって脩二が傍《そば》に置いていることが理解できない。あなたの何を脩二が気に入ったのか、それを自分の目で確かめたいのよ」

「わかりました。──受けて立ちます」

もうこうなったらやるしかない。

香恋は腹を括《くく》ってブラウスを脱ぎ、スカートとストッキングも脱いだ。その時だった。

「おい、絢、馬鹿なことは考えるな──って、うわっ」

いきなり道場の扉が開いて、鷹司が飛びこんできた。すぐに鷹司は手で目を覆《おお》い、下着だけの香恋は胸を押さえてしゃがみこむ。なんなの、この、最低の展開は。

「な、何やってんだ、お前ら」

「見てわかるでしょ、試合よ、脩二は邪魔だから出て行って」

「お前、白鳥を殺す気か。それとも世界一の自覚がないのか。白鳥、いいから早く──

服を着ろ」

◆

「ほら、あの店じゃないのか」

商店街のビル一階にある、小さな居酒屋。店内からは、温かな灯りと笑い声が漏《も》れている。

あの中で、今、第二係の三人が飲み会をやっているはずだ。

「行けよ。せっかく送ってやったんだ。連れて行くって約束した俺が、前田藍に叱られる」

ああ、藍が鷹司課長に頼んでくれたんだな、と、今さらのように思いながら、香恋は運転席の鷹司をちらっと見た。

それにしても、あれだけ険悪になっていたのに鷹司が来てくれて、しかも憤然《ふんぜん》とする小杉絢の前で、自分の手を引いて車に乗せてくれるなんて……。なんだかまだ信じられない。

「藍に、なんて言われたんですか」

「……まぁ、お前が絢に拉致《らち》られたって話のついでに、色々な」

「色々って？」

肩をすくめた鷹司は、答えずハンドルに腕を預ける。

え、なんだろう、色々って。まさか余計なことまで言ってないよね。私の気持ちとか……いや、まさかね。そこまでバラしたらさすがに怒るぞ。課長は、小杉絢が好きなんだから……。

「まぁ、とにかく今夜は行けよ。前田藍との約束もある。また別の機会に落ち着いて話そう」

香恋はそれでも動けず、黙って自分の膝を見続けていた。

「どうして、止めたんですか」

「ん？」

「止めないでほしかった。勝てないのはわかってますけど、それでも小杉さんと試合してみたかった」

「憧れの選手だからか。言っとくが、絢はああいう時、絶対に手を抜かないぞ」

「そういうんじゃないんです」

そりゃ私は、自分の過《あやま》ちと短慮《たんりょ》から何もかも失くした大馬鹿者ですけど。

「すみません。なんだか――私と一緒に鷹司課長まで否定された気がして」

「……どういう意味だよ」

「上手く言えないですけど、……情けないままの私が傍《そば》にいると、課長まで、小杉さんに情けないと思われるような気がして」

「……………」

「……勝手な思いこみかもしれないですけど、あそこで、絶対逃げたくなかったんです」

かすかに息を吐いた鷹司が、身体を起こしてハンドルに手をかけた。

「俺のためだったってこと」

「え……、はい？」

「俺のために絢に投げられようとしたってこと？　どのみち情けない結果にはなっただろうけど」

え、そうなのかな。課長のためとか、そこまで考えてなかったけど……

「お前、冷泉さんとは本当に何も……」

「え？」

それきり鷹司は黙ってしまった。訝《いぶか》しんでその横顔をうかがっても、前を見たきり動かない。

「なぁ」

「は、はい」

びくっと香恋は肩を震わせる。マジで心臓に悪すぎる。一体なんなのよ、この不可解な間《ま》は。

「どっか、行く?」

え……?

「飲みに行かないなら、別んとこ行くか、俺と」

え……? え……? え……?

何それ。何この急展開。もしかして、これって、これって、デート、的な……

その時、鷹司のスマートフォンが着信を告《つ》げた。

「だから、お前は帰ってよかったのに」

「いいですよ。ついでだから手伝います」

半ばやけになって香恋は言った。夜の秘書課、第一係。いきなり呼び戻された鷹司と共に、香恋も職場に戻ってきた。

「冷泉社長は、何時に到着されるんですか」

「あと三十分くらいかな。まぁ、時間にルーズな人だから。――これ、コピー二十部」

プリンターから吐き出されたコピー用紙が手渡される。

はい、と言った香恋はふとその用紙に印字された文字に目を留めた。『要人警備部門設立に関するリスク管理』――この字面、どこかで見た……

「それ、部外秘の資料だからな」

背後で、鷹司の声がした。

「来週記者発表があるから、それまで絶対に誰にも言うなよ。漏《も》れたらまずお前を疑うぞ」

「……これ、秘書課の仕事とは違うんですか？」

「企画部の方。これから社長室で冷泉さんへのヒアリングがあるから、ここでやってるだけだ」

うわっ、ずっと何してるのかわかんないと思ってたら、案外重要っぽい感じの……

「コピーが終わったら、お前は帰れ。それから俺、当分は秘書課に顔を出せなくなるから」

「どういうことですか」

「……まぁ、色々トラブルがな。記者発表まで企画部の仕事にかかりきりになるってことだ」

なんか今夜は色んなことがあって、いつもより課長を近くに感じてしまったけれど。

私は――この人の傍《そば》にいて、この人を好きでいてもいいのだろうか。

「最初から、……五年前のあの夜から、私が柔道やってる白鳥香恋だって知ってたんですよね」

思い切って香恋は言った。しばらく待ってみたが、パソコンに向き合う鷹司からの返事はない。ひとつ息をして香恋は続けた。

「初対面の人にあそこまで言われる理由がずっとわからなかったんですけど、その謎がようやく解けました。鷹司さんが柔道やってたって柳主任に聞いた時から、薄々そんな予感はしてましたけど」

ようやく顔を上げた鷹司が、かすかに息を吐く気配がした。

「今日、前田藍に全部聞いたよ」

——え……？

「あの子に言い寄ってきたチンピラを、定食屋から追い払っただけなんだって？　そいつがたまたま地元の有力者で、店にもお前たちにも、卑怯《ひきょう》な圧力かけてきたんだろ」

「………」

「まぁ、お前の無鉄砲で考えなしの性格を知れば知るほど、そんなことだろうな、とは思ってたけどな。あまり気にするな。絢は熱血漢だからああいうことが許せない性質《たち》だが、済んだ過去だ」

「………」

顔を背けて唇を引き結んだとたん、涙が一筋、鼻の脇を伝った。

「あ──藍は、いい風にしか言わないけど、実際に私、ぶん投げちゃったんです。場合によっては殺してるレベルで」

「…………」

「う、受け身も取れない素人《しろうと》を、あんな風に投げちゃいけないってわかってたのに、やっちゃいました。どうしても、どうしても我慢できなくて──」

藍が父親の前で、酷《ひど》く卑猥《ひわい》な言葉で罵《ののし》られた。九まで我慢して最後の一でぶち切れた。後はもう、覚えていない。

飲んでもいないし店は定食屋なのに、高校生が居酒屋で飲酒と書き立てられ、被害者のチンピラからは莫大《ばくだい》な慰謝料を請求された。部は活動停止になり、香恋の父親はその保護者に謝罪に回った。和解するためには、こちらの誠意を見せるしかなかった。香恋は自ら大会出場資格を辞退した。

「た……短慮《たんりょ》で、そして傲慢《ごうまん》でした。子供の頃から強いって言われてきたから、自分が何をしても、許される特別な存在だと、勘違いしてたのかもしれない。後で、死にたいくらい後悔したけど……」

失ったものは、何ひとつ戻って来なかった。

「それからはずっと、目標のない、だらだらした生活を送ってました。顔だけは売れてたから、友達の用心棒みたいな真似もしてました。そうやって、いつも周りのご機嫌を取ってなきゃ不安でしょうがなかった。あの頃の私は、本当に何もかも、鷹司さんの言う通りだったんです」

歩み寄ってきた鷹司に、そっと背中を叩かれる。香恋は歯を食いしばるようにして泣いた。

「それが全部本当なら、俺とお前はすごく似てるんだな」

どういう意味……？

「俺な、お前のこと知ってたんだ。あの事件でじゃないぞ。その前から——確かジュニアの全国大会の時だったかな。俺の目の前で、当時、俺がコーチをしていた中学生をぶん投げたんだ、お前」

「……え」

「教え子が負けたのは悔しかったが、投げ技があまりに鮮やかで目を奪われた。まだ小学生で身体もちっこいのに、すげぇな、こいつって」

「……し、知りませんでした。私、じゃあその時に鷹司さんに会ってたんですか」

「そりゃわかんないだろ。俺、五分刈りで、今より十キロも体重あったしう、それは確かに全く想像できないかも……

「五年前、土手で拾ったクソガキがあの時の選手だってわかった時、なんだろう、……すごく嫌な気持ちになった。まるで今の自分をそのまま見せつけられたような気がしたんだ。お前を罵倒《ばとう》した言葉は、……全部、その時の自分に対して言った言葉だよ」

意味がわからずに顔を上げた香恋を、鷹司は少し寂しそうな目で見つめた。

「努力は必ず報《むく》われる。お前、あの時こう言ったよな。俺もずっとそう信じてた。自分が挫折《ざせつ》するなんて思ってもなかった頃、きっとお前以上に傲慢《ごうまん》で自信過剰な男だった。だから、初めての挫折を乗り越えられずに、結局何もかも失った」

「小杉さんは、課長が怪我《けが》をしたって」

「それを乗り越える努力を放棄したのは自分だ。もう一度柔道に戻る道もあったのに、逃げたんだ。その時、楽だと思った道に。それでサラリーマンになって、社長になりたいとか馬鹿な夢で自分を誤魔化《ごまか》して、死んだように生きていた。それが、五年前、お前と出会った頃の俺だ」

黙る香恋の肩を、鷹司は両腕で抱いた。

「なぁ、でもお前は新しい道を見つけて突き進んだ。そうだろ？　動機は不純でも、不可能だと思えることに挑んで全力で頑張ったし、努力した。今じゃ俺の自慢の部下だ」

香恋は面食らって赤面した。

「え、な、何言ってんですか」

「本当言うとな。俺、嬉しかったんだ」

鷹司は微笑して、香恋を優しい目で見下ろした。

「絢は服を床に脱ぎ捨てたけど、お前は着ていたスーツを、ちゃんと皺《しわ》にならないように引っ掛けていた。お前が勝負する場所は、もう畳の上じゃない。今のお前は、秘書としてプロ意識を持っている。それが、俺には、とても嬉しかったんだよ」

——鷹司さん……

自分の視界が、みるみる揺れてぼやけていく。

「なぁ、その泣き癖、なんとかしろって。もうお前を誉《ほ》めるのは二度とやめようって気になるぞ」

「だ、だって」

「五秒で泣き止め。社長が来たら誤解される」

「むっ、むっ、無理です。せめて五分にしてくださいぃ」

ふっと、香恋の顔に影が差した。唇に何かが触れて、すぐに離れる。

え——？

肩から手が離れた。呆然と顔を上げると、鷹司は不自然に固まった表情のまま視線を脇に逸《そ》らす。

「コピー」

「あ、はい」

え、コピーとかしてる場合？　そう思いつつも、香恋は急いで渡されたペーパーをコピー機にセットした。ちょって待って、今一体何があった？　もしかして今の、今のキ――

どかんっと、頭の中で何かが弾《はじ》けた。鷹司が隣に立って、刷り上がった一枚を取り上げる。

「セクハラじゃないからな」

「わ、わかってます」

「本当にわかってるのか」

「ごっ、誤解はしてません」

ああ、まずい。頭の中がパニックだ。

「……誤解って？」

「だから、その、課長が好きなのは小杉絢さんだし」

しまった。二十枚が、二百枚になっている。慌てて中止ボタンを押そうとした時、肩を抱かれて引き寄せられた。驚いて顔を上げる間もなく、唇に唇が押しあてられる。

反射的に目を閉じると、瞼《まぶた》の裏で星みたいな光が瞬《またた》いた。温かくて乾いた唇。身体中が目の前の人の香りに包まれたようだった。

永遠のように長く感じたが、時間にすれば数秒だったのかもしれない。唇が離れた時、香恋は鷹司の腕に包まれていた。

え……あの……今の……今のは……

「つきあうか」

「は、はいっ」

答えた後に、言葉の意味に気がついた。えっ――

「即答か」

「……はい」

今度は、意味がわかって頷《うなず》いた。おずおずと顔を上げると、指で軽く額《ひたい》を押された。

「いいのかよ。こないだまで、冷泉社長のことばっか言っていたのに」

それは……そのあたりの気持ちの変化は、上手く説明できないというか。

「年は九も上だし、……上司だしな」

鷹司の口調に、自分の告白を笑うような響きがあったから、香恋は慌てて顔を上げた。

「そんなの全ッ然大丈夫です。ノープロブレムです！」

苦笑した鷹司が、コピー機に手をかけた。ちょっと驚いた香恋がコピー機に背を預けると、鷹司はもう片方の手もコピー機にかけて、両腕で香恋を囲いこむ。

「あ、あの……」

「ん？」

いや、だって、顔が、顔が近くに――え、だって二回もキスしたのに、一晩で三回も？

しかし唇が触れる直前で、鷹司はぴたりと動きを止めた。

「おい……、お前一体、何部セットしてるんだ？」

しまった！

「二百……馬鹿か。早く止めろ、無駄になった紙代はお前に請求するからな！」

◆

どうしよう、世界が薔薇《ばら》色に輝いて見える。

知らなかった。第二係の景色って、こんなに綺麗だったんだ。

「え、じゃあついに両思いになっちゃったの？」

「そう、多分先週のあの日、香恋ちゃんが小杉絢に拉致《らち》された日。あの夜にどうやら……」

藤子と佐隈のひそひそ声もキラキラした眼差《まなざ》しも、もう何も気にならない。

なんだろう、なんの変哲《へんてつ》もない、この電話でさえ輝いて見える朝……

予告どおり企画部の仕事にかかりきりになってしまった鷹司とは、あれから全く会えなくなってしまったけど、もう二人は恋人同士！　なのよね？

まぁ正直言って、まだ実感も自信もないんだけど、キス……二回もされちゃったし！

きゃーっ。

「し、白鳥さん、百面相《ひゃくめんそう》してるとこ申し訳ないんだけど、社長室から電話」

「はい、白鳥でございます！」

「いや、まだ繋いでないからね」

佐隈から回された電話を取ると、冷泉の少し寝ぼけた声がした。

「やぁ――ちょっと、頼みがあるんだけど、大至急、僕の部屋まで来てくれないかな」

「失礼します……」

よく考えたら、こんな早い時間に社長がいるなんて初めてだ。ノックして室内に入った香恋はさらに驚いた。冷泉がうつぶせになってソファの上に倒れている。

「誰か、救急車！」

「待て待て。早いよ、結論出すのが。ただ眠いだけだから」

冷泉がむっくりと起き上がった。

「それに、企業のトップが倒れるって案外すごいことだからね。簡単に株価とか下がっちゃうから。まずは上司に相談するように」

よれたシャツに、ほどけたネクタイ、乱れた髪。ふわぁ、と冷泉は欠伸《あくび》をしてから立ち上がった。

「ちょっと、頼まれてくれないかな」

「はい、なんでしょう」

まさか昨夜からずっと会社に？　昨夜、八時に秘書課を出た時には、冷泉の姿はなかったのに。

「今日、十一時から新事業の記者発表がある。サプライズでね。社内でも一部の人間しか知り得ないから、ちょっとした騒動になることは間違いない。――それはいいんだ、サプライズってそんなものだからね。それはいいとして――絢さんが来ない」

はい？　話の内容がまるで読めないんですけど……

「今回の記者発表に、絢さんは欠かせない存在だった。本当は倒れたいほどショックだよ。しかし倒れている場合じゃない。テレビ中継も来るし、今さら延期にはできない。やるしかないんだ」

言葉を切った冷泉は、大真面目に香恋を見上げた。

「もう話はわかったと思うが、君に絢さんの代役をお願いしたい」

「――は？」

「なぁに、大したことじゃないよ。ちょっと僕と一緒に歩いて、暴漢を投げ飛ばしてくれたら」

これで話はついた、とばかりに冷泉が受話器を持ち上げたので、香恋は慌てて駆け寄った。

「た、大したことどころか、とんでもない話じゃないですか。それって一体」

「時間が押してるんで、説明は後でいいかな。大丈夫、相手は劇団の人だから」

なんとなく、それが新事業のデモストレーションだということはわかったものの、自分がそこに出る意味がわからない。

「あのですね。そもそも私と小杉さんじゃ比べものにならないですよ。発想自体がおかしいです」

「絢さんはタレントで、君は一般人だからね。僕もさっきまではそう思って、別の人間を手配した。でも仮眠から覚めて気がついたんだ。君こそある意味、絢さんより適任なのかもしれないと」

本当にさっぱりわからない。

「鷹司のためなんだ」

香恋は息を止めた。鷹司さんのため――？

「今回発表する民間SP――つまり要人警備部門の立ち上げは、鷹司が企画部時代に立案したものだが、リリース直前に当時の役員たちの卑怯《ひきょう》な陰謀《いんぼう》で潰《つぶ》されてしまったんだよ。それを僕が三年かけて裏で根回しして、実現にこぎつけた。あまりに悔しかったからね」

　要人警備部門……そうだ、鷹司の部屋にあったファイルに書かれていたタイトルだ。

「巨額の投資をして実現させる以上、失敗は絶対に許されない。今も、実質的なプロジェクトリーダーは鷹司のままだ。鷹司の将来は、この事業の成功にかかっているといっても過言ではない」

　その意味が遅ればせながら伝わってきて、香恋は驚きで言葉をなくした。

　知らなかった。兼務だとは聞いていたけど、そこまで重要な役を鷹司さんが担《にな》っていたなんて。

「絢さんと鷹司は、結局上手くいかなかったのかな」

　香恋は言葉に詰まって、狼狽《うろた》えた。――それは。

「今回の記者発表、もともと出演を渋っていた絢さんを、鷹司を餌《えさ》に了解させたようなものだからね。ああ、話が逸《そ》れてしまった。そういうことだから、君もわかってくれるかな」

　ズキリ、と胸のどこかが痛んだ。

　私のせいだ。事情はよくわからないけど、私のせいで、小杉絢はドタキャンしてしまったんだ。

　ひとつ息を呑んで、「やります」と香恋は言った。

「私でよければ代役でもなんでもやります。でもひとつ教えてください。なんで私が適任なんですか」

「君が秘書で、しかも格闘技の経験があるから」

香恋は目を見開いた。

「そして社長秘書になりたいと思っているから」

冷泉はそこで言葉を切り、微笑して香恋に片方の手を伸ばした。

「おいで、僕が君の夢を叶えてあげる」

◆

記者発表の開始時間を五分過ぎた頃から、ホールには不穏な空気が流れ始めた。

「鷹司君、本当に予定どおり、冷泉社長は到着されるのだろうね」

「その予定です」

不安そうな企画部長にそう答え、鷹司は腕時計に視線を落とした。本当に大丈夫なんだろうな。

(絢さんの代役を急遽《きゅうきょ》変更したい。僕が責任を持ってその子を会場に連れて行くから、鷹司は予定通りマスコミを定位置に集めてくれないか)

そんな電話が冷泉からかかってきたのが、今から一時間前のことである。

そして今、午前十一時五分過ぎ。ＬＧＳ本社のロビーには、マスコミ各社の記者と重役たちが誘導された場所で待機し、その時を今か今かと待っている。事情を知らされていない社員や来客も足を止め、次第に人だかりは大きくなりつつあった。

「そもそも、こんな無駄なデモストレーションをする意味があったのかね」

「この分野じゃ、うちは大きく後れを取っているんだ。間違いなくこの企画は失敗だよ」

背後で聞こえよがしに囁《ささや》かれる声――腹立たしいが今は何ひとつ反論できない。

「今、玄関に社長のリムジンが到着しました」

耳につけていたイヤフォンから声が届き、鷹司は顔を上げた。

自動ドアの向こうに、まさにそのリムジンが見えた。車の扉が開いて、中からライトグレーのスーツに身を包んだ冷泉が降りてくる。冷泉の傍《かたわ》らには、――え？

鷹司は自分の目を疑った。そこにいなくてはいけないのは、黒のパンツスーツを身にまとった要人警備の女性である。しかし、冷泉の傍らには、予定の女性とは似ても似つかない女性がいた。

ゆるく巻いたミディアムの髪にベビーピンクのワンピース。華奢《きゃしゃ》なパンプス。一瞬目を細めた鷹司は、次の瞬間その目を見開いた。

「おい、……小杉絢がいないぞ」

「別のところから出てくるのか？」

ざわめきの中、ポケットに手を入れた冷泉は、ハリウッドスターのように威風堂々《いふうどうどう》とロビーに入ってくる。その背後には先ほどの女性が付き従っている。ナチュラルだがプロ仕様のメイク。輝く目元と薔薇《ばら》色の頬《ほほ》をしたその女性は、見るからに育ちのいい、お嬢様といった風情だ。

「あの子はなんだ？　秘書も一緒という設定に変えたのかね？」

「は、はい」

問われた鷹司は苦し紛《まぎ》れに答えた。――何やってんだ、あの馬鹿！

間違いない、別人みたいに洗練されているが白鳥だ。どういうことだ、一体何が起きてるんだ。なんで白鳥が社長と一緒に……

その時、驚きにも似たどよめきが、ギャラリーと記者たちから沸《わ》き起こった。冷泉社長の左右から、黒服に目出《めだ》し帽を被《かぶ》った男が四人、手にナイフのようなものを持って飛び出してきたからだ。

その瞬間、鷹司は、ようやく冷泉の意図を理解した。違う、白鳥は秘書役なんかじゃない。白鳥こそが、絢の代役だったんだ。

しかし、もう止める時間はなかった。香恋が冷泉を守るように前に出る。ここから先の動きは、鷹司自身が考案した。最初の男の腕を掴《つか》む、ひねる、ナイフを叩き落とす。その腕を取って――

豪快な背負い投げに、おおっとロビー中が歓声に包まれた。相手はプロのアクション俳優だ。投げられ方も堂に入っている。しかしそれ以上に、どう見ても可憐《かれん》なお嬢様にしか見えない女性が、鮮やかに暴漢を投げ飛ばしたことが衝撃だった。

続くもう一人のパンチをかわした香恋が、ファイティングポーズを取る。ひるんだ相手の腕を取って、またしても背負い投げ。その鮮やかさに、早くも場内に拍手が沸いた。

続く三人目のみぞおちに膝蹴りを入れた香恋が冷泉を振り返る。そして冷泉に覆《おお》いかぶさり、四人目の襲撃を身を挺《てい》して防いだ。冷泉をギャラリーの方に押しやると、四人目に向き合う。素早く相手の懐に飛びこんだ香恋は、最後の、そして一番鮮やかな背負い投げを決めた。

やった――……

香恋はぜいぜいと息をしながら座りこんだ。極度の緊張に加え、事件以来初めて人を投げる恐怖。その両方から解放され、いきなり全身から力が抜けた気分だった。

「立って、まだ終わってないよ」

気づけば冷泉が傍《かたわ》らで微笑《ほほえ》んでいる。

冷泉に腕を取られて、立ち上がったとたん、周囲で瞬《また》く光に気がついた。何これ、カメラ——？

「冷泉社長、要人警備部門の立ち上げについて、今後の展望をお聞かせください」

「今日は小杉絢さんが登場という話を聞いていましたが、そちらの女性は」

矢継《やつ》ぎ早《ばや》の質問、そしてフラッシュ。面食らう香恋の肩を抱き、冷泉は片手を上げた。

「実は彼女は、正真正銘、僕の秘書です」

おおっと場内がどよめいた。

「もちろん、今日の企《くわだ》ては全て演出です。実際にLGSが提供する要人警備員が、こんな可愛いワンピースを着たり、見せパンを穿《は》いたりはしていない」

——は？　香恋は真っ赤になって冷泉を見上げた。そりゃ念のため穿いてはいるけど、絶対見えないって言ったじゃない！

しかし、場内はどっと笑いに包まれた。

「冷泉さん、隣のお嬢さんが真っ赤になっていますよ」

「可愛いなぁ、この子」

場内のそんな声に微笑して、冷泉は続けた。

「LGSがリリースする要人警備員は、決して腕っぷしが強いだけではない。SPである国家公務員同様、いやそれ以上の厳しい試験と訓練を経ています。加えて言えば、品性と美貌も。その最良のモデルが僕の秘書であったため、今回は彼女に協力してもらいました」

「そちらの方のお名前は？」

「見事な投げ技でしたが、格闘技のご経験があるんですか？」

質問をする記者たちの向こうに、鷹司が立っていることに、香恋はようやく気がついた。

彼はひどく深刻そうな顔で腕を組み、何か物言いたげな目で香恋を見ていた。

第三章　掟《おきて》破りの課内恋愛

「絶対に、駄目です」

香恋が返事をするより早く、隣に立つ鷹司が口を開いた。

本社二階の会議室。このフロアの半分が、来春から本格稼働する『要人警備部門』の準備室らしかった。今、仮のオフィスと化した会議室では、専務取締役の冷泉明と企画部長、そして冷泉社長が雁首《がんくび》をそろえて座っている。その前に立つ鷹司は続けた。

「白鳥をテレビ出演させる件なら、お断りします。上司として絶対に認められない」

「お前が認めなくてもな、鷹司」

冷泉明が眉をひそめて口を開いた。姓が同じなのは冷泉社長の親戚だからだ。もちろん以前から知っているが、苦手な人だな、と香恋は内心思っていた。

「これは専務である俺と社長の命令だ。たかだか課長の貴様が何を言っている」

「まぁ、まぁ、専務」と、人のよさそうな営業部長が、とりなすように間に入った。

「鷹司君、部下を公《おおやけ》の場に出したくない気持ちはわかるが、テレビ局にもうちの広報にも問い合わせが殺到し、動画サイトで流れた映像も、たった一週間で再生回数が百万を超えているんだよ」

「同様の電話は秘書課にも殺到しています。はっきり言えば仕事になりません」

切り捨てるように言う鷹司を、営業部長はやや呆れたように見上げた。

「何故そこまで意固地《いこじ》になる。話題が話題を呼んで、今や誰もが白鳥君の素顔を知りたいと思っているんだ。このチャンスを生かさない手はないじゃないか」

我慢も限界、とばかりに、冷泉明が鷹司を指差しながら立ち上がった。

「いいか、来季で契約が切れる小杉絢の代わりに、その女をテレビCMに起用しようという案も出ているくらいなんだ。たかだか課長のお前がどうこう言うレベルの話じゃない。ひっこんでろ！」

「あ、あの」

香恋はようやく口を挟んだ。

「テレビ出演もそうですが、他にいただいている話も全部、私には無理です。……お断りします」

「黙れ、誰もお前の意見なんて聞いてない！」

冷泉明の凄《すご》みのある恫喝《どうかつ》を、香恋は首をすくめるようにやりすごしてから言った。

「れ、冷泉社長と、そういうお約束をしました」

当の冷泉は椅子に背を預け、胸の前で指を合わせたまま、先ほどから一言も口をきかない。

「私が表に出るのはデモの一回だけで、秘書ということ以外は名前も明かさないと。そういう約束で、私、お受けしたんです。そうですよね、社長」

「聞いてないぞ、総一朗」

冷泉明に睨《にら》まれて、冷泉は両手を上げた。

「したといえば、したのかな」

「はぁ？」

「まぁ、本人と保護者がここまで拒否するなら、諦めるしかないんだろうね。どうだろう。あれはＣＧで作った合成人間ということにしたら」

「お前——世の中舐《な》めてんのか！」

「行こう」と鷹司が背を叩いたので、香恋は戸惑いながら一礼して三人の重役たちに背を向けた。

「おい、鷹司」

背後で、冷泉明の怒声がした。

「わかってると思うが、これが失敗したら、お前も総一朗も後がないからな。部下を庇《かば》うだ？　もったいぶってる場合か。今はなりふり構わず会社のことだけを考えろ！」

「あの、今のはどういう意味なんですか」

「気にするな。明専務はいつもああなんだ」

鷹司はなんでもないように言って、業務用エレベーターのボタンを押した。秘書課では、冷泉社長と同姓の役員は、区別するために下の名前に職名をつけて呼び合っている。

確かに、明専務は捨て台詞《ぜりふ》の天才だけど、後がないってどういうこと？

エレベーターに乗りこんだ香恋は、少しだけ不安になって隣に立つ鷹司をちらっと見上げた。

間違いなく疲れているし、先ほどのやりとりで怒ってもいる。正直、こういう横顔が一番怖い。

「それより、冷泉社長や明専務が何を言ってきても、お前、絶対に断れよ」

案の定、怒りを含んだような声で鷹司は言った。

「今度俺に黙って勝手な真似をしたら、本当になしにするからな」

う、と、香恋は唇をへの字に引き結んだ。記者発表後の鷹司の怒りときたら――思い出すだけで身が縮む。最後には「つきあうって言ったの、なしな」と言われ、その場で泣いて謝ったほどだ。

もちろんそれには理由がある。鷹司は、香恋の過去が表に出ないか心配してくれているのだ。

「絶対にしないと約束します。私にとっては、社長より鷹司課長が一番ですから！」

「社長秘書にしてやるって言葉に簡単につられたくせに、何言ってやがる」

「う……。そ、それは違うんですよ」

上手く説明できないけど、あの時は冷泉社長に「鷹司のため」みたいなことを言われたから。

「まぁ、お前の本当の目的は、土手の上の王子様だからな。心変わりの早い奴の言い草なんて、そう簡単には信用できない」

「そんな、もう五年も前の話じゃないですか」

「それから五年も、お前は冷泉さんと再会することを目標に頑張ったんだろ」

さすがに香恋は、半べそをかいて頬《ほほ》を膨《ふく》らました。

「もうっ、意地悪言わないでくださいよ。じゃあ私は、どうしたらいいんですか」

「まぁ、……そうだな」

顎《あご》に指をあてた鷹司は、眉を不機嫌そうにひそめたまま香恋を見下ろした。

「それが口先だけじゃないことを、証明してもらわないとな」

一瞬嫌な予感がしたが、それはすぐに現実になった。逃げようとした香恋はたちまちエレベーターの隅に追いつめられる。

「か、課長、ここは会社です」

「知ってるよ」

「ま、前も言いましたけど、会社でこういうことは——や、やめた方が」

いい……。唇が優しく触れ、香恋は言葉の続きを頭の中で夢うつつに繰り返した。

「……人が」

「大丈夫、業務用のエレベーターは目的の階以外は止まらない」

さっきまで怖いくらい不機嫌だったくせに、キスは、別人のように優しい。香恋の唇を柔らかく食《は》むようにして、鷹司は羽が触れるような淡いキスを繰り返した。

あ、やだ……また、胸がジンジンしてきた。熱に浮かされたように、身体の芯が痺《しび》れてくる。こんな風に鷹司とキスをするのはこれで何度目かになるのに、この不思議な感覚は一向におさまらない。

キスは次第についばむようなものになる。その度に、熱く濡《ぬ》れた舌が唇に触れる。その感触にぞくぞくして、何故だか呼吸が浅くなる。いっそう強く抱き寄せられ、ますます濃密になるキスを受けながら、香恋は夢心地で鷹司の胸に両手を添えた。その時だった。

口の中に、ぬるっと舌が滑りこんでくる。

「っ……?」

反射的に顎を引いた香恋を追うようにして、鷹司の唇が追いかけてきた。

待って、こんなの初めてで——えっ？

鷹司の舌が自分の口の中に入っている。その思わぬ淫《みだ》らさに、香恋の頭の中は真っ白になる。

両腕で彼の肩を押して逃げようとしたが、すぐに大きな手で両手首を掴《つか》まれる。壁に押し付けられ、鷹司は初めて、優しさとは別の意味合いのキスをし始めた。

「……っ……っ」

「大丈夫、停まる前にはやめるから」

あ……だ、駄目、足、ガクガクしちゃう。それに、やっぱり、ちょっと怖い。

この前キスされた時も思ったけど、鷹司さんって案外エッチというか、そういうことが好きな人？　前だって、なかなかやめてくれなくて……

静かなエレベーターの中に、唇から漏《も》れる音だけが響き始める。それはロマンス小説とは程遠いいやらしさで、香恋は自分がこのままどうにかなってしまうのではないかと思いながら、無我夢中で唇を開いた。

密着した体温、香り、自分の中を熱くかきまわす舌の感触。もう、身体が熱くて……

「……も、……や」

「大丈夫だよ、上手に、できてる」

囁《ささや》く鷹司の呼吸が荒い。その荒さに香恋の鼓動はますます速まり、次第に息さえできなくなる。

力をなくした香恋を抱きかかえたまま、鷹司は自分の舌をゆっくり抜き差しする。

あ、なんか目茶苦茶《めちゃくちゃ》エロいことされてる気がする。頭ジンジンしすぎて、涙出そう。

もう、死んじゃう。もう、心臓爆発しちゃう。涙で目が潤《うる》んだとたん、ふっと唇が離れた。

ずるずるっとしゃがみこみそうになったところを支えられる。

「大丈夫か」

大丈夫じゃないに決まってるじゃないですか。なんだって勤務中に、こんなエッチなことをするんですか。

「もう、立てません……」

「悪い悪い、ちょっと止まらなくなった」

鷹司の腰に腕を回してぎゅっと抱きしめると、背中をぽんぽん、と叩かれた。

「おい、離れろ。そろそろ十階だ」

ええーっ。それはないよ。私なんてもうヘロヘロで、腰にも足にも全然力が入らないのに。

しかし恨みがましく見上げても、すでに鷹司の横顔はいつもの冷静な表情を取り戻している。

前も思ったけど、ほんっとにずるい。私だけメロメロにして、自分はいつだって平然としている。まるで私一人が玩具《おもちゃ》のように弄《もてあそ》ばれてるみたいな……だいたい、キスしてる時だけじゃない？　鷹司さんが私に優しくて、ああ、つきあってるんだな、と実感できるのは。

最初の一週間は完全放置。その時はそんなものかと思ったけど、例の記者発表の後くらいから態度が変わった。恋愛伝道師、藍の推理では「記者発表の香恋が綺麗すぎて、いきなり遠くに行ったように感じたんじゃない？」とのことだが、どうしたらそんな風に思えるのか全く謎だ。

今では、ちょっとでも二人きりになると、すぐにキス。最初は飛び上がるほど嬉しかったけど、ふと気づけば、キス以外での接点は何もない。

——なんか、不安だよ。まだ私、鷹司さんのことを、あまりよく知らないのに。

「おい、さっさと降りろ。俺はもう一度、二階に戻る」

しかし香恋の不安をよそに、エレベーターが十階に着くと、鷹司はあっさり香恋を追い出した。

◆

「だから、それがビコーズ・アイ・ラブ・ユーなんですよ」

第二係に戻ると、藍と藤子、佐隈係長の三人が、究極の愛というテーマで熱く語り合っていた。

――あ、そういえばもう昼休憩だった。

力なく席についた香恋は、ますます鷹司が恨めしくなった。何よ、ランチに誘うとか、そういうのもないわけですか？　ランチよりまずキスですか？　自分がしたきゃするんですか？

社長秘書という形ばかりの肩書きを手にしたものの、香恋の席は結局、第二係に固定された。これは鷹司の考えである。騒ぎがおさまるまで、第二係に香恋を隠しておこうという腹だ。

冷泉も今は会議室にこもりきりなので、香恋は相変わらず第二係で雑用ばかりしている。

香恋の憂鬱《ゆううつ》をよそに三人は――もっぱら藍一人だが――熱く語っているようだった。

「ビコーズ・アイ・ラブ・ユー。何故なら、愛してるから。愛ゆえに別れると決意した男が、女が消えた後に呟《つぶや》く。もしくは第三者の問いかけに答える定番です。――ヘイ、ジョージ、お前はどうしてそんな馬鹿な真似をした？　彼女を行かせるなんて、頭がおかしくなってしまったのか？」

ジョージって誰だよ。

「するとジョージは目を細めて一言、ビコーズ・アイ・ラブ・ユー。彼女を心から愛していると気づいたからこそ、ならず者のジョージは、彼女を別の人生へと送り出すんですよ。自分では、彼女を幸福にできないとわかっているから。それが私が思うところの、究極の愛ですね」

ああ、ジョージはならず者だったのか。そりゃ藍の好きな黄金パターンだ。お嬢様とならず者の恋。最初は強引にお嬢様をくどいていたジョージが、最後にはお嬢様を本当に愛するようになり、やや自分に傾きかけていたお嬢様を別の男のもとに送り出すという――似たパターンをもう何作も読まされたから、すっかり飽きてしまったけど。

「ほんっと、藍ちゃん、熱いわぁ」

「この手のことを語らせたら、右に出るものはいないね」

ひたすら感心する藤子と佐隈。本当にいいトリオだよ、この三人は。

何故なら愛してるから、か。そう言って鷹司さんが、いつか私を冷泉社長に送り届けたらどうしよう。まぁ、そんなこと、間違ってもあり得ないな。ははは……

「どした？　今日はいつにも増して沈んでるけど、二階でなんかあった？」

昼休憩が終わったので給湯室で湯呑みを洗っていると、隣でスマートフォンをいじっていた藍が声をかけてくれた。

「うん、まぁ……いつもの問答。テレビに出ろとか、取材を受けろ、とか」

二階でのやりとりより、問題なのはその後の鷹司とのキスなのだが、さすがに鷹司の悪口までは藍には言えない。超行動派の藍のことだ、絶対鷹司に詰め寄るに違いない。

「もちろん断ったんでしょ。絶対に駄目だよ」

藍の口調が強くなった。

「今だって、正直、いつ昔のことがほじくり返されないかハラハラしてんのに。いざとなったら香恋に罪はないって私が抗弁《こうべん》してあげるけど、場合によっては、会社にもいられなくなるよ？」

「うん、知ってる」

「だったら訊《き》くけど、なんで、そんな馬鹿げた仕事を受けたのさ」

やや苛立ったように、藍の口調が荒くなった。

「ほぼ別人みたいな清楚《せいそ》なお嬢様に化けてたけど、今だって素性がバレてないのは奇跡だよ？　熱が冷めるのをじっと待って、絶対に取材には応じないこと。いいね、約束だよ」

もちろん、そんなことはわかっている。あの時はなんだか……私がうんと言わないと、鷹司がピンチに陥《おちい》るような気がしたのだ。結局は、思いこみだったのかもしれないけど。

「それからさ、もうひとつ忠告があるんだけど」

「何？」

「もしかして香恋、鷹司にもう手を出されてる？」

ぶっと香恋は噴《ふ》き出した。手元の湯呑みが洗い桶の中に転がり落ちる。

「なっ、ど、どど、どうしてそう思うの？」

「やっぱりね。香恋が時々ぼーっとしてるから、なんかそんな気がしたんだよ」

藍は苦々《にがにが》しく舌打ちした。

「気をつけなよ。いくら真面目そうに見えても、相手は三十過ぎのおっさんだよ？二十代の女の子の、ピチピチした身体が欲しいに決まってる」

「ちょっ、声、声が大きいっ」

「とにかく、だよ。結婚の言質《げんち》が取れるまで、絶対に身体は許しちゃ駄目。考えてごらん。香恋は恋愛初心者で、相手は熟練者。あっという間に都合のいい女にされちゃうよ。だったら最後まで出し惜しみする。結婚まではセックス禁止。それだけは私に誓うと約束して」

「そ、それは……」

もちろん鷹司を信用しきれてないっていうのはあるけれど、つい気持ちよさに流されてしまうし、いざそんなことになったら、私の立場で拒むのは無理そうというか……

「約束してくれないと、私、帰れないじゃん」

藍の口調が、ふと寂しげになった。

「え、帰るって……?」

「店の改装が終わったから、早く帰って来いって、最近は毎日催促の電話がかかってくるんだ。香恋のことが気がかりだけど、佐隈さんに事情話して明日くらいに帰ろうかなって」

そうなんだ。こんな時に藍までいなくなっちゃうんだ。

不意に心細くなり、香恋は藍の肩に額《ひたい》を預けた。

「ん……約束する」

「本当だよ、破ったら絶交だからね」

頷《うなず》くと、肩をポンポンと叩かれる。

「ついでに訊《き》くけど、鷹司のことで、何か不満とか不安はないの」

「……藍の言う通りだよ。なんか、身体目当てなのかなって」

「へぇ……」

「優しいのはそういう時だけ? みたいな? だってさ、つきあい始めて三週間も経つのに電話の一本もなければ、一文字のメールすらないからね。どう思う?」

「最低だね。普通つきあい初めなんて、恋の一番楽しい時なのに」

藍を見る。


「どこが?」

香恋は眉を思いっきり上げた。

「……っても、私、男の人とつきあうの初めてだし、鷹司さんは年上だから、こんなものなのかなって思うんだよね。……よくわかんないけど、漠然《ばくぜん》と、不安……」

その時、ポケットの携帯が着信を告げ《つ》た。あまりにタイミングがよかったから驚いてた。

「ど、どうしよう。鷹司さんだったら」

「いや……それはないと思う。出てみたら?」

携帯の画面には、知らない番号が表示されている。香恋はおそるおそる携帯を耳にあてた。

「お仕事中に、よかったかしら」

「……大丈夫です。小杉さんは、弊社《へいしゃ》の大切なお客様ですから」

会社の近くの喫茶店。小杉絢の前にはブラックコーヒー、香恋の前にはオレンジジュース。オーダーは香恋が来る前に済ませてあった。間違いなく、無駄に子供扱いされている。

「ごめんなさいね。前みたいに秘書課に乗りこんだら、また拉致《らち》したって誤解されると思って」

小杉絢――。忘れていた、まだ最大の不安要素が残っていたのだ。

「脩二とつきあってるって、本当？」

いきなり放たれた先制パンチに、香恋は素直に動揺して顔を上げた。

「それ、鷹司さんに？」

「他に誰が？　冷泉社長にも言ってないって聞いたけど」

あ、そうなんだ。私には何も言ってくれないけど、知らないところで、ちゃんと恋人宣言してくれてたんだ。少しだけ唇がほころんだのを見られたのか、小杉絢は不機嫌そうな顔になった。

「……あなた、覚悟はあるの？」

「どういう、意味ですか」

「脩二の背景を知ってるかって話。社内で噂になってない？　あの若さで、しかも高卒なのに異例の昇進。いくら仕事ができるからって、おかしいでしょ」

おかしいって言われても……。香恋が戸惑っていると、不意に絢は楽しそうに笑い出した。

「なんだ、脩二から聞いてないんだ。つきあってるっていっても、あまり深い関係じゃないのね」

見えない刃物で、胸を一突きされた気分だった。

「じゃ、私から話すことは何もないわ。お勘定は割り勘でいいかしら」

「ちょっ、待ってください。確かにまだ、そんなに深い関係じゃないですけど」

だけど、知りたい。小杉絢が知っているのに私が知らないなんて、なんだかすごく嫌な気分だ。

「私ね、今度、文部科学省のスポーツ振興委員のメンバーに選ばれたの」

余裕に満ちた表情で、小杉絢は微笑した。

「そちらの会社で来春リリースする要人警備部門には、格闘技分野から輩出《はいしゅつ》される優秀なOBが必要でしょ？　私はそのパイプ役になるつもり。やっぱり、脩二の役に立ちたいから」

「………」

「誤解しないでね。記者発表をドタキャンしたのは、脩二を恨んだからじゃないの。前日に振興委員のメンバーに選ばれることがわかったから、派手なタレント活動は自粛《じしゅく》しようと思っただけ」

それでも、ドタキャンするのは卑怯《ひきょう》だと思ったが、さすがに口にはできなかった。結局のところ、小杉絢は怒ったのだろう。鷹司が、自分ではなく別の女の手を取ったことに――

「私と脩二が別れた理由、どこまで知ってる？」

黙りこむ香恋を威嚇《いかく》するように見つめながら、絢は続けた。

「当時、柔道を引退したばかりの私は、タレント活動にことごとく躓《つまず》いてね。かなり精神的に追いつめられていたの。脩二は結婚しようと言ってくれた。彼がまだ冷泉社長の秘書だった頃の話よ」

心臓が妙に高鳴った。聞きたくない。これ以上、そんな過去は知りたくない。

「そんな時、冷泉さんがＬＧＳのイメージキャラクターの仕事を私にくれたの。何も言われなかったけど女の勘で理解したわ。冷泉社長は、その仕事と引き換えに、私に身を引いてほしいんだって」

え……？

「だから、私から脩二に別れを切り出したの。私がいると脩二の足を引っ張るだけだとわかったから。仕事が欲しかったからじゃないのよ。……脩二は今でもそう誤解したままだけど」

香恋は表情を強張《こわば》らせたまま、絢を見つめた。

まさか冷泉社長が邪魔だったのは、鷹司さんではなく、三度も金メダルを取った小杉絢――？　つまり鷹司さんは、冷泉社長にとって小杉絢以上に重要だったということ……？

「前科持ちのにわか有名人。ねぇ、あなたみたいな爆弾が脩二の傍《そば》にいて、彼がこの先、迷惑を被《こうむ》らないっていう保証がある？　私だったら潔《いさぎよ》く身を引くわ。それが武道家の品格よ」

「ああ、詳しいことは本人に訊《き》いてほしいけど、課長がワケあり入社なのは間違いないと思うよ？」

佐隈は実にあっさりとそう言った。

夜のエレベーターホール。珍しく残業した佐隈が帰るところを追いかけて、崖から飛び降りるような覚悟で訊いたにもかかわらず、佐隈はそれが？　みたいな顔をして首をかしげている。

「……ワケあり、と言うと」

「だから、創業一族の関係者なんでしょ。あのスピード出世、どう見ても最短役員コースだもん。出自は明らかにされてないから、まぁ、はっきりそうだとは言えないけど」

あまりに佐隈が平然としているので、香恋は拍子抜けしてしまった。

「簡単に言って、いいことなんですか」

「だから言ってないでしょ。それ以上のことは本人に訊いてよ、関わり合いになると怖いから」

「怖いって……」

「うち、昔から創業一族の派閥争いがすごくてね。引退した加納さんが元気だった頃は、もうピーク。三年前、当時社長だった冷泉さんを本社から追放したのも、加納さんだからね」

「…………」

「とにかく鷹司君にはやっかいな事情があると思うよ。そのあたりは、よく話し合わないと」


別れる——まだつきあってるかどうか今ひとつ自信がないけど、別れる——

香恋ははぁっとため息を吐《つ》いて、第二係の鍵を締めた。この数日、香恋はずっと悩んでいた。こんな時こそ藍に相談したいけど、藍は三日前に郷里に帰ってしまっている。

親友の誓いを忘れないで、と言い残して。

別れた方がいいのかな、と思ったのは、鷹司を取り巻く背景が怖そうだからではない。なんとなくわかってしまったのだ。彼はこれからLGSで偉くなる人で、自分ではとても釣り合わないと。

今みたいな感情を、もしかしてビコーズ・アイ・ラブ・ユーというのだろうか。ああ、でもまだ愛って感じでもない。好きだけど、……大好きだけど、愛かって訊かれたら、それはまだ……

ホールで開いたエレベーターに乗りこもうとした香恋は、中に乗っている人を見て、反射的に回れ右をした。

嘘でしょ。なんだってこのタイミングで、鷹司課長が？

「おい、乗らないのか」

扉を開けたまま鷹司が待っているので、香恋は仕方なくエレベーターに乗りこみ、隅の方にこそこそと身を寄せた。一方の鷹司もかなり不機嫌そうで、壁に背を預けて腕を組んでいる。

なんか、目茶苦茶《めちゃくちゃ》怒ってる……？　なんで？　今回は私、何もしてないと思うけど……

「なんで、俺からの電話に出ない」

「えっ、電話？」

いつ、いつ？　慌ててバッグから携帯を取り出すと、つい五分前に着信が入っている。

わーっ、これってもしかして初電話？

「気づかなくて、あの、なんの用だったんですか！」

さっきまでの深刻さもすっかり忘れて、香恋は訊《き》いた。

「今夜は仕事が早く終わりそうだから、一緒に帰ろうかと思ったんだが？」

「わっ、じゃあ偶然ですね。私も今――」

目を輝かせた香恋は、鷹司が上着も着ておらず、手に何も持っていないことに気がついた。

あれ？　帰りじゃないと、いうことは……

そういえば最近の鷹司は二階にこもりきりである。そしてここは十階。ということは、もしかして電話に出ない私に会いにきてくれた？　嬉しさのあまり、香恋は鷹司の腕を思いきり叩いた。

「って、何すんだ、お前」

「だって、そうならそうって言ってくれたらいいのに。無駄に不機嫌そうだから、てっきり怒ってるのかと思ってました。もーっ、照れ屋さんなんだからっ」

鷹司は、たっぷり三十秒は呆れた目で香恋を見下ろしていた。

「俺はてっきりお前が怒って……、まぁ、いい。考えてた自分が馬鹿みたいに思えてきた。着替えてくるから、下の駐車場で待ってろ」

しまった。この深刻な状況で、何やってんだろ。私。

五分後、鷹司の車の助手席で、香恋はようやく、浮かれている場合ではないことに気がついた。

先輩武道家の小杉絢のように、潔《いさぎよ》く身を引く——でも、なんのために？

その肝心な理由を、香恋はまだ何も知らないのだ。

「飯は？」

「ああ、もう食べました」

鷹司の問いに急いで答えると、香恋はこれから、自分がどうすべきかを考えた。

まずは訊《き》こうか。あなたは一体何者ですかと。でも、いきなりそこまで踏みこむのは
なぁ。まだ趣味も血液型も知らないのに。

「どこか、寄りたいところがあったら」

「いいです。買い物は週末に済ませてますから」

とりあえずは趣味や特技、そのあたりを和やかに話してから——いやいや、そんなこ
としてる場合？　それだけ訊いてからじゃあ別れますって、言えるの？　私。

ああ、もうこうなったら、柔道の禁じ手みたいだけど、先日聞いた話をそのまま打ち
明けて——

「俺の部屋に、来る？」

「いえ、本当にお構いなく」

ん……？　今、鷹司は何て言った？　というより、今まで何か会話してた？　私たち。

ため息を吐《つ》いた鷹司が車を停めた。目の前に香恋の住む寮が見える。

「はい、着きました」

「…………………」

す、すみません……なんか、空気読めてなくて、本当にすみません。

「降りねぇの、ここ駐禁なんだけど」

うわ、声がもう、会社とは別人になってるし。

「すみません。なんか、ちょっと考え事してて」

「そうみたいだな」

「あの……どっかで、お茶でも」

「いいよ。俺ももう疲れたから、帰る」

なんか、拗《す》ねてるように見えるのは……気のせい？

「じゃあ、どうですか、私の部屋で」

口にしてから、ちょっとまずいかなと思ったが、すぐにその意味での心配はないだろうと思い直した。なにしろ狭い。壁は外の音が鮮明に聞こえるほど薄く、その上かなり散らかしている。

「俺は構わないけど……本当にいいわけ」

「いいですよ。課長だし。コーヒーとスナック菓子くらいしかないですけど、いいですか」

「その組み合わせは、パスな。じゃあ駐車場探すついでに、ケーキでも買ってくるよ」

いやぁ、コーヒーもインスタントだし、ケーキとか似合う空間じゃないんですけど……

それでも、鷹司の機嫌が直ったのが嬉しくて、香恋は去っていく車に思いっきり手を振った。

◆

「……まぁ、女らしい部屋とは、言いがたいな」

「ほんと、散らかしちゃってて」

香恋はてへ、と舌を出した。まぁ、あえて片付けなかった。散らかってるのは本とテキストと新聞くらいで、別に不潔にしているわけじゃない。それに、配置が変わったら後が面倒だし。

「そうでもないよ、と言うのも気がひける。厭味《いやみ》にしかならないからな」

「もう、そのくらいにして座ってくださいよ」

ムードを作らないという作戦を見抜かれたかな、と思いつつ、香恋は急いで鷹司の背を押した。

「服、脱いでください。ハンガーにかけときますから」

「ありがとう」

背を向けて上着を脱ぐ鷹司に、香恋は少しドキッとした。男の人が服を脱ぐのも、改めて見るとセクシーだな。肩と腰のラインがすごく綺麗で……

「何」

「あ、いえ。今コーヒー淹《い》れてきます」

香恋は慌てて上着を受け取ると、それをハンガーにかけてから、台所に向かった。

部屋の間取りは1K。キッチンが広くて、すりガラスの引き戸で仕切ってあるのが救いだが、あとの生活空間は全てひとつの部屋である。

「どうやって寝てんだ？　お前」

「押入れに布団が――あっ、お約束ですけど、そこだけは絶対に開けないでくださいね」

それにしても、ムードを作らない、という意味では予想以上の効果だった。コーヒーを持って部屋に戻ると、鷹司はひどく居心地が悪そうに、丸いローテーブルの前に片膝を立てて座っている。

「……湯呑みでコーヒー飲む人？」

「すみません。お客さんが来ること想定してなかったんで、マグが一個しかないんですよ」

まぁ、これは本当の話で、家具も食器も最低限のものしかそろえてないんだけど。

「わっ、ケーキ、マジ豪華！　これ夕食にしてもいいくらいですよね！」

「俺、いらないから、食えよ」

「いいんですか？　夕飯おにぎり一個だったから、もうお腹ペコペコで」

さっそくフォークで突き刺した苺《いちご》を頬張《ほおば》っていると、初めて鷹司が苦笑を浮かべた。

「……そんなだったら、飯でも食いに連れてってやったのに」

「あ、いいですよ。外食はしない主義なんです。無駄にお金がかかるから」

「何、俺におごられることは想定してないわけ」

優しい目で見つめられ、香恋は狼狽《うろた》えながら、ほとんど噛《か》まずに苺を呑みこんだ。

「ん……んぐっ」

「はぁ？　ケーキで喉《のど》つまらす奴、初めて見たぞ。老人か」

ゲホゲホと咳きこみながら、香恋はコーヒーで苺を流しこんだ。

まずい……ムード作らない作戦が、見つめられた一瞬で脆《もろ》くも揺らいだ。そもそもオフィスでも平気であんな真似ができる人相手に、いくら散らかっているとはいえ密室は……まずかった？

おそるおそる鷹司に視線を戻すと、彼は床に重ねてある英会話のテキストをめくっていた。

「金はないのに、英会話と筆ペンは習い始めたんだな」

「まぁ、時間ないんで、どっちも通信ですけど」

少しだけ笑った鷹司が、両手を後ろの床について天井を見上げた。

「あの記者発表以来、ずっと企画部の仕事にかかりきりでさ」

知っている。秘書課長の席は、最近いつも不在だ。佐隈の話だと、深夜にようやく戻ってきて、決裁をしたり、仕事の進行をチェックしているようだ。香恋とはいつもすれ違いである。

「構ってやれないから悪いと思ってたけど、お前もそれなりに忙しいんだな」

「……そ、そうですよ。毎日、予定がギュウギュウで忙しいんです」

何故か狼狽えながら、香恋はケーキを口いっぱいに頬張った。

なんなの？　今日の鷹司さんはおかしいぞ。構ってやれないから悪いって、本当にそんなこと思ってた？　だいたい電話してくるし、迎えには来るし、食事に誘ったり、……なんかこう、恋人らしいことをしようとしてる？　もしかして。

しかし、彼が弱気になっているなら、今がある意味チャンスである。

「鷹司さん」

「ん？」

「よければ、趣味と血液型を教えてください」

「……ああ、ＡＢだけど、お前は」

「Ｏです。相性、どうなんでしょうね」

違う違う、そういうことではなく！

「趣味は……特にねぇな。昔は柔道だったけど、もうやめちゃったからな」

「趣味だったら、今からでもできるんじゃないですか」

「どうかな……お前にもわかると思うけど、柔道が好きすぎてさ……逆に、趣味として割り切れないっていうのかな。まぁ、大げさじゃなく、人生かけてたからな、俺」

「人生、ですか……？」

鷹司は小さく頷《うなず》いた。

「いずれ話すつもりだったけど、俺、施設で育ってるから」

「………」

「柔道始めたのは、たまたまその施設の人が、ボランティアで柔道教室の先生をやってたから。最初はだせーって思ったよ。だけど、当時の俺には、柔道しか選択肢がなかったんだな」

知らなかった。鷹司さんが施設育ち……？　それはご両親がいなかったということ？

「とはいえ、結局それが幸いして、高校も大学も柔道推薦《すいせん》で行けたんだ。学費も免除。

ただし、柔道でいい成績を取り続けている限り。——な、人生かかってただろ」

そうだったんだ。それで、怪我《けが》を機に柔道どころか大学も辞めてしまったんだ。その時の絶望はどんなだろう。どれほど悔しくて苦しかったんだろう。

「あー、泣くなよ。湿っぽくするために話したんじゃないぞ」

「だって……」

目尻を指でこすっていると、肩を抱かれて引き寄せられた。香恋は少し落ちこんだ気持ちで、素直に彼の肩に頭を預ける。

「なんか、不安にさせてたのかな、と思ってさ」

え……

「つきあおうって言ってすぐにあの騒ぎで、なんかもうバタバタだったからな。まぁ、何もかもお前が俺に黙って勝手な真似を」

「すっ、すみません。それは本当にすみません」

「もういいよ。済んだことはしょうがない。まぁ、ここ最近は俺も余裕がなかったし、説明も足りなかったし、身体目当てだって誤解されるのも仕方ないなって」

「…………は？」

え、え？

「……私、そんなこと、言いました？」

香恋が蒼白になって見上げると、鷹司は少し冷めた目になった。

「前田藍いわく、俺は二十代のピチピチした身体を欲しがる、三十過ぎのおっさんなんだろ」

それは藍が勝手に……え、ええっ、じゃあ給湯室での会話、全部本人に聞かれてたの？

「どっ、どこまで立ち聞きが好きなんですか。もう秘書課じゃ何も喋《しゃべ》れないですよ。私！」

「誤解すんな。あの日は前田藍にメールで呼び出されて行ったんだ。あいつ、最初から俺に聞かせるつもりであんな話をしたんじゃないのか。腹が立ったのはむしろ俺の方だ」

あ、藍……あんたって奴は、最後の最後にとんでもない置き土産を！

「すみません……」

「いいよ。俺も自分の行動を見直すきっかけになったし」

「そうなん、ですか……？」

「ちょっと焦ってたのかな。……急にお前が、遠くに行っちゃうような気がしてさ」

え、……え？

「お前の過去を晒《さら》したくないとか言って、本当はお前が人気者になるのが心配だったりしてな。はは、いい年して、俺も心が狭いっつーか」

肩を抱かれたまま、香恋は真っ赤になっていた。れ、恋愛伝道師、藍の推測恐るべし。

まさか鷹司の口からそんな甘々なセリフが出てくるなんて……

どうしたんだろう。今夜の鷹司は目茶目茶《めちゃめちゃ》優しいし大人しい。それに自分の過去——

多分、あまり言いたくない過去を初めて打ち明けてくれた。それが、なんだかすごく嬉しい。

「あの……ついでに訊《き》くのもあれなんですけど」

香恋は、おずおずと鷹司を見上げた。

「以前、言ってましたよね。やさぐれてるところを冷泉さんに拾われたって。それは、私みたいに偶然土手で助けられたんですか。それとも、別の理由があったんですか」

鷹司は、表情をわずかに曇らせて黙った。

あ、やっぱり、そこには何かある。そしてそれは……私には言いたくないってことだ。

「……会社で何か聞いた？」

「そ、そういう訳じゃないですけど、個人的に、そこがすごく気になるというか」

「……なんで？」

なんでって、……なんで？　逆に訊かれる意味がわかんないと言いますか……

「気にしちゃおかしいですか。その、私にはとても大事なことなんですけど」

小杉絢が知ってるのに、私が知らないっていうのは——結構、へこむ、といいますか。

鷹司は、しばらく物憂げな目で香恋を見ていたが、やがてふっと息を吐いて言った。

「ちょっと、こっち、来いよ」

「……え？　こっちも何も、今、極限まで近づいてますよね」

「いや、だから、ここ」

鷹司が指差しているのは、自分の膝の上である。香恋はぎょっとして身をすくめた。

「ちょっ、ちょっ、ちょっ、嫌ですよ。子供でもないのに、なんだってそんなところに！」

「いいから来いって。訊《き》きたいなら全部話すし、別におかしな真似もしないから」

「はぁ？　そんなの信用できないですよ。だいたい膝に乗る理由がわかりませんっ」

やっぱりこの人スケベオヤジ。発想がそもそも間違ってる。が、時すでに遅しだった。しょせん力では敵わない。わずか一分の攻防の後、香恋は鷹司の思い通りにさせられていた。

「もーっ、なんだってこんな恥ずかしいことさせるんですか」

「別にいいだろ。つきあってんだから」

「そ、そりゃ、確かにつきあってますけど。てか、なんですか、これ。鷹司さんの趣味ですか」

「別に……男の、普通の欲求だろ」

腹立たしいけど、胸が超高速でドキドキする。今までこんなにくっついたことがあったっけ。背中を向けてるからわかんないけど、彼は今どんな顔をしてるんだろう。そして私は――

「何、膝抱えこんでんだよ」

「い、いいじゃないですか。せめてもの抵抗ですよ」

だって、自分の顔を見られたくないんだもん。嫌とか言いつつ、多分、目茶苦茶《めちゃくちゃ》赤くなってるし。

「……こっち向けよ」

それでも体育座りをしたまま固まっていると、背後から不意に肩を抱かれて引き寄せられた。耳に、ちゅっと軽く唇があてられる。

「ちょっ」

「耳、弱い？」

「は、はぁ？　なんだって今そんな話になるんですか。別に弱くなんか……、っ、やっ」

立て続けに何度も、同じ場所にキスされる。

「ん……、や、やだっ、も……、やめ、て」

「そんなに可愛い反応されたら、やめられないだろ」

逃げようにも、背中から囲いこまれているので逃げられない。耳に、うなじに、首に、肩に、何度も唇があてられる。

熱を帯《お》びた唇と、濡《ぬ》れた舌の感触。浅い息遣いと煙草《たばこ》の残り香《が》。彼の独特の香りに包まれているうちに、香恋の中に今までになかった感覚があふれてきた。

「あ……、あ、……」

唇があてられる度に、びくっびくっと肩が震えてか細い声が漏《も》れる。

気づけば身体が溶けたようになって、手にも足にも力が入らなくなっている。何か囁《ささや》かれたような気がしてぼうっと視線を向けると、上から唇がかぶさってきた。ついばむような優しいキス。何度か角度が変わった後、半開きの唇の中に舌がそっと差し入れられる。ゆっくりと抜き差しが始まる。

あ、やだ、またすごくエッチなキス……。

濡れた音が静かな室内に響いている。思考が霞《かす》んで、胸の奥が燃えるように熱くなる。

「……なぁ、なんでそんなにエロいんだ、お前」

耳元で聞こえる鷹司の声が、少しだけ掠《かす》れて聞こえた。

「エロくなんか……」

「男慣れしてるなんて言うからそうかと思えば、前田藍には、男とつきあうのは初めてだって言ってるし、どっちなんだよ」

耳に、濡れた舌が差しこまれる。いきなり下肢《かし》に、今までとは違う感覚が駆け抜けた。

「……っ、あん」

何？　今、なんて声出した？　私。

「これくらいで、そんな声出すなよ」

艶《つや》っぽい声で囁いた鷹司の手が香恋の胸元に回って、そっと膨《ふく》らみを包みこんだ。

「い、いや、駄目っ」

「しっ、壁、薄いんだろ」

ひ、卑怯者《ひきょう》──まさかそれを逆手に取るとは。

顔を背けると、濡れた舌で耳裏を舐《な》められる。ガサガサと耳元で舌が這《は》い回る音が聞こえる。

衣服越しに乳房を包んだ手が、ゆっくりと円を描き始める。

あ、なんかへん……なんか、おかしい……

「っ……、い、やぁ……」

ちゅっ、ちゅっと、耳にキスされながら胸を優しく揉《も》みしだかれ、香恋は何度も甘い声をあげた。腰のあたりが甘く痺《しび》れて、膝をすりあわせたい衝動にかられる。

呼吸ははしたなく乱れ、漏れる声も、とても自分のものだとは思えない。

「あん、や……、た、鷹司さん、や……」

鷹司が少し苦しげに息を吐いて、囁《ささや》いた。

「なぁ、お前、キスする度に腰が立たないとか、足に力が入らないとか平気で言うけど、自分で言ってることの意味、本気でわかっていないのか」

――え……？

「その度に、俺がお前のどこに何をしたいと思ってるか――なぁ、わかってないだろ。あれでも俺なりに自制してたんだ。この天然馬鹿。今日はいいおしおきだ」

まるで頭から水を浴びせられたようだった。香恋は鷹司を振り返った。

「だっ、騙《だま》したんですねっ」

「騙したんじゃない。だいたい、終わったらちゃんと教えてやるよ。それまで黙って言う通りにしてろ」

「い、嫌ですよ。さっきは何もしないって言った――」

え？　終わったら――？　遅れてその意味を理解した香恋は、大慌てで鷹司の腕を押し戻した。

「ちょっ、それは駄目です、ナシです。立ち聞きしてたんならわかりますよね。藍と約束したんです。親友の誓いは、破ると絶交なんですよ」

「なんだよ、その面倒くさい約束は――黙っときゃいいだろ」

「藍に嘘なんてつけませんっ」

しばし二人は睨《にら》むように見つめ合った。

「……お前、前田藍と俺と、どっちが大切なんだ」

「ど、どっちもです。比べられませんよ」

はぁーっと先に息を吐いたのは鷹司の方だった。

「そこは俺だろ。まぁ、いいや。終わったらっていうのはそういう意味じゃない。最後までしないから安心しろ」


「あ……いや、いや……」

先ほどと同じ姿勢で、香恋はか細い声をあげた。

ボタンを外されたブラウスから、ブラに包まれた胸が覗《のぞ》いている。その膨《ふく》らみを鷹司の両手が背後から包みこみ、持ち上げるように撫《な》で回しながら、手のひらで敏感な部分を刺激する。

「なぁ、硬くなってる」

そう囁《ささや》かれ、香恋は半泣きになって首を横に振った。手のひらでこすられる度に、その部分が疼《うず》く。

ああ——なんで今日に限ってこんな薄い布地のものをつけちゃったんだろう。

ブラの上からでも、ぷくんっとそこだけ膨れているのがわかる。それを鷹司が意地悪く指で撫《な》でたり、親指と人差し指でつまんでくりくりといやらしく動かしたりする。その度に背中がぞくぞくして堪《たま》らなくなる。どれだけ我慢しても、甘い声が漏《も》れそうになる。

「や、……あんっ」

堪らず漏れた声は、すぐにキスで奪い取られた。

「ん……っ、んん……」

キスを続ける鷹司の息が荒い。余裕があるように見えて、彼もまた興奮しているのだと思うと、ますます堪らない気持ちになる、
しかも、気づかないふりをしているが、彼の膝の間に怖いほど硬くなったものが潜《ひそ》んでいるのが感触でわかる。その昂《たか》ぶりを肌で感じる度に、胸がわななくほど熱くなるのは何故だろうか。

鷹司の手が初めて胸を離れて、ブラウスの上から脇腹を撫でた。

脇腹から腰を何度も優しく撫でた後、その手はそっとスカート横のホックを外す。

「……っ、だ、駄目」

ふっとウエストが楽になり、逃げる間もなく手が内側に滑りこんできた。香恋はびくっと身体を震わせ、思わず鷹司の膝を両手で握りしめる。

「大丈夫、……約束は守るよ」

掠《かす》れた声で囁《ささや》かれて、もう何も考えられなくなる。

膝で立つように促《うなが》され、香恋は彼に背を預けたまま、言われた通りにした。ファスナーを半ばまで下ろされたスカートは、香恋の腰にかろうじてひっかかっている。その内側で下着と肌の境目あたりをそっと撫でた鷹司の手は、いったん引いて、今度はストッキングの内側に潜《もぐ》りこんできた。

「や、っ、それは嫌っ……あ、……」

香恋は涙声《なみだごえ》をあげ、首を横に振った。

彼の指がひどく疼《うず》く場所に触れたとたん、弱い電流が駆け抜けたようになる。香恋はびくんっと背筋を反らした。

耳元で熱い息遣いがする。

「すごく熱くて、柔らかいよ。……なぁ、こんなになって、本当に自分じゃ気づかないのか?」

何、に……?

「くそ、指、いれたい。これじゃ俺が生殺しだな」

下着の上から、鷹司の指が熱く潤《うるお》ったくぼみに沈んでいくのがわかった。

確かめるようにその周辺を丹念になぞり、指の腹全体を使って優しくこね回される。

「濡《ぬ》れてるよ。……わかるだろ、自分でも」

香恋は真っ赤になって首を横に振った。

自分の身体がそんな反応を見せているなんて、想像してもいなかった。でも嘘でない証拠に、鷹司の指がそこをかき回す度に、くちゅんくちゅんと湿り気を帯《お》びた音がする。

「下着、……汚れるから脱ぐか。……ん？」

「な、……何、どさくさまぎれに、脱がそうとしてるんですか」

薄い生地は肌にしっとりと張り付いて、香恋の腿《もも》と鷹司の指を濡《ぬ》らしている。

膝にも力が入らなくなって何度も崩れそうになるが、その度に鷹司に背後から抱きかかえられる。

耳を舐《な》められ、片方の胸を愛撫《あいぶ》されながら、ショーツの上の鷹司の指は、今度は優しく——驚くほど優しく、ひどく疼《うず》くある一点を撫《な》で始めた。

じわじわと広がる不思議な感覚に戸惑いながら、香恋は自分の指を噛《か》みしめた。

あ……やだ……何これ……すごく気持ちいい。

「た、鷹司さん……何？」

「何って？」

「あ……だって、なんか」

なんか……へん……

初めて感じる淡い快感が、押し寄せる波のように高まってくる。

もう膝で立つこともできなくなった香恋を、鷹司は自分の膝の上に抱きかかえた。そうして指をますますリズミカルに動かしていく。

「あ……やん、やんっ」

「お前……本当に可愛いな。くそ、本気で自信がなくなってきた」

性急に床に倒され、鷹司が上にかぶさってくる。怯《おび》えて顔を上げると、息もできないくらい激しいキスをされた。そして再びスカートの内側に滑りこんできた指が、下着の上から痺《しび》れるほどずきずきする場所にあてられる。

「あ、……あっ」

そこに軽く触られるだけで、淡い、もどかしい昂《たか》ぶりが、何度も膨《ふく》らんでは儚《はかな》く消えていく。

指は、やがて香恋の一番感じる部分を確実に捉えるようになる。苛《いじ》めるように撫でて、焦らし、そして緩急をつけて擦《こす》り上げる。

「ん……っ、……っ」

漏《も》れそうになる声を、香恋は口を押さえて必死にこらえた。

何これ、やばい。目茶目茶《めちゃめちゃ》気持ちいい。本当にやばい。なんかもう、自分が別の世界にいっちゃうみたい……

喉《のど》や肩に狂おしくキスをした鷹司は、堪《たま》りかねたように胸の膨らみに唇をあてた。ブラから出ている柔らかな肌にそっと舌を這《は》わせて舐《な》め上げる。

腰が浮き上がるような波に襲われたのはその時だった。

「あ……あ、鷹司、さん」

香恋はもどかしく彼の名前を呼んで、その髪に指を差し入れた。

「ん……？　気持ちいい？」

「ん、ん……鷹司さん……っん、あ、鷹司さん」

最後は何度も、熱に浮かされたようなキスをした。自分から舌を出して、鷹司の口に差し入れた。

そうして最後の高みがやってきて、頭の中が白くなる。後はもう、何もわからなくなった。

すごい経験をしてしまった……

「じゃあ、また明日な」

玄関まで鷹司を見送りに出た香恋は、彼と目が合わせられないまま、おずおずと頷《うなず》いた。

鷹司が、呆れたようなため息を吐《つ》く。

「おい、最初の元気はどこに行った。なんか借りてきた猫みたいになってるぞ」

だって、だって……。あんな姿を見られてしまった。もう駄目、もう絶対お嫁に行けない。藍との約束は――あれで本当に守ったことになるのだろうか。

「……あの程度で……これじゃ先が思いやられるよ」

ため息を吐いた鷹司に抱き寄せられる。今までと違った動悸《どうき》と安心感に戸惑いながら、香恋は鷹司の背に手を回した。

よしよし、と髪を撫《な》でられる。あ、なんかちょっと泣けてきた。胸がきゅんってなった。

そっと唇が重なって、優しいキスをされた。唇が離れた時、香恋はいつも以上に胸がいっぱいになって、鷹司の顔を見ることもできなくなっていた。

なんだろう、あんなことをして、私の中の何かが変わっちゃったのかな。鷹司さんは、相変わらず平然としてるけど、私一人が――

ん？　待てよ。

「ちょ、ちょ、ちょっと待ってくださいよ。肝心なこと、忘れてないですか」

背を向けかけていた鷹司の腕をぐっと掴《つか》み、香恋は鼻息を荒くして彼を見上げた。

「約束。教えてくれるっていう、約束です」

「ああ――あれな。覚えてたんだ」

ちょっと面倒そうに髪をかき上げ、鷹司は「うん……」と言った。

「またにしないか？」

「はぁ？　な、何言ってんですか。それ訊《き》くためにあんなことまでしたのに、なんなんですか」

「……それ訊くため？」

どう答えていいかわからず、香恋は詰まった。本当は気持ちよかったなんてとても言えない。

「そ、そうですよ。だから——色々、我慢したんじゃないですか。約束通り教えてください」

「訊くためだけに？　……それ、本気で言ってるのかよ」

え……なんで、そんなに怖い目になるの……？

「だ、だって、……教えてくれるって……」

気圧《けお》された香恋が言葉に窮《きゅう》していると、鷹司はその目を静かに香恋から逸《そ》らした。怒りとも失望とも取れる眼差《まなざ》しに、香恋はさらに言葉を失う。

「……別に大した話でもないよ。俺は、冷泉社長の腹違いの弟なんだそうだ」

「……え？」

「部長クラス以上の連中は大抵知ってるが、本気で信じてるのは冷泉社長一人だ。戸籍になんの痕跡もないからな。普通は信じないいし、俺も、半分くらいしか信じてない」

え、えと、それは。

「下手な韓流ドラマみたいだろ。——じゃあな」

「え、鷹司さん」

「もういいだろ。聞いたんだから」

目の前で扉が閉まり、まだ事態が呑みこめない香恋一人が取り残された。

え、何、なんなの、今の反応。なんか、……怒らせた？　もしかして。

せっかくゲットした重大情報より、そっちの方が胸を重く塞《ふさ》ぐのは何故だろう。

言いたくないことを、多分、無理に言わせてしまった。それだけじゃなく、まるで今日の全部を否定するようなことを言ってしまった。そんなつもりじゃなかったのに。鷹司さんが冷泉さんの兄だろうが弟だろうか、どうでもいいことだったのに……

◆

「小杉絢さんのパーティーに、課長が？」

「そう。だから車と御祝儀の用意をしておいて。課長は社長の代理として出席されるんだから」

そう言って志田遥に差し出された招待状のコピーを、香恋は少し複雑な気持ちで受け取った。

秘書課第一係。鷹司は、今日も不在だ。背後で、秘書たちの囁《ささや》きが聞こえた。

「スポーツ振興委員の就任祝いパーティーですって。大臣クラスも多数参加するみたいよ」

「すごい。さすがは小杉絢ね」

「あの――私も行ってもいいですか」

香恋はとっさに言ってしまった。あの夜以来、一週間も鷹司の顔を見ていない。彼が要人警備部門の仕事にかかりきりになっているというのもあるが、気のせいでなければ、避けられている。

「生憎《あいにく》だけど、課長に指名されたのは私なのよ」

遥が肩をそびやかすようにして香恋を見た。

「だいたい、あんた、公《おおやけ》の場に出ちゃまずいんでしょ。まぁ、ブームもとっくに下火ですけど？」

香恋は力なく第二係に戻り、専属契約をしているタクシー会社に予約の連絡をした。

やっぱり課長は私を避けている。でもなんで？　昔のことを無理に聞き出してしまったから？

でもおかしいじゃない。施設に入っていたことはなんの躊躇《ためら》いもなく打ち明けてくれたのに、冷泉社長と兄弟だって話が、それほど鷹司さんには苦痛なわけ？　全くもって、理解できない。

あんなに優しかったのに、手のひらを返したみたいに冷たくなって――

「あら、嫌だ。そんなことはないんですよ」

湯茶《ゆちゃ》の用意をするために廊下に出ると、背後で華やかな笑い声がした。振り返ると、明専務と肩を並べて、小杉絢が立っている。

目が合ったので、なんとも気まずい気持ちのまま頭を下げると、絢が颯爽《さっそう》と歩み寄ってきた。

「今日は冷泉社長に呼ばれて来たの。白鳥さん、この前の応接室に案内してくださる？」

「あっはは。馬鹿ね、そんなことを脩二に直接訊《き》くなんて」

応接室。冷泉が来る前にプライドをかなぐり捨てて打ち明けると、小杉絢は愉快そうに声をあげて笑った。

「訊いちゃ、いけないことだったんでしょうか。……まさか、そこまでとは思わなかったから」

「……どうなのかしらね。でもこれではっきりわかったわ。上手くいってないのね。あなたたち。最近の脩二の態度で薄々わかっていたけどね。今日は来たかいがあったわ。

あっははは」

なんだろう。この露骨《ろこつ》さは……。知らなかった、小杉絢ってかなり性格の悪い人だったんだ。失敗した。間違っても打ち明けてはいけない人に、余計なことを喋《しゃべ》ってしまった。

「で？　脩二にふられた私が、あなたにその理由を教えるとでも？」

ため息を吐《つ》いて、応接室を出ようとした香恋は、そこでようやく今の言葉の意味に気がついた。

「ふられたんですか⁉」

思わず振り返ると、現役時代のような鬼の形相で睨《にら》まれる。し、しまった……

「ふられたって言っても、あれよ。久しぶりに二人で会って、その時お酒が入ったノリで、なんかそれっぽいことを言っちゃっただけ。脩二は真面目だから言葉通りに受け止めて、今は友達としか思えないとか――まさかと思うけど私のことふるの？　みたいな態度を取られただけ」

もしかして、それが二人で過ごした夜の真相？　あ、なんだかちょっと安心した……

絢はむっとした表情のままで、そんな香恋に向き直った。

「脩二はね、冷泉さんの弟って理由でＬＧＳに特例入社したんだけど、そのせいでかなり苦労してきたのよ。早く脩二を役員にしたい冷泉さんは、とにかく一日も早く脩二に大きな業績をあげさせたくて、四年前、脩二をリーダーに据えて要人警備部門のプロジェクトを立ち上げたってわけ。――当然、加納社長派や、冷泉一族は猛反発よ。わかるでしょ、それくらい」

ふーっと息を吐き出し、絢はソファに背を預けた。

「当時、予定どおり要人警備部門がリリースされていれば、今のＬＧＳの業績悪化はなかったかもしれない。でもそうはならなかった。ＬＧＳの記者発表に先駆ける形で、ライバル企業が同様の部門の立ち上げをそっくりそのままの形で発表したから――漏《も》れていたのよ、情報が」

「どういう、ことなんですか」

「状況から考えて反対派の仕業でしょうね。なのにその漏洩《ろうえい》が脩二のミスのせいにされて、刑事告発するしないの騒ぎになって……計画は頓挫《とんざ》。冷泉社長は退任。脩二も海外に飛ばされたわ。ロンドン支社は当時は閉鎖寸前。――体《てい》のいい左遷《させん》よ」

そんな恐ろしいことがあったなんて……。佐隈が、関わり合いたくないと言うはずだ。

「三年経っても、冷泉社長はまだ脩二を役員にすることを諦めてなかったのね。表向き秘書課長で呼び戻しておいて、結局兼務で要人警備部門の責任者だもの。そりゃあ反対派も騒ぐわよ」

「やぁ、やぁ、絢さん、お越しいただいてありがとう」

いきなり背後の扉が開いて、冷泉の声がした。香恋は急いで振り返り、脇に避けようとして気がついた。冷泉の背後には鷹司が立っている。

「いつものことながら、絢さんには感謝の一言だよ。今度のパーティーには政府要人もたくさん来るというからね。大いに期待しているところなんだ」

「こちらこそ、選手の引退後の就職先として、要人警備部門には大いに期待しているのよ」

微笑《ほほえ》んだ絢は、立ち上がって鷹司の腕を取った。

「冷泉さん、後で脩二を借りてもいいかしら。二人で当日の打ち合わせをしたいの」

「もちろん。お姫様のお好きなように」

おどけた仕草で胸に手をあてた冷泉は、その時初めて香恋に気づいたように顔を上げた。

「ここはいいから、明専務のところに行ってもらえないかな。何か用があると言っていたから」

何故か酷《ひど》く惨《みじ》めな気持ちで、香恋は急いで「はい」と答えて一礼した。その間、鷹司は一言も喋《しゃべ》らなかったし、香恋の方を見ようともしなかった。

「あ、あの、鷹司さん」

三十分後――明専務の用を聞きにいった香恋が秘書課に戻ると、廊下に鷹司が立っていた。てっきり彼一人だと思って声をかけると、少し離れたところに小杉絢が立っている。香恋は動揺しながら視線を下げた。

「脩二、私、先に車に行ってようか」

「いいよ、そこで待ってろ。――用があるなら手短に言え。今は来客応対中だ」

打って変わった鷹司の冷たさに、香恋は胸がえぐられるほどの痛みを覚えた。どうしてだろう。この人に職場で冷たくされるのは、何もこれが初めてじゃないのに。

「あの……私にも、何かお手伝いできることがないかと、思って」

視線を下げたまま、おずおずと香恋は言った。

「や、やれることがあったら、なんでも言ってください。……ちょっとでも課長の役に立てることがあれば」

「じゃあ、第二で大人しくしてろ」

香恋の目を見ないまま、鷹司は言った。

「お前に何かしてもらう必要はない。明専務の用事はどうした」

「そ、それは、外に届け物をするだけで、今から出るところなんですけど」

「じゃあ、とっとと行くんだな。お前は余計なことを考えなくていい。自分の仕事だけをしてろ」

何、それ。なんでそんなに、冷たいの……？

「脩二はね、自分の家柄目当てで寄ってくる女に、心の底からうんざりしているのよ」

気づけば鷹司の姿は消え、小杉絢が香恋の耳元でそう囁《ささや》いた。

「彼が入社してすぐに、冷泉一族の関係者だろうって噂が広がったわ。たくさんの女が彼に近づいて、彼の秘密を知りたがった。残念ね。どうやらあなたも、その一人だとみなされたみたいよ」

◆

「ちょっ、ちょっと、どういうことなんですか、これは」

明専務に頼まれた品物の届け先はお台場にある中層ビルで、香恋が中に入ると二階にある部屋に案内された。そこは壁一面が鏡になっていて、その前に丸椅子がいくつも並んでいる。

鷹司に冷たくされて落ちこんでいた香恋は、椅子に座らされて髪に櫛《くし》を入れられて、ようやくこの異常事態に気がついた。廊下では、「お疲れ様でーす」とか「次の撮影は七時からです」という声が聞こえてくる。ここは——どこぞのテレビ局が使っているスタジオなのだ。

「おい、スタイリストとプロデューサーを呼べ。大至急だ」

いきなり入室してきた明専務が声を張り上げたので、香恋はやっと騙《だま》されたことに気がついた。最初からこうするつもりで、明専務は香恋をこの場所に呼びつけたのだ。

「ちょっと待ってください。これ、どういうことなんですか」

「どうもこうもない、テレビの取材を受けるんだ」

は、はぁ？　冗談じゃない！

「嫌ですよ。いざとなったらカメラを蹴飛ばして出て行きます。肖像権《しょうぞうけん》の侵害で専務を訴えます」

香恋が壁に逃げてファイティングポーズを取ると、明専務は呆れたようなため息を吐《つ》いた。

「あのなぁ。お前もＬＧＳの社員だろ。今のＬＧＳの窮状《きゅうじょう》を、なんとかしたいと思わないのか」

それが珍しく真顔だったから、香恋は言葉に詰まっていた。

目の前のテーブルの上に、バサバサッと雑誌や新聞が投げられる。

『ＬＧＳ株下落』『新規事業への不安材料が原因か』

「これでもまだ出し惜しみするってのか？　総一朗が周りの言うことを聞かずに金をつぎこんでるから、現時点では赤字になるのは間違いない。このままじゃ、ＬＧＳも総一朗も終わりだぞ」

「……株価まで、下がってるんですか」

香恋は眉を寄せて、呟《つぶや》いた。知らなかった。会社の業績が下がっているとは聞いていたけど、新規事業もその要因になっていただなんて。

「端《はな》から無茶な挑戦だったんだ。いくら周りに反対されても総一朗が珍しく食い下がったのは、企画を潰《つぶ》されたことへの意趣返《いしゅがえ》しなのかもしれないが、――なにより、鷹司のせいだ」

香恋は、息を詰めたまま視線を下げた。

「あいつが無理に鷹司なんて馬の骨を推そうとするから、こんなことになる。全くいい迷惑だ」

それが、ひどく悪意のこもった口調だったので、香恋は自分まで傷ついた気がした。

「いずれにしても、走り出した以上なりふり構わずセールスするしかない。なぁ、お前は総一朗の推薦《すいせん》でうちに入社したんだろ？　理由までは知らないが、今その恩を返さないでどうすんだ」

でも――。香恋は迷いながら、眉を寄せた。そして、もう言うしかないと思った。

「無理です。……れ、冷泉社長はご存知ないかもしれないですけど、私、以前傷害事件を」

「リサーチ済みだ。もちろん総一朗だって知ってるさ」

え……？　と香恋は顔を上げた。冷泉さんが知っている？　そんなこと鷹司さんは一言も……

「それがなんだ。今となっては武勇伝だ。女子高生が、地元のチンピラを投げ飛ばしたんだろ？」

「いえ……でも」

「そんなに不安なら、過去には絶対触れない形でインタビューを進めてもらう。お前だって、このまま第二に閉じこもっていたいわけじゃないだろ。会社のために、少しでも役に立ちたいだろ？」

「…………」

「だったら需要がある内にテレビに出て、自分が役に立つ人間だと、証明してみせろ」

香恋は唇を噛《か》みしめた。私は——会社じゃなくて、鷹司さんの役に立ちたい。

私の気持ちを、少しでも彼にわかってほしい——

◆

「……さすがにこれは、まいったね」

回転椅子を回しながら冷泉がため息を吐《つ》いたので、鷹司は苦渋の表情のままで頭を下げた。

「申し訳ありません。私のミスです。白鳥が記者発表に出た時にお話ししておくべきでした」

深夜の社長室。二人の前には今夜届いた、発売前の週刊誌のコピーが置いてある。

『最強の秘書の正体は元ヤンキー』『飲酒・万引き・地元では札付きの悪《ワル》』『暴行事件で黒帯剥奪《はくだつ》』

この話題は、先週あたりからすでにインターネット上で広まっている。五日前、彼女が実名でテレビ出演した時からある程度の覚悟はしていたが、正直その影響力には驚かされるばかりだ。当の明専務は、自分は何も知らなかったの一点張り。全てが過去を隠していた白鳥のせいにされている。

「……私がしっかり、白鳥を監視しておくべきでした」

どうしてあの無鉄砲な考えなしを一週間も放っておいてしまったのか。

白鳥の部屋で最後に二人で会った夜、自分の行動が唐突だったこともわかっている。白鳥には意味がわからなかったろう。きちんと話さないといけないと思いながら、そうできなかったのは、――怖かったからだ。また、絢の時と同じになってしまうのが。

「鷹司にはなんの責任もないと思うよ？　――多分明さんは、鷹司を出し抜こうとしたんだろうな。絢さんのパーティーに、鷹司一人が招待されたものだから。あの人らしい短慮《たんりょ》さではあるけれど」

そう言った冷泉が、コピーの中から一枚を取り上げた。

『LGSの信用失墜《しっつい》。社員の過去も知らずして何が要人警備なのか』

「……ま、その通りなんだけどね。白い鳥さんが何か事件を起こして柔道をやめたというのは知っていたけど、これほど大きなものだったとはね」

「……当時は未成年で、柔道連盟が記事にならないよう手を回していましたから」

「白い鳥さんは、今は？」

「騒ぎがおさまるまで、会社で借り上げているマンションに閉じこめておくつもりです。内部から情報が漏《も》れたようで、寮も所属も、マスコミに知られてしまっているので」

「……残酷なようだし、そもそもの原因は僕だから言いにくいんだけど、一人の新入社員のために、いつまでも、そうしてはいられないだろうね」

ため息を吐いて、冷泉は立ち上がった。

「週明けにも、彼女には本社からよそに移ってもらおう。海外は語学力的に気の毒だから、沖縄か北海道あたりがいいと思うんだけど、どう思う？」

「私に、釈明させてください」

鷹司は頭を下げた。

「この記事は全てデタラメだし、ネットに出回っているほとんどが作り話です。暴行事件にも理由がある。社として、それを釈明させてください」

「……逆効果だよ。鷹司」

窓辺に立ち、外を見たままで冷泉は言った。

「社会的に黒とみなされた人間を身内が庇《かば》えば、どういう反応が起きるかわかっているのかい？　白い鳥さんには本当に気の毒だけど、それだけは認められないよ」

◆

「香恋ちゃん！」

扉を開けたとたんに猛烈《もうれつ》な勢いで抱きつかれたので、香恋は面食らってよろめいた。

「ふ、藤子さん？」

「そうよ、私よっ。もーっ、どこに消えたのかと思ったら。どうして連絡してくれなかったのよっ」

藤子は涙で潤《うる》んだ目を香恋に向け、もう一度力いっぱい抱きしめてくれた。

世田谷にあるマンションの一室。香恋がここで暮らし始めてから二週間が経っていた。

誰にも言えなかったのは、明専務にそう指示されたからだ。それに、馬鹿な真似をしてしまった自分と関われば、佐隈にも藤子にも迷惑がかかると思ったから。

「あ、そうだ。見てこれ、色々買ってきたの。夕飯まででしょ？　台所借りてもいい？」

藤子の足元には、ぱんぱんに膨《ふく》らんだスーパーのレジ袋がふたつも置かれている。気持ちは嬉しいが、マンション最上階の部屋は会社からの借り物で、中に誰も入れるなと厳命されている。

「あの……藤子さん、どうしてここが？」

「課長に教えてもらったのよ」

あっさり言って、藤子は背後を振り返った。

「あ、来た来た。課長、係長、こっちです！」

息を詰める香恋の視界に、ふたつの人影が現れた。

「おお、白鳥さん。思った以上に元気そうだねぇ」

相変わらず飄々《ひょうひょう》としている佐隈と、そして……その背後に立つ、恐ろしく不機嫌そうな鷹司。

香恋はびくっと身体を強張《こわば》らせて、後退した。嘘だ、なんだって鷹司さんが。

香恋がテレビに生出演した日。その夜、何も言わずに秘書課に入ってきた鷹司は、失望と怒りの入り混じった目で、ただ黙って香恋を見た。それだけだった。

終わったな、と香恋は思った。まだ始まったばかりだったが、これで完全に終わってしまった。

あの日以来一度も会っていない鷹司が、いきなり大股で歩み寄ってくる。

え、え、と香恋は後ずさった。何、もしかして殴るつもり？　ぶん殴るつもりですか？

「た、鷹司課長」

「どけ！」

藤子の制止を振り切った鷹司が、壁に背を貼りつけた香恋の前に立ち塞《ふさ》がった。そしていきなり香恋の両頬《ほほ》をつまみ上げた。

「あっ、あいふぁっ」

叫んでも、容赦《ようしゃ》なし。ぐいぐいと力いっぱい引っ張られる。

「なぁ、お前は俺を困らせるためにＬＧＳに入ったんだろ。絶対にそうだろ。そうなんだろ」

「いっ、いふぁっ、いふぁいっ、いふぁいですっ」

藤子と佐隈が、慌てて二人の間に割って入る。

「たっ、鷹司課長、気持ちはわかるけど暴力は駄目ですよっ」

「そうは思ったけど、こいつの脳天気な顔を見たら、無性にむかむかしてきたんだよ」

ようやく解放された香恋は、痛みでひりひりする頬を押さえて鷹司を見上げた。——

信じられない。こんな再会ってあり？　怒られるのは覚悟していたけど、まさか頬をつねられるとは。

「香恋ちゃん。今夜は課長の提案で、香恋ちゃんを励ます会をやろうって話になったのよ」

「え？　なんですか、励ます会……？」

課長が？　鷹司課長が？　驚くというより唖然《あぜん》とする香恋に、藤子は優しく微笑《ほほえ》んで頷《うなず》いた。


「案外、料理は上手いんだな」

台所でチーズを切り分けていると、空いた皿を持ってきた鷹司に声をかけられた。

「大学時代、レストランでバイトしてたから、だいたいの物は作れるんですよ」

隣のリビングでは、藤子と佐隈がビールを片手に野球中継を見ている。夕食の後は励ます会だか野球観戦だかわからないことになってしまったが、わざわざ来てくれた二人の気持ちが嬉しい。

そしてなにより、鷹司との距離が元に戻ったのが嬉しかった。

「皿、持って行くよ。片付けは俺がやるからお前は休んでろ」

正直いえば、鷹司の優しさが怖くもある。その覚悟は決めていたけれど、まるで――

別れを告《つ》げられる前触れのような気がするからだ。

ただ、今はそれより大きな問題がある。香恋自身のこれからの処遇だ。

「英語の勉強、続けてたんだな」

「……他にすることもないですし」

オリーブとチーズを盛り合わせた皿を鷹司に手渡して、香恋はシンクで手を洗った。

「……私、いつまでこの快適な暮らしができるんですか?」

よくて支社に異動、悪くてクビ。それくらいは覚悟している。ニュースもネットも見ないようにしているが、会社の信用を著しく失墜《しっつい》させてしまったことだけはわかる。

「あの、一日だけでいいんで、秘書課で仕事ができないですか。ほら、最後の思い出って感じで」

鷹司から目を逸《そ》らしたままで明るく言うと、彼がかすかに息を吐くのがわかった。

「そう何もかも、悪い方に考えるな。どうなるかはまだわからないんだ」

ぐっと胸に、抑えていた感情がこみ上げてくる。香恋は急いで鷹司から視線を逸《そ》らした。

「秘書課に残れるってことですか」

「その方向で調整している。だからお前は心配しなくていい。……会社のために頑張ったんだろ。冷泉社長もそのあたりは考えてくれているから」

「……私のこと、怒ってないんですか」

　鷹司はしばらく黙っていた。

「一周回って、もうどうでもよくなった」

「はい？」

「それに、俺が放っておいたせいだろ？　……悪かったと思ってるよ。あの夜、ろくな説明もせずに、お前をあれこれ悩ませてしまって」

　想像もしていなかった鷹司の言葉に、香恋は思わず彼の横顔を見上げていた。

　本当に……？　本当に怒ってないの？　じゃあ私、まだ課長の恋人でいていいの？

　エプロンのポケットに入れていた携帯が震えたのは、その時だった。

　香恋は携帯に表示された名前を見て、慌ててリビングから一番遠い部屋に駆けこんだ。小杉絢だ。このタイミングで一体なんの用だろう。「もしもし？」と声を潜《ひそ》めて電話に出る。

「こんな遅い時間にごめんなさい。テレビ、今そこにある？　見てほしい番組があるんだけど」

　携帯から聞こえる絢の声。その背後が慌ただしい。どうやら人の多い場所にいるようだ。

「ありますけど……今はちょっと観られる状況じゃなくて。あの」

「ニュースアンテナ。スポーツ選手の雇用というテーマで生出演するんだけど、そこであなたを擁護《ようご》するつもりだから、私」

言われている意味がすぐに頭に入ってこなかった。

「貧乏で親孝行なお嬢さんが、友人の定食屋を手伝っていて、絡んできたチンピラと揉《も》み合いになった。……美談ね。素人《しろうと》に怪我《けが》をさせてしまったことは事実だから、そこは断罪させてもらうけど、誤った情報が蔓延《まんえん》していることは、きちんと説明してあげるつもりよ」

「ちょ、ちょっと待ってください。それ、どういうことですか」

「——土下座して頼まれたのよ。脩二に」

携帯を握りしめたまま、香恋は息を呑んだ。

「もちろん、ただでそんな役目を引き受けたわけじゃないわ。脩二には、私の出す条件を呑んでもらった。私じゃなくて脩二自身のためにね。——それを、あなたに知っておいてほしかったのよ」

リビングに戻った香恋は、すぐにリモコンを掴《つか》んでテレビのチャンネルを変えた。

「し、白鳥さん？　今、延長の一番いいところなんだよ？」

佐隈の悲鳴を無視して、次々とチャンネルを変えていく。四つ目で、目当ての番組のテーマ曲に辿り着いた。人気の女子アナがカメラ目線で微笑《ほほえ》んでいる。

その時、テレビの前に歩み寄った鷹司が、いきなりスイッチを押して電源をオフにした。

「何するんですか」

「見る必要はない。内容も質問も全て事前にチェック済みだ」

二人の剣幕《けんまく》に、佐隈と藤子が顔を見合わせて押し黙る。

「それで今夜、この時間に来たんですか」

「生放送だ。万が一お前が騒いで、台無しにされると困る」

そういうことだったんだ――。香恋は手を震わせながら、リモコンを握りしめた。

「条件ってなんですか。どういう約束を、小杉絢さんとされたんですか」

かすかに息を吐いた鷹司が舌打ちを漏《も》らした。

「――やっぱり電話は、絢だったか」

「そ、そろそろ私たち、お暇《いとま》しようかしらね。佐隈係長」

「そうだね、そろそろ電車もなくなる時間だろうしね」

大慌てで帰り支度《じたく》をした藤子が、最後に香恋の手を取った。

「何があったか知らないけど、香恋ちゃんを秘書課に残すために、課長は色々手を尽くしてておられたのよ。それだけはわかってあげてね」

ばたばたと二人がリビングを出て行き、やがて玄関の扉が閉まる。

「条件ってなんですか」

立ったままの香恋が重ねて訊《き》くと、鷹司は疲れたような息を吐いて、ソファに腰を下ろした。

「まぁ、座れ」

「嫌です。教えてくれるまで動きません」

「……お前と別れるって約束した。それが条件だ」

自分の表情がみるみる強張《こわば》っていくのが、香恋にはわかった。

「なんですか、それ」

「……いいんじゃないか。まだつきあい始めたばかりだし、今ならお互い無傷でやり直せる。それに、お前のためにもその方がいいんじゃないかと思ってな」

「どういう意味ですか」

組んだ指を顎《あご》にあてると、鷹司は再度ため息を吐《つ》いた。

「明専務が無謀な真似をしたのも、もとはと言えば俺のせいだ。こんな騒動になったのは、何も今回が初めてじゃない。三年前もそうだった。冷泉さんが俺を推せば推すほど、他の役員との軋轢《あつれき》が生じる。結果、会社にも俺の身近な人たちにも迷惑がかかる」

三年前――内部から情報が漏《も》れて要人警備部門の企画がライバル社に流れた。小杉絢から聞かされたことを、香恋は改めて思い出していた。

「俺は来週から企画部に正式異動になる。俺のことなんかもう忘れろ。その方がお前のためだ」

「納得できません」

「しろ。秘書になるのがお前の夢だったんだろうが」

厳しい口調で言って、鷹司は立ち上がった。

「俺と関わっていると、いくらチャンスがあっても全て潰《つぶ》されるだけだ。それに、誤解しているようなら言っておくが、俺の父親は戸籍上存在しない。冷泉家からはビタ一文入ってこないぞ」

何、それ……

香恋はリモコンを投げ捨てると、鷹司の傍《そば》に歩み寄り、ぱちんと頬《ほほ》を手で叩いた。叩いてしまった自分にも驚いたが、叩かれた鷹司はなお驚いて、口をぽかんと開けている。

「お前――ぶつか？　上司をぶつか？　俺は曲がりなりにもお前の上司なんだぞ！」

「私のこと、誤解して――侮辱《ぶじょく》したから――今のは、その、お返しです！」

声を張り上げたとたん、我慢していた涙が、ポロポロっと頬を流れた。

「わ、私の言い方が悪くて、ご、誤解させたのなら、ごめんなさい。それで、鷹司さんが傷ついたなら、本当にごめんなさい。鷹司さんがどこの誰でも、私、どうでもいいんです。そんなの関係ないんです。……ただ、鷹司さんのことが、知りたかっただけなんです」

「………」

「小杉さんが知っていることを、……私が知らないのが、悔しかったんです」

歯を食いしばって涙をこらえる香恋を、鷹司が躊躇《ためら》いがちに抱き寄せてくれた。

肩に置かれた鷹司の手はぎこちない。まだ彼が逡巡《しゅんじゅん》しているのが、よくわかる。

「……もっと早く訊《き》けばよかったよ。俺も色々あって、女性不信になってた時期が長かったからな。でももう遅い。もう……約束したんだ」

「破ってください」

香恋が即座に言うと、「は？」と、鷹司は呆れたように眉を上げた。

「馬鹿、できるわけないだろ。大人同士が真剣に交《か》わした約束だ」

自分が無茶なことを言っているのはわかっている。けれど香恋も必死だった。

「破ってください。小杉さんには私が土下座でもなんでもします。私も――私も藍との、親友の誓いを破りますから！」

一瞬絶句した肩司が、香恋から目を逸《そ》らすようにして嘆息《たんそく》した。

「あのな、そんなくだらないものと一緒にするな」

「くだらなくはないです。親友の誓いを破るってことは、藍と二度と会わないってことなんですよ？　くだらなくなんてない。くだらなくはないですよ……！」

どれだけ泣いたのか、気づけば鷹司はソファに座り、香恋はその膝の上で彼の首に両腕を巻きつけ、すんすんと鼻をすすっていた。

なだめるように髪を撫《な》で続けてくれる鷹司は一言も口をきかず、香恋もまた何も言えなかった。

もう自分に差し出せるものは何もない。あとはただ、彼の答えを待つしかない。

「……なんかもう、わかったよ」

不意に鷹司が呟《つぶや》いた。それが投げやりな口調だったので、香恋は訝《いぶか》しく彼を見上げた。

「あー、くそ。もういい、もうわかった。ほんっと、よくわかった」

いきなり香恋を引き離した鷹司は、自分の心臓のあたりを手で叩いた。

「お前が泣いてるのを見るとな、なんつーか、胸のこのあたりが、イラッとくるんだよ」

「は？　イラッと？」

「イラッとする。モヤモヤする。落ち着かない。知るか、他にどう言えばいいんだ」

え、何？　どういう意味？　それって、イラッとするというより、むしろ……

大きく息を吐くと、鷹司は手で額《ひたい》を押さえながらソファに深く背を預けた。

「俺は――お前には、どういうわけか弱いんだ。それが今回、心の底からよくわかったよ」

少し遅れて、香恋はその意味を理解する。そして呆然と鷹司を見上げた。

「じゃあ、……小杉さんには」

「もう言うな。後は俺の問題だ」

「で、でも」

「お前から言い出したくせに、何動揺してんだよ」

香恋の額を指で小突いて、鷹司はようやく表情を緩めた。

「心配しなくても、絢なら話せばわかってくれるよ。……ただ」

ただ……？　息を詰めるようにして見上げると、鷹司は少しだけ苦笑して首を横に振った。

「いや、なんでもない」

「えー、なんでもないって感じじゃないですよ。何か、他に心配事があるなら言ってくれないと」

香恋のその声を遮《さえぎ》るように、鷹司はそっと顔を近づけてきた。

「……で？」

「で、って……？」

「親友の誓い、破るんだろ？」

数秒後にその意味を理解した香恋は、瞬時に耳まで熱くなった。

「じゃあ、この間の続き……最後までしても、いいんだよな」

耳元で囁《ささや》かれ、鼓動がどんどん速くなる。

「早速ベッドに案内してもらおうか？　ん？　俺はここでも一向に構わないけどな」

耳にちゅっと唇があてられる。あの危険な一夜を思い出した香恋は、慌てて鷹司の膝から降りた。

「ちょ、ちょっ、ちょっと待ってくださいよ。今ですか？　今すぐですか？」

「ふぅん、早くも前言撤回か。結局俺より前田藍を選ぶんだな、お前は」

「違いますよ。わ、わかりました。寝室に案内します。だからちょっと、ちょっとその――冷静に」

とはいえ、今、冷静さをなくしているのは香恋一人だ。

まさか今夜、ムードもヘチマもないシャツとデニム姿の時に、こんなことになるなんて。下着だって普通だし、新しくもない。どうしよう。無理。今夜これからは、どう考えても無理。

だいたい避妊具……持ってるの？　常に持ち歩かれても嫌だけど、持ってなかったらどうすれば？

背後からついてくる鷹司は、一体どんな顔をしているのだろう。扉を開けて薄暗い寝室に入った香恋は、その瞬間、とてもいい言い訳を思いついた。

「そうだ、鷹司さん、お風呂に入らなきゃ！」

そう言ったとたん、暗い影に覆《おお》われた。抱きすくめられると同時に唇が重なってきて、香恋は呼吸することも忘れ、鷹司からされるがままになっていた。

最初から濃厚なキスは、香恋をいきなり深い場所へと突き落とした。目眩《めまい》がして――頭の中が白くなって、膝が震えて、もう立ってもいられない。

香恋の顎《あご》を指で支え、鷹司が舌をさらに深いところまで滑りこませてくる。

室内に、舌と唾液の音がくちゅくちゅと淫《みだ》らに響き始める。口の中を甘く執拗《しつよう》に愛撫《あいぶ》されて、身体も思考も溶けていくようだ。

鷹司の手が香恋の腰のあたりを熱っぽく撫《な》であげた。シャツがたくし上げられ、乾いた手が直接素肌に触れる。――その瞬間、背筋にぞくぞくっと震えが走った。

「あ……、っや」

温かくて無骨な手が、香恋の脇腹を何度も撫で上げる。たったそれだけのことなのに、何故か身体の震えがおさまらない。

「何、……こんなんで、感じる？」

「ち、違……」

「だったら、いちいち可愛い反応すんなよ」

からかうように囁《ささや》かれ、香恋の反論は再びかぶさってきた唇で閉じこめられた。

余裕のある言葉とは裏腹に、キスは乱暴で荒々しかった。声どころか呼吸さえ呑みこまれそうになる。なのに鷹司の手はどこまでも優しく、香恋の腹や背中を愛おしげに何度も撫でる。

「あ……、あ……」

間断なく押し寄せる感覚に耐《た》え切れず、香恋は鷹司の首に両腕を回して小さく喘《あえ》いだ。素肌に触れられるだけで、こんなにも堪《たま》らない気持ちになるなんて、想像してもいなかった。こんなに――大好きな人の手の温度や感触が気持ちいいなんて。

その時、溶けかけた意識のどこかで、ぷつっと何かが弾《はじ》ける音が聞こえた。同時に、胸を拘束していた圧力が緩み、えっと思う間もなく、ストラップレスのブラが腹を滑って足元に落ちる。

「っや……だ」

かぁっと、耳まで熱くなる。まだシャツは着ているものの、香恋はとっさに胸を隠そうした。すると両腕を掴《つか》まれ、やや強引に背後のベッドに座らされる。

――鷹司さん……？

暗い影に覆《おお》われ、香恋は何をされるかわからない不安でドキドキした。

香恋の前に膝をついた鷹司は、しばらく何も言わずに香恋を見ていたが、やがて身をかがめて、胸に唇を寄せてきた。その刺激的な感触に、香恋はびくっと肩を震わせる。

「あ……」

ちゅっ、ちゅっと、音をたてて、鷹司はシャツ越しに何度もキスを繰り返す。

「ちょ、や……くすぐっ、たい」

というより、なんだかじっとしていられない。けれど鷹司は身をよじることすら許さず、香恋の両腕を背中に回して拘束したまま、胸に執拗《しつよう》にキスを続ける。

「や……、駄目っ……も、もう、やだ。……鷹司さん、離して」

首を横に振っても鷹司の手は緩むことなく、キスは熱っぽさを増していく。唇は時折、かすめるように胸の先端に触れる。その度に香恋は膝をすり合わせて、ぴくんっと身体を震わせる。

「んっ」

わざとなのか、偶然なのか、次第に唇が先端に触れる頻度が多くなる。ついに、服の上から温かく濡《ぬ》れた口中に含まれて、香恋は「あ……っ」と甘い声をあげた。

鷹司の舌と唇が、乳首を包んで柔らかく愛撫《あいぶ》する。もう片方は手のひらで優しく転がされている。

「あ、エ……ッチ」

香恋は折り曲げた指を口に当てて、喘《あえ》ぎながら呟《つぶや》いた。

なんで、服の上から……なんだか、余計にエッチだよ……

舌で転がされて、ちゅぷちゅぷと唇で甘く吸われる。舌先で淫《みだ》らに舐《な》められる。

「あ……、あっ、……、た、鷹司……さん」

荒い息を吐いた鷹司が唇を離し、今度はもう片方の胸に同じことをし始める。

「ひっ……、あっ」

先ほどの何倍も鋭い快感が駆け抜けて、香恋は思わずはしたない声をあげていた。

「やっ、駄目っ、そっちは、駄目、……っ、いやぁ」

濡れた舌で何度も舐められ、膨《ふく》らんだ乳首を口に含んで甘噛《あまが》みされる。口全体で、音を立てて甘く吸い上げられる。そして、もう片方の乳首は指でつまんでくりくりとひねられる。「や……、あんっ、あん」

頭の中は真っ白だった。もう、声を抑えることさえできない。

香恋は半分泣きながら、腰を浮かせて、もどかしく押し寄せる快感の波に抗《あらが》った。

もう、駄目、おかしくなる。身体の奥の方がじんじんする。頭の中に霞《かすみ》がかかったようだ。何も考えられない代わりに、自分のものではないような声が、切れ間なく漏《も》れている。

「ん……あん、……っ、あん」

胸にかかる鷹司の呼吸が、香恋の声に呼応するように荒くなる。

それが何故だかすごく愛おしくなって、思わず広い肩を両腕でしっかり抱きしめる。

「っ……、くそ」

低く呻《うめ》いた鷹司が、不意に抑制をなくしたように上半身を起こし、香恋の頭を抱えこんで荒々しく唇を重ねてきた。鷹司の手は、急くように香恋のデニムのボタンを外そうとしている。すぐに開放された腹部を滑って、指先が下着の縁にたどり着く。しかしその手は、そこでぴたりと止まった。

「くそ……。お前、……何が親友の誓いだよ。本気で守る気なんて、ないだろ」

――鷹司さん……？

「もういい。これ以上続けたら、俺の方が止まらなくなる。おい、さっさと立って服を直せ」

香恋を突き放し、さも忌々《いまいま》しげに、鷹司はベッドに仰向けに倒れこんだ。

「結婚の約束ができるまで、そういうことはしない。俺は約束を破るが、お前は破らなくていい」

――え……？

「なんで……」

「おい、ちゃんと服を着てからこっちを向け」

怒ったようにそう言った鷹司は、片腕を枕にして香恋に背を向けた。

「お前が好きだからに決まってんだろ。大切にしたいんだよ。俺が初めての男なら」

「…………」

「結婚の約束は、今はできない。色々片をつけなきゃいけないことがあるからな。まず絢に殴られ……いや、投げられてくる。命があることを願っててくれ」

そう呟《つぶや》いた鷹司の背中がどうしようもなく――堪《たま》らないほど愛おしくなった。

香恋は衝動のままにその背に飛びつくと、力いっぱい抱きしめる。

「うおっ、お前、何すんだっ」

「鷹司さん、大好き！」

首に両腕を回すと、鷹司は途方にくれたように黙りこんだ。そして香恋の肩を掴《つか》んで引き離し、少し怒ったように言う。

「この小悪魔め、俺の理性を試してるのか、ん？」

しかしその目はすぐに優しくなる。額《ひたい》にぎこちないキスが落ちてきて、抱き寄せられた。

「……俺も、好きだよ」

少し照れたようなその告白に、もうどうなってもいいと香恋は思った。この人の傍《そば》にいられるなら何もいらない。本当に、心の底からこの人が好き……

「なんか安心したら眠くなっちゃった。ここ最近、あまり寝てないんです。寝てもいいですか」

「は？　おい、このままか？　このままなのか？　おい、ふざけんな。寝るなよっ、おいっ」

その心地いい怒声を聞きながら、香恋は安堵《あんど》して目を閉じた。

第四章　ビコーズ・アイ・ラブ・ユー

「本当にどこに行くんですか」

「着くまで内緒だ」

三度目の同じ問答の後、香恋はちょっと頬《ほほ》を膨《ふく》らませて運転している鷹司を見上げた。

「初めてのデートは、遊園地かSランドのプールがいいって言ったのに」

「どっちも、絶対行かないって言ったよな、俺」

それでもサプライズで願いを叶えてくれるかなーと思った日曜日。車はまるで別の方角に進んでいるようだ。

「そんなに膨れるな。終わったら、食べ放題かデカ盛りの店に連れてってやるから」

「……なんでどっちも、大食い系なんですか」

まぁ、正直言えば行く先がどこで、何を食べようと、香恋にはどうでもよかった。なにしろ恋人になってから初めての二人きりのお出かけ。つまり今日は初デートなのだ。

昨日の夜からウキウキしすぎて眠れなかった。服だって、藍と相談してすごく可愛いものにした。初めて腿《もも》まで出してみたけど、似合うかな……？

「企画部の方はどうですか」

「まぁ古巣《ふるす》だからな。どうってこともない」

先週、鷹司は企画部企画課長になり、香恋は秘書課第二係に復帰した。第一係の秘書たちの態度が慇懃《いんぎん》になったこと以外、香恋にさしたる変化はないが、鷹司の周辺は一変したはずだ。

しかもその初日、鷹司は頬《ほほ》を腫《は》らし、片足を引きずって右腕には包帯という、見るも痛々しい姿で出勤したという……。香恋は改めて、小杉絢と試合などしなくてよかったと思ったのだった。

「仕事の方は、順調なんですか」

「誰かさんが思い切り知名度を上げてくれたからな」

厭味《いやみ》かと思ったが、鷹司の横顔は楽しそうだった。

「絢がテレビで上手に喋《しゃべ》ってくれたおかげもあって、世論の風向きも随分《ずいぶん》変わったんだ。これは前田藍の功績でもあるのかな。お前の同級生たちが、こぞって擁護《ようご》してくれたのも大きかった」

香恋は頷《うなず》いて、ちょっと潤《うる》みそうになった目元を急いで拭《ぬぐ》った。地元の旧友たちに声をかけてくれた藍には、本当に感謝している。藍の店の常連客も競うように擁護してくれて、あれだけ続いたバッシングは、今ではすっかり影を潜《ひそ》めたのだ。

　鷹司は企画部に移ってから本当に忙しくなり、社内で顔を合わせる機会は全くといっていいほどなくなってしまった。ただ、時折電話で話しても、社内で偶然見かけても、彼が秘書課時代とは比べ物にならないほど生き生きと仕事をしているのはわかる。

「……あの、そもそもなんで、企画部の室長と秘書課長との兼務だったんですか」

「ん？」

「だって、よく考えたらおかしいな、と思って。新事業のリリースを控えた企画部があれだけ忙しかったのに、なんのために秘書課と掛け持ちさせられてたのかな、と思って」

「ああ……」

　小さく息を吐いてから、鷹司は口を開いた。

「本当はこの四月に、企画課長として本社に戻るよう異動辞令があった。でも断ったんだ」

「え？　会社の辞令って、断れるものなんですか」

「断れない。だから辞表を出したんだよ」

　香恋は息を呑んだ。

「左遷《させん》された俺に、再びチャンスをくれようとした冷泉さんの気持ちは嬉しかったけどな。でも俺が戻ると、また反対派が騒ぎ出すのは目に見えてる。それで立場がまずくなるのは冷泉さんだろ」

そうだった。三年前は、それで情報漏洩《ろうえい》事件まで起きて、結局冷泉社長は退任を余儀《よぎ》なくされている。鷹司が帰国を躊躇《ためら》ったのは当たり前だ。

「それで辞表を書いたんだが、処分保留のまま、五月に今度は秘書課に異動辞令が出た。その時に腹を括《くく》ったんだ。冷泉社長がそこまでしてくれるのなら、もう一度期待に応えてみようって」

「え？　企画課は嫌でも秘書課ならよかったんですか」

しかも結局兼務だったのに？　素朴な疑問だったが、何故か鷹司は酷《ひど》く呆れた目になった。

「ああ、まぁな、俺は秘書課が大好きだからな。――そろそろ着くぞ」

鷹司がいかにも面倒そうに切り上げたので、話はそれまでとなった。

「……病気だったんだ。入院ばっかでな。それで七つの時に施設に預けられた」

鷹司が立ち上がったので、香恋も合わせていた手を離して立ち上がった。都内郊外の寺院墓地。二人の目の前には、まだ新しい墓石がある。

「母は、医学書に載るくらいの珍しい病気でな。そのせいか、病院ではかなり大切にしてもらって、医療費も免除されていたようだ。……苦しむだけ苦しんで、俺が十の時に死んだよ。俺が大人で、もう少し物がわかってたら、研究目的の延命治療なんて絶対に止めさせてたのにな」

香恋は切なくなって、鷹司の腕に自分の手を添えた。

知らなかった。この人はこうやって幼い頃から自分を責めて、一人きりで生きてきたのだ。

「悪いな。最初のデートがこんなしみったれた場所で」

「ううん。嬉しいです」

なんだか鷹司さんにまた一歩近づけた気がする。こうやってどんどん——少しずつでいいから、鷹司さんのことを知りたい。

香恋の腕をそっと払ってから、鷹司は再び墓に向き直った。

「この墓な、俺がまだ無職だった頃に、冷泉さんが作ってくれたんだ」

「冷泉社長が……？」

鷹司は苦笑して、少しだけ肩をすくめた。

「あの人の言うことが本当なら、俺、あの人の親父の、愛人の息子だぜ？　その息子のために、なんでこれだけ寛大になれるんだろうな。あんなに優しい人を、俺は他に知らないよ」

その通りだと思う反面、香恋は少しだけ冷泉という人に疑問を持っていた。小杉絢と鷹司が別れてしまったのは、冷泉の意図したことだったのだろうか。それとも小杉絢の思いこみだったのか。

「冷泉さんな、俺にまず土下座したんだ。大企業の社長が、無職の俺の前で、だぜ？　父と母を許してやってほしいって。母が存命の間は何もしてあげられなかったが、これからは死んだ父に代わって自分ができるだけのことをしたいって」

「…………」

「今さら家族って言われても、証拠は冷泉さんが死んだ親父さんに聞いたっていう遺言のみ。信じないよな、普通。俺も信じなかったし、むしろ迷惑な気さえしたよ。でも冷泉さん、それから何回も俺を訪ねてきてくれたんだ。何もすることがないなら、一緒に仕事をしないかって――嬉しかったよ」

当時を懐かしむように微笑すると、鷹司は香恋を促《うなが》すようにして歩き出した。

「あの頃の俺は、自分は誰にも必要とされない、無価値な人間だと思いこんでいたからな。そんな俺に、冷泉さんがもう一度生きる目標をくれたんだ」

そんなに冷泉社長のことが――。香恋は、鷹司の本当の思いに胸を打たれた。

知らなかった。鷹司が秘書課に戻ってきたばかりの頃は冷泉とは疎遠のようだったし、冷泉が来てからは、どちらかといえば、面倒な社長の世話を渋々焼いているように見えたからだ。

それは自分が関わると、再び冷泉の身辺にトラブルが起こると思っていたからなのだろうか。

そのトラブルだって、冷泉が鷹司を、彼の出自に相応《ふさわ》しい役職に据《す》えようとしたために起きたものなのだ。いわば双方の優しさが、皮肉な結果をもたらした……

あ、駄目駄目。こういう話に、私、メチャ弱いかも。

っていうか二人の絆《きずな》、強すぎじゃない？　もしかして私の真のライバルは、小杉絢ではなく冷泉社長……？

「――あの人の秘書をしながら、二人で要人警備部門の立ち上げを企画した。俺みたいな格闘家リタイア組の就職先をひとつでも多く作りたくて、それを冷泉さんに話したら、じゃあその企画を最初の仕事にしたらいいと言ってくれた。色々あったが、ようやく企画は実現した。この仕事だけは……できれば最後までやり遂《と》げたい」

「やりましょう！」

鷹司の手を取り思いっきり握りしめながら、香恋は力いっぱい頷《うなず》いた。

「私、なんでも協力します！　二人の夢を実現させるのに、私にもお手伝いさせてください！」

「ま、まぁ……夢ってほどでもないけどな。おい、離せよ」

少し苦々《にがにが》しい顔になった鷹司に、再び手を振り払われる。

あれ？　と香恋は思っていた。さっきも手を払われた気がしたが、今回はあからさまだ。何、どうして？　せっかく恋人になって初めてのデートなのに、手を繋ぐのも駄目なわけ？

お母さんの前で、照れてるのかな……鷹司さんは照れ屋だから。

それで納得した香恋は、再び彼の後について歩き出した。


駐車場に着いて再び車に乗りこむと、鷹司は上着を脱いで後部シートに置いた。その仕草と引き締まった腰回りに、香恋は少しだけ見とれた。ほんっとに素敵、超かっこいい。恋は盲目と言うけれど、もう私の目にはこの人がキラキラした王子様にしか映らない……

鷹司はその視線を少し迷惑そうにやり過ごすと、ポケットからスマートフォンを取り出した。

「さて、どこに行くかな。雑誌で色々調べてみたんだが、十分で二十人前の餃子《ぎょうざ》を完食したら」

「ちょっと、何ムードのないプラン勝手に立ててんですか。私はそんなに大食いじゃないでしょ。餃子とかないでしょ。それにいい加減大食い系から離れてください。私はそんなに大食いじゃ」

あ、もしかして、それって小杉絢とのいつものデートコースなんじゃ……

「……小杉さんは、完食されたんですか」

「は？　なんでそこに絢が出てくんだよ」

いじっていたスマートフォンを置いて、鷹司は少しむっとした顔で香恋に向き直った。

「色々誤解があるようだが、俺と絢はもう七年も前に別れてるんだ。お互い恋愛感情なんて、とうの昔になくなってるからな」

「べ、別にそんなこと聞いてないですよ。気にしてもないし。でも、恋愛感情がないなんて、それは鷹司さんの勝手な思いこみじゃないですか。それは……小杉さんに対して失礼ですよ」

「……目茶目茶《めちゃめちゃ》、気にしてんじゃねぇか」

そりゃそうですよ。私と別れろって条件を出してくるあたり、そのものズバリじゃないですか。

窓の外では雨が降り出して、一気に豪雨に変わった。よりにもよってこのタイミング……なんだかちょっと嫌なムードだ。

「やり直さないか的なことは言われたけど、絢の本心は、そういうんじゃないよ」

ため息《いき》を吐《つ》いて、鷹司はシートに頭を預けた。

「強いて言えば、まぁ、俺への罪滅ぼしだったのかな。別れた理由が理由だったたし」

「……別れることと引き換えに、ＬＧＳのイメージキャラクターになったことですか」

香恋がおそるおそるそう言うと、鷹司がかすかに苦笑したような気がした。

「お前は間違っても、絢みたいな真似はすんなよ」

「別に小杉さんを擁護《ようご》する気はないですけど、それは、鷹司さんのためだったんじゃ……」

「お前、絢を舐《な》めんなよ。三度も世界一になったんだ。勝機を見極める目は誰よりも確かだよ。絢は、自分の人生をその時点で見極めて選択したんだ。それは俺も、正解だったと思ってる」

「…………」

「ただな。……俺の立場がこんなじゃなかったら、と思ったのは確かだよ。十年もつきあって、結局金を選んだのかよ、みたいな気持ちもあったしな。その後、誘われるままに色んな女とつきあったけど、皆言うことは一緒だったな。『冷泉社長の弟って本当？』」

そうか。それが鷹司の女性不信の原因だったのか。ちょっと悔しいけど、やっぱりそもそもの原因は小杉絢との別れだった。それに、二人はそんなに長くつきあっていたんだ……。

「……まぁ、もう終わった話をするのはやめよう。なかなか雨、止まないな」

少し辟易《へきえき》したように空を見上げた鷹司の手に、香恋はそっと自分の手を重ねた。

「何……？」

「だって、車の中くらい、手を繋いでもいいかなって」

ようやく少し笑った鷹司が、笑顔のまま香恋の手を振りほどいた。

「だ、め、だ」

「えーっ、なんでですか。もうお母さん、見てないですよ」

「勝手にメルヘンな理由考えんなよ。とにかく駄目だ。今日は、指一本俺に触るな」

「は？　なんですか、それ。意味が全くわかりません！」

さすがに憤慨《ふんがい》して、香恋は頬《ほほ》を膨《ふく》らませた。

「えいっ」

「だから触んな、子供か」

香恋が伸ばした手は、あっけなく空振りする。

「子供ですよ。だから子供にもわかるように説明してください。一体なんの意地悪なんですか」

「……察しろよ」

迷惑そうな目を香恋の膝のあたりに向けると、鷹司はポケットから煙草《たばこ》を取り出して口に挟んだ。

「ああ――外に出られねぇな」

「いいですよ、ここで吸っても。てか、そうまでして私から逃げるつもりなんですか？」

鷹司は髪をくしゃっとかき上げると、疲れたような息を吐いた。

「触られたら、したくなるだろ」

香恋は少しだけ頬《ほほ》を熱した。なんだ、そんなことだったのか。

「……キスくらいなら、別に」

「別にじゃねぇよ！　馬鹿か、お前は。キスだけで終わるわけないだろ。散々おあずけくらって、こっちはもう火がついてんだ。いいか、今後一切、不用意に俺に触るな！」

鷹司のその剣幕《けんまく》に、香恋はぱちぱちと瞬《まばた》きした。

「……その火、消えないんですか」

「……お前な、俺の身辺が片付いたら、マジで覚えてろよ。絶対、朝まで寝かせないからな」

その言葉にますます顔が熱くなる。香恋は窓側に身体をずらし、鷹司と距離をあけた。

それにしても、接触禁止は厳しすぎ……。せっかく頑張ってお洒落《しゃれ》してきたのに。

「そんなに露骨《ろこつ》にしょんぼりすんなよ」

うつむいて唇を尖らせていると、そっと肩に手が回され、抱き寄せられる。

「雨が止むまでな」

「……いいんですか」

「いいよ。我慢する」

嬉しさと同時に、胸が高鳴る。知らなかったな。男の人って案外大変なんだ。今も、色んなことを我慢してるのかな……だったら悪いとは思うけど……

「おい、なんで喉《のど》を触る？」

「だって、喉仏……一度触ってみたくって」

「本当に、恐ろしい女だよ。お前は」

ひとまず悪戯《いたずら》はやめて、香恋も鷹司と同じように車の天井を見上げた。

「……前、ちょっと聞いたんですけど、下方修正した鷹司さんの夢って、なんなんですか？」

ずっと訊《き》いてみたかったことのひとつを、香恋は思い切って口にした。それは、初めて二人で公園で話した時に聞かされた。最初の夢がＬＧＳの社長で、今はそれを下方修正したと。

「……笑うなよ」

「目指せ社長、よりも笑えるんですか」

「…………本当に笑うなよ。…………呼びたいんだよ」

「何を」

「に、兄さん……兄貴？　……その……」

「え？」

「だから、冷泉さんをそう呼びたいんだ。今は立場が違いすぎるから絶対に呼ばないけど、いつかあの人と、色んな意味で対等の場所に立てたら――そういうことだ」

怒ったように言って顔を背けてしまった鷹司を、香恋はしばらく呆気に取られて見ていた。

――まいった。なんて、可愛いんだろうか！

「それ、絶対冷泉社長の前で言うべきですよ」

「いや、もう、いいよ。二度とこの話はすんな」

「冷泉社長、泣いて喜びますよ。だって冷泉社長、鷹司さんのことが大好きじゃないですか」

そうか、それが鷹司の目標であり、夢だったのか。同じ立場ってやっぱり社長？　全然下方修正じゃない気がするけど、それは届かない夢じゃない。今の仕事を成功させて役員になって……

ふと不思議な予感が胸をよぎった。その理由を考えようとした時、髪を優しく撫《な》でられる。

「……何もしないから、抱きしめてもいいか？」

ドキッとして頷《うなず》くと、背中に腕が回された。幸せで、言葉が何も出てこなくなる。

何があっても、私はもうこの人の傍《そば》から離れない。こんなに誰かを好きになったのは、初めてだ。好きだから身を引くって、一体どんな心境だろう。私には絶対、そんな真似はできそうもない……。

結局その後は食事だけをして、寮まで車で送ってもらった。本当はもっと一緒にいたかったが、夕方から他の用事が入っているという鷹司は、寮の前で香恋を降ろすとあっさりと帰っていった。

——ま、初デートは、ひとまず成功ってことかな。

服は、誉《ほ》めてもらえるどころか気にもとめてもらえなかった。それが少し残念ではあったけど。

鼻歌まじりにポストを開けると、ダイレクトメールに混じって一通の封書が入っている。

差出人は、学生の時に受けていた奨学金基金だ。入学時と父が身体を壊して会社を退職した時、香恋は二度にわけて同じ基金から奨学金をもらっている。

部屋に戻って封を切ると、中には折りたたまれた紙が一枚入っていた。

引き出した紙を開いた香恋は、次第に驚きで表情が固まっていくのを感じた。

◆

大きな液晶画面に、古い録画映像が映し出されている。柔道の試合——素人《しろうと》が撮った映像だろう。雑音と歓声、そして試合の様子が淡々と流れている。

一人の選手が、黒帯を締め直して試合相手に一礼する。その一際背が高くて姿勢のいい男性が、若い頃の鷹司だと——香恋はようやく気がついた。

「まだ鷹司が高校三年の頃かな……僕の父が興信所に頼んで撮らせたものでね」

社長室。その画面を見つめながら、椅子に座った冷泉は楽しそうに言った。

画面では、鷹司が見事な大外刈《おおそとが》りを決めている。判定を待つまでもない。完全な勝利だ。

「証拠は何もないと皆は言うが、この映像が全てだよ。十代の鷹司は、僕の死んだ父にそっくりだ。父もまた柔道をたしなんでいたしね。——それで、僕に話とはなんだろう」

映像が消え、社長室の照明が明るくなる。冷泉は回転椅子を回し、初めて香恋に向き直った。

「……しょ、奨学金のことです。昨日通知が……残金が全部支払われましたっていう通知が来て」

「ああ、今頃着くものなんだね。二週間ほど前のことだったと記憶しているけど」

なんでもないように言って、冷泉は耳のあたりを気だるそうに掻《か》いた。

「――で？」

「びっくりして今日、基金に問い合わせてみたら……冷泉社長が振りこんでくださったって」

香恋が利用した奨学金は、総額四百万以上。利息はつかないが、月々四万の返済が必要だ。

何故冷泉がそこまでしてくれるのか、香恋にはまるで理解できない。

しかし冷泉は、香恋を見上げてひどく人懐っこい笑顔になった。

「こんなまだるっこしい真似をしなくても、僕が作った基金なんだから返済免除にしてくれればいいのにね。規則でできないといわれたから振りこんだんだ。迷惑だったかな？」

冷泉社長が……作った基金？

もしかして大学二年の時、ほとんど異例といっていい形で二度目の奨学金をもらえたのは――

「どうして、ですか」

感謝というよりは妙な不安にかられて、香恋は視線を彷徨《さまよ》わせた。

「この会社に入れてくださったことも驚きでしたけど、たった一度会っただけの私に、どうして、そこまでしてくださるんですか。親切の理由がわかりません。……お受け、できません」

「君に負担をかけるのが目的ではないよ。……あまり深刻に考えられても困るんだけどな」

少し困ったように、冷泉は笑った。

「もちろん、たった一度会っただけの君に邪《よこしま》な思いを抱いているわけでもない。好みでもないしね。正直に言うと、……あの夜の出来事は、ほとんど記憶に残っていないんだ。鷹司に聞いて、ああ、そんなこともあったかな、と思った程度で」

驚く香恋の前で、冷泉はぺちん、と自分の額《ひたい》を叩いた。

「ああ、言っちゃった。もう知っての通り、僕は仕事以外の出来事や人を記憶しない主義でね。──いつまでも立ってないで座ったら？」

それでも香恋が立ったままでいると、微笑《ほほえ》んで冷泉は立ち上がった。

「残酷なことを言うようだが、僕の親切は君に対してのものではない。全部、僕の弟である鷹司のためにしたことなんだよ」

それは……それはもしかして、手切れ金とかいう……

強張《こわば》ったままの香恋を、言葉を切った冷泉は不思議そうに見下ろした。

「君も知っていると思うけど、鷹司と僕は異母兄弟でね。鷹司の母親は父の想い人で、父が本当に愛した唯一の女性だった。僕の母の華やかな経歴は知っているかな？　企業のトップともなると、結婚も利益を抜きにしては語れない。鷹司の母はそれでもしばらく愛人の立場にいたが、ある時不意に姿を消した。病気と妊娠が同時に発覚したためだと、後で父に聞かされたよ」

「…………」

「その後、その薄幸《はっこう》の女性が辿った運命を想うと、僕の立場でも胸が痛む。彼女は、父が絶対に出産を許さないことを予感したんだろうね。結局は鷹司を産むために逃げて、命を縮めた。それが女性としての本望なのかどうかは知らないが、……とても気の毒で、辛い話だ」

冷泉は、来客用のソファに座って香恋を見上げた。

「父も当時は彼女が愛想を尽かして逃げたと思いこんでいたから、傷心こそすれ、探すまではしなかった。ある日、偶然テレビで柔道の試合を見るまではね。そこにかつて愛した人と同じ苗字、若い頃の自分と瓜ふたつの少年が映っている。その時の驚きはどれほどのものだったろう」

冷泉に見つめられ、香恋は動揺しながら視線を逸《そ》らした。

「そうして、全ての真相を知った父は、すぐにでも鷹司を援助しようとした。でも、今度は母が許さなかった。まぁ、当たり前の感情だろうね。……いずれにしても、父は死ぬまで鷹司に父子の対面を求めなかった。とても会いたかったろうとは思うけど」

「…………」

「その父の後を追うように母が亡くなった後、鷹司は怪我《けが》で柔道をやめ、ほどなくして大学の籍も失った。全てを失って日々怠惰《たいだ》に過ごす鷹司を見た時、僕は……僕しかいないと思ったんだ。父が生きていたら絶対したであろうことを、僕がこの手でしてあげなければいけないと思った」

　黙っている香恋を見上げ、冷泉は苦笑して両手を広げた。

「君がそこまで固くなっている理由がどうもわからないな。本当に他意はないんだよ。今からそれを説明するけど」

　他意はない……確かにそのようだ。冷泉の態度は普段と同じで飄々《ひょうひょう》としている。

「なんとか説得してうちの会社に入社させたものの、当時の鷹司はどこか覇気《はき》を欠いたままだった。仕事ぶりは想像以上に優秀だったよ。秘書課ですぐに第二を卒業し、第一で僕の秘書になった。秘書というのは名目で、僕は彼に徹底的に会社経営を叩きこんだが、その呑みこみも早かった。父は優秀な経営者だったから、きっとその遺伝子もあるんだろうね。……とにかく僕は夢を見た。この会社を鷹司と二人でさらに大きくさせる夢だ。でもそれは、どうやら僕の夢であって、鷹司の夢にはなり得ないようだった」

「そんなことは、なかったと思いますけど」

鷹司の語った夢を思い出し、香恋は口を挟んでいた。はっとして、言った直後に手で口を塞《ふさ》ぐ。

「どうしてそう思うのかな？」

「……だって、今の鷹司課長は……目標を持って、生き生きと仕事をしているように見えますし」

「今はね。でもあの頃は違った。僕の描いたレールを淡々と辿るだけの勤勉な男にすぎなかった」

確かに、鷹司は五年前の自分を、死んだように生きていたと言っていた。

「きっと、失敗体験が尾を引いていたんだろうね。人生をかけて挑んだ夢に裏切られた。その時以上の情熱を持って何かに挑めなくなるのは当然だ。僕は彼が、挑戦することから逃げているのではないかと思った。そんな時だよ。出張先で——君に、土手で倒れていた女の子に出会った」

「………」

「僕にとっては、どうということもない出来事だった。けれど鷹司にとっては違った。その時は理由まではわからなかったが、鷹司は君のことをとても気にして、高校での様子や大学受験の結果を調べさせていたようだった。だから僕も、初めて君という存在が気になり始めた」

「…………」

「そして君を調べて、初めて鷹司の気持ちがわかったんだ。君と鷹司の過去はとてもよく似ている。鷹司は、君に自分を重ね合わせているのだと思った。君の無謀な努力が報《むく》われることが、それが自分にとっての希望のように思っていたのかもしれない。実際、君と出会った頃から、鷹司は別人のように精力的に働くようになった。僕は――それは、君のおかげではないかと思った」

「……だから、私に援助してくださったんですか」

「その通りだよ。僕は君の夢を叶えてあげなければならないと思った。でもそれは――最初にも言ったね。君のためでは全然ないんだ。僕と、僕の弟の夢を叶えるためにしたことだ」

「…………」

「残念なことに三年前、僕らの夢は様々な事情で頓挫《とんざ》し、鷹司は海外に、僕は社外に飛ばされてしまった。鷹司がそのことでずっと自分を責めていたのも、会社を辞めたがっていたのも知っている。けれど僕は、もう一度彼に夢を見てほしかった。だから君を――無理矢理秘書課に配属させた上で、鷹司を秘書課長として呼び戻した。そうすれば、絶対に鷹司は戻ってくると思ったからだ」

「…………」

「君は、鷹司にとって起爆剤のような存在なんだね。奨学金を代わりに返済したのは、君には薄気味悪かったのかもしれないが、僕にしてみれば、ささやかな感謝の気持ちにすぎないんだよ。君は、鷹司をもう一度やる気にさせてくれた。どれだけ感謝してもし足りない。鷹司が役員になったあかつきには、君に秘書を頼みたいくらいだ」

それには、思わず香恋の目も輝いた。

「じゃあ鷹司課長が、役員になられるんですか」

「そう遠くない将来ね。婚約が正式に決まれば、他の役員たちももう文句は言わないだろうし」

え……？　婚約？

「これは怪我《けが》の功名《こうみょう》なんだけど、君が明専務にそそのかされてテレビ出演してしまった後、——僕もこれ以上君を庇《かば》いきれなくなってね。申し訳ないんだけど、君を支社に異動させることで決着をつけるつもりだった。それを、鷹司が止めたんだ。部下の不始末の責任は、全部自分がとると言ってね。ちょっと卑怯《ひきょう》な気はしたけれど、その時に結婚の話を了承してもらったんだよ」

冷泉は微笑《ほほえ》んで、嬉しそうに指を組んだ。

「今の鷹司にないものは戸籍上のバックくらいだからね。相手は、うちのメインバンクの頭取《とうどり》のお嬢さんだ。向こうが鷹司にひと目惚《ぼ》れしてね。絢さんといい、鷹司は大物に好かれる男だよ」

「……………」

「心ならずも、僕が引き裂いてしまった絢さんのことだけが気がかりだったけど、二人を引き合わせてみても、どうもその気はないようだしね。これで僕も、ようやく父の墓前に報告に行けるよ」

そう言って心から安堵《あんど》したように笑う冷泉を、香恋はどんな目で見ていいかわからなかった。冷泉社長に他意がないのも当然だ。この人はまだ、私たちの関係を知らないのだ。

ただ無邪気に喜んで、その嬉しさの延長のような気まぐれで、奨学金を返済してくれた。

「昨日は、鷹司と一緒に先方にご挨拶《あいさつ》に行かせていただいてね。不意打ちだったから鷹司は驚いていたが、まぁ、上手く話を合わせてくれたよ」

昨日——あの後——約束があるからと言って早く帰ってしまった鷹司。——いや、違う、あの時点で彼は夜の予定を何も知らされてはいなかったのだ。

でも、婚約することは了承していた。私を秘書課に残留させることと引き換えに。わかった。あの時、鷹司が約束していた相手は、小杉絢だけではなかったのだ――

香恋は拳《こぶし》を握りしめた。

鷹司をまるで疑えない自分が不思議だったが、彼は間違いなく、その縁談を断るつもりなのだと思った。この仕事だけは最後までやり遂《と》げたい……では、昨日聞いたあの言葉は、その後会社を辞めることを示唆《しさ》していたのだろうか。

「もしもですけど、もし……」

言葉を懸命に選びながら、香恋は訊《き》いた。

「その、単なる好奇心で訊きますけど、鷹司課長が縁談を断ったら、どうなっちゃうんですか」

「断れないよ、もう」

あっさりと冷泉は言った。

「個人の話じゃない。これは企業同士の約束事だからね。今さら断ることなんてできるわけがない。そうなれば――そうだね、もしもの話だけど、僕も鷹司も、会社を去るしかないだろうね」

冷泉は微笑《ほほえ》んで、優しい目で香恋を見た。

「君は以前、鷹司に対してノーマルだと言っていたね。そろそろライクくらいにしてもらえないかな。鷹司は本当にいい奴なんだ。僕の自慢の――そして世界にたった一人の、大切な弟だからね」

◆

メールを送信して大きく息を吐き出すと、香恋は扉に向き直ってインターフォンを押した。一回、二回、間を置いて三回。四回目で、かなり不機嫌そうな足音が聞こえてきた。

「はい、なんですか」

扉から漏《も》れる声を無視して、もう一度ベルを鳴らす。鍵を外す音がして少しだけ扉が開いた。

薄暗い玄関に、相当眠そうな目をした鷹司が、顔をしかめて立っている。眼鏡はかけていない。

「こんばんはっ、東京都港区消防隊からやってきましたっ」

「…………」

目をこすった鷹司が、「悪夢かな……」と呟《つぶや》いて再び扉を閉めようとした。香恋は慌てて、その隙間に足を滑りこませる。

「ちょっ、せっかく来たのに門前払《もんぜんばら》いはないですよね。中に入れてくださいよ」

「馬鹿か。何時だと……はぁ？　一時じゃねぇか。お前、何考えてんだよ」

玄関先の掛け時計で時刻を確認した鷹司は、ようやく目が覚めたようだった。しかし依然、扉は開けてはもらえない。

「開けてください。眠れないから来たんですよ。少しはつきあってくれてもいいじゃないですか」

「駄目に決まってるだろ。お前——頭がどうかしたのか？　どうやってここまできた。車で寮まで送ってやるから、そこで待ってろ」

「自転車です。ビール一本飲んだら帰りますから」

そんな押し問答の末、一瞬の隙をついて香恋は扉の中に滑りこんだ。

「えへ。入っちゃいました」

手に持っていたコンビニの袋を持ち上げる。

「どうですか。課長の分も買ってきたんで、ちょっと一杯。なんだか今夜は眠れなくて」

鷹司は状況が呑みこめないというように立ち尽くしていたが、やがて小さく息を吐いた。

「……お前、悪質な押し売りか？　マンションのロックはどうしたよ」

「前来た時に、課長が番号教えてくれたじゃないですか。上がりますよ」

「上がりますよって、許可出す前に上がってるだろ。ああ――もう、このド平日に何考えてんだ！」

リビングで缶ビールのプルタブを引くと、ようやく寝室から鷹司が現れた。髪は寝乱れたままだが、シャツとデニムに着替えて眼鏡をかけている。表情は――とてつもなく、怖い。

「どうですか、ビール」

「いらねぇよ。お前、送れなくなるからな」

普段の香恋ならびびって声も出なくなるほど不機嫌そうに言って、彼は香恋の隣――かなり距離をおいて――に腰を下ろした。

「送りなんていいのに。自転車で来たって言ったじゃないですか」

「この時間に、そんな短いスカート穿いてか」

噛《か》みつくように眉をつり上げた鷹司は、すぐに呆れたように手で額《ひたい》を押さえた。

「……なんかがっかりだな。お前はその辺の女子大生とは違って、そういう面では奥手っていうか、モラルのきちんとした」

「くーっ、やっぱり暑い時期のビールって最高ですよね！」

「おい、人の話を聞けよ！」

唖然《あぜん》とする鷹司の前で、香恋はたちまち一本目の缶ビールを空にした。

「お前、それ飲んだらマジで帰れよ」

「だってもう一本あるし。課長が飲まないなら私が飲むしかないじゃないですか」

——飲まないと、今夜の口実がなくなるじゃないですか。

もう一本飲み干すと、本当に頭がぐらっときた。しまった、これくらい平気だと思ってたけど、寝ちゃったらなんの意味もない。そう思いつつ、香恋は計画通りソファにだらっと倒れこんだ。

「ああ……めっちゃ、眠たいです」

「ああ、そうかよ」

「泊まってもいいですか」

「いいけど、なんだよ。その見え見えの芝居。一体何が目的だよ?」

「日曜……デートの時……」

酔うって、案外気持ちいいな。そう思いながら、香恋はソファの上で仰向けになって膝を立てた。

「服……新調したのに、全然無関心だったから。もう一度見てほしいなーって」

香恋の頭側に鷹司は座っている。見上げると、彼は前を向いたまま怒っているようだった。

「泊まってけ。今夜は俺がソファで寝る。でも今度同じ真似をしたら、本気で許さないからな」

「実は藍と、もう約束のことはなしにしようって話になったんですよ」

「ああ、そうかよ。でも俺は前田藍に言われたから決めたんじゃない。お前のために自分でそうしようって決めたんだ」

「その私が、こうしようって決めたんですけど」

「俺はそうしようだ、こうしようなんて知るか」

そう言って立ち上がった鷹司が、香恋の背中と膝の後ろに腕を差し入れて抱きかかえた。

「あ、この感覚、懐かしい」

「言ってる場合かよ」

「私のお尻、触りましたよね」

「触ってねーよ。――お前な、マジで、本っ気で覚えてろよ」

鷹司に抱えられてゆらゆらと揺れながら、香恋は五年前のことを思い出していた。

あの日――私は出会っていたんだ。この人に。今から私の全てを捧げる運命の王子様に。

「……鷹司さん、私……ずっと勘違いしてたのかもしれないです」

ベッドに下ろされる直前に、香恋は鷹司を見上げて言った。

「俺も今、心の底からそう思ってるよ」

ムードを断ち切るように、どすんっとベッドに投げられる。香恋はすぐに引こうとした鷹司の腕をとらえ、彼の首に両腕を回した。

「おい……離せよ」

「……聞いてください。私、ずっと、冷泉さんに恋をして、冷泉さんに会うためだけに五年間頑張ってきたんだと思ってました。でも、本当はそうじゃなかったのかもしれない」

「…………」

「鷹司さんに目茶苦茶酷《めちゃくちゃひど》いこと言われて、それが全部図星で悔しかった。そんなこと言った鷹司さんを見返したくて、今度は胸を張って会いたくて……、それで頑張れたのかもしれないです。嘘じゃなくて、本当に、そう思うんです」

香恋の耳元で、鷹司が苦悩を帯びた息を吐《お》くのがわかった。

「好きなんです……大好き……、だから、来ました。藍にもメールして、でもちょっと怖いから、勢いつけるために飲んじゃいました。……駄目ですか」

「……酔ってるだろ」

「もう、とっくに覚めてます。勢いはついてますけど」

香恋は鷹司の首から片手を離し、彼の目の前に示して見せた。指も腕も、それとわかるほど震えている。

「あ、あはは。……ちょっと緊張してるみたいです。脚も……」

「脚も？」

低い声で呟《つぶや》いた鷹司の手が、香恋の腿《もも》にそっと触れた。

「あ……」

温かい手で撫《な》でられて、ビクンッと脚が震える。

「……すごく震えてる。……そんなに、怖いのか」

鷹司の両手が、腿の外側から内側を撫で上げる。香恋は震えながら胸を腕で隠すようにして顔をそむけた。

「見てるよ。ドライブの時からずっと可愛いと思ってた。……腿ばっかに気がいったけどな」

「ス、スカート……見て」

「エ、エッチ」

「全部可愛かったよ。本当言うと、どこもかしこもキスして、触りたくて仕方がなかった」

腿を優しく撫でながら、鷹司が膝をその間に割り入れてくる。服の上から胸に唇をあてられ、「あ……」と、香恋は低く声を漏《も》らした。

鷹司が荒い息を吐く。

「なんか……俺も、おかしいのかな。あんまりおあずけくらったせいか、お前のいやらしい声とか、肌の匂いとかが、どうしても頭から離れない」

「ん……わ、私、いやらしくなんか、ない」

「こんないやらしい格好で、何言ってんだよ」

香恋は耳まで熱くなった。脚の間に鷹司が身体を入りこませているせいで、脚は大きく開かされ、短いスカートが完全にめくれ、ショーツが見えてしまっている。

「可愛いな。もしかして今夜のために穿《は》いてきた？」

「しっ、知らないです。なんでそんなエッチなことしか言わないんですか」

「なぁ、……抱くぞ」

ベッドが軋《きし》み、腕をついて屈みこんできた鷹司が囁《ささや》いた。

小さく身を震わせて、香恋は全身を固くする。

「言っとくけど、泣きが入っても、もう後戻りしないからな。……本当に、覚悟しとけよ」

「あ……ん、……っあ」

ベッドサイドランプだけが、室内をほのかに照らしている。

ちゅぷっちゅぷっという淫《みだ》らな音が自分の胸元から響いている。

鷹司の大きな身体に包まれて、香恋はこのまま自分が溶けてしまうのではないかと思った。

そもそも今、自分がどんな姿勢で何をされているのかさえわからない。

ベッドの上——最初は、背中からだっこでもされるように膝の間に座らされて、精一杯後ろを向いた状態で舌を触れ合わせるようなキスをした。そうしながら彼は両手で香恋の胸を包みこみ、手のひら全体を使って、円を描くようにして優しく擦《こす》り上げた。

その長い愛撫《あいぶ》に息も絶え絶えになりかけた頃、カットソーがたくし上げられ、巧みにブラが引き下げられた。柔らかい芯を指先で撫《な》でられ、転がされ、つままれたり弾《はじ》かれたりして——

それから、何をどうされたのか、もう何ひとつ思い出せない。今、香恋の身体を覆《おお》うものは、ショーツ一枚きりである。鷹司は香恋を片腕で抱きながら、上から覆いかぶさるようにして乳首に舌をあてている。ちゅぷちゅぷと唇で愛され、香恋は甘い声を漏《も》らして鷹司の髪に指を差し入れた。

「や、あ……、い、や……」

「何が、嫌だよ。そんなに、エロい声を出してるくせに」

掠《かす》れた声で囁《ささや》いた鷹司が、今度は反対の膨らみに舌をあてた。敏感に膨らんだ蕾《つぼみ》をちゅっと吸い上げられ、香恋は身体をびくんっと震わせて甘い声をあげる。

「忘れてた。お前は、こっちが感じるんだよな」

「い、意地悪なこと、言わないでください」

蕾はすぐに熱い口中《こうちゅう》に包まれて、さっきまでそうされていたのと同じように、唾液で濡《ぬ》れた唇で吸われる。もどかしい痺《しび》れが急速に身体全部に広がっていき、下肢《かし》の中心がじんじんと熱くなる。

「ん……っ、んっ……っ」

折り曲げた指を口にあて、香恋は頼りなく首を振った。

「ふっ、うっ、……い、や……、た、鷹司さん、もう、そこは、い、や……」

ちゅっちゅっとキスを繰り返しながら、鷹司の手は香恋の腿《もも》を撫でている。膝を立てさせて、内腿を丹念に撫で上げる。その腿をさらに開かされて、香恋は、あっと頬《ほほ》を赤らめた。

やがて内腿を這《は》い上がった手のひらが、ショーツの縁を掠めるように撫でる。

「ん……っ」

香恋はぴくっと身体を震わせた。前もそこに触られて、生まれて初めて身体が浮くような快感を覚えた。またそうなってしまうのかと思うと、それだけで全身が燃えるように熱くなる。

鷹司は指でショーツの縁をなぞり、香恋の腰のあたりを確かめるように触ると、ようやく胸から唇を離して顔を上げた。

「……紐？」

からかうように囁《ささや》かれて、香恋は真っ赤になって鷹司を睨《にら》んだ。

「な、なんで今そんなこと気にするんですか」

「いや、だってエロいな、と思って」

迷いながらもこんな時のために通販で買った下着は、白いオーガンジーの生地にピンクのリボンをあしらったすごく可愛いデザインのものだ。そのリボンに、鷹司の指が触れている。

「ち、違いますよ。ただの飾りです。本当に発想がいやらしい、やっ……あ」

突然、クロッチ部分からショーツの中に指が滑りこんできた。

硬い異物が、潤《うる》んだ場所をぬるぬると行き来する。

「あ……あ、っい、いや」

首を横に振る香恋を片腕で抱きしめ、鷹司が耳元で熱を帯《お》びた息を吐く。

無骨な指で潤んだ場所を浅くかき回されるだけで、くちゅっと濡《ぬ》れた音が室内に響く。

「……は、……すげぇ、濡れてる。自分でもわかってただろ？　ん？」

あ……恥ずかしい。

脚を閉じようとしても、その間には鷹司の脚が入りこんでいる。

そうやって香恋の脚を固定した状態で、鷹司は指をゆっくりと動かし始めた。浅い場所で抜き差しを繰り返した指は、潤《うるお》いをまとったまま上部に這《は》い上がる。

「――っあ」

不意に、頭の芯が白くなるような感覚が生まれ、香恋は思わず声をあげた。その場所をさらに指で優しくかき回される。

「っ……っ、あ、あん、や、……駄目、あん」

耳に舌を差しこまれ、香恋は我を忘れて高い声をあげた。

「お前、本当に素直な身体してんだな。……な、ここだろ」

こ、ここって。そんなこと言われても。

鷹司の指は、次第にリズミカルになっていく。ちゅくちゅくという淫猥《いんわい》な音が室内に響き、そこに自分の吐く息が混じり始める。

身体ごと浮くような淡い快感の萌芽《ほうが》がいくつも生まれ、しばらくすると儚《はかな》く消える。

逃げたいのか欲しいのか、もう自分でもわからなくなる。

鷹司の吐く息も荒くなる。何度も耳や頬《ほほ》や顎《あご》にキスをされ、再び唇で乳首を包まれた。

濡れた舌でその部分を刺激されたとたん、香恋の中で白い塊がいきなり弾《はじ》けた。

「や、……、っあ、あ、……」

脚をすり合わせてぴくぴくっと震える香恋を組み敷き、のしかかってきた鷹司が、漏《も》らした声ごと唇を塞《ふさ》いだ。すぐに舌が深い場所まで入ってきて、香恋は声を出せないまま、立て続けに押し寄せる波に腰を浮かせた。

あ……なんか、この前よりすごい……かも……

ぐったりとなった香恋の脚から、身を包んでいた最後の下着が取り払われる。それでも動けない香恋の隣で、半身を起こした鷹司が眼鏡を外し、自分の着ていたシャツを脱いだ。

ドキンとして、不意に胸の奥が痛むほど熱くなった。そうだ、今夜はこれで終わりじゃなかった。むしろ本番はここからなのだ。

「……何？」

「べ、別に」

慌てて薄い掛け布団にくるまった香恋を、身をかがめた鷹司は、少し苦笑して見下ろした。

「今さら、隠してどうするんだよ」

「か、隠してるわけじゃないですけど」

正直言うと、初めて間近で見る鷹司の裸に、胸の奥がきゅんとした。

やばい、素顔も裸も素敵すぎる。ドキドキする。こんな超絶素敵な人が、さっきまで私に何をしていたのかと思ったら……そして、これから何をするかと思ったら。

香恋の身体から掛け布団を取り払うと、鷹司はそっと片脚を持ち上げて、それを自分の肩に乗せた。その間、香恋は胸を両手で隠すようにして身を縮こませている。もう心臓が爆発しそうで、呼吸すらまともにできている気がしない。

はしたなく開かされた脚の間にもう一度指があてられる。潤《うるお》いをかきわけ、ゆっくりと奥に侵入しようとする。初めてそこに鈍い痛みを覚え、香恋は思わず鷹司の片腕にしがみついた。

「あ……、こ、怖い」

未知の痛みからくる不安に、すがるように鷹司を見上げる。

「こんなに濡《ぬ》れてても、狭いからな」

香恋の足首に唇をあてながら、鷹司は優しく言った。思わぬ場所にキスされて、香恋は思わず身をよじる。その反応を楽しむように、鷹司は足首や脛《すね》に短いキスを繰り返した。

「……ちょっと我慢してろ。な、いい子だから」

その優しさに、少しだけ安心する。

「痛かったら、言えよ」

頷《うなず》いて目を閉じると、鷹司の指が、ゆっくりと沈みこんでいくのがわかった。

緊張して身構えたものの、痛みは想像していたほど酷《ひど》くはなく、すぐに緩やかな抜き差しが始まる。違和感は次第に薄れ、それが大好きな人の指だということだけが強烈に意識され始める。

「ん、……あっ……」

「すごく……深くて、熱くなってるよ」

「い、いや……、言わないで」

くちゅん、くちゅんと、淫《みだ》らでいやらしい音がする。そこに自分の喘《あえ》ぐ声、鷹司の荒い息遣いが混じり合う。

「なぁ、そのまま、腰……少し浮かせて」

掠《かす》れた声で囁《ささや》かれる。

「脚に力入れて……そう。すげぇ、エロいよ」

くちゅっくちゅっと、指がリズミカルに動く度に浮かせた自分の腰も揺れる。その腰を下から手で支えられ、反《そ》った胸に舌をあてられた。ちゅぷちゅぷと舐《な》められて、何も考えられなくなる。

「あ、あん……あんっ」

や、あ、もう、頭……おかしくなっちゃう。

香恋の反応に呼応するように鷹司が興奮しているのがわかる。

「や、鷹司さん、あっ、あ、っ鷹司さん。駄目、また、……あ、また、あっ……、あ、あっ」

先ほどとは比べ物にならないほどの強い快感に、香恋は腰を浮かせたまま、痙攣《けいれん》するようにビクビクと震えた。

あ……やだ……二回もこんな……。恥ずかしさで、どうにかなってしまいそうだ。

荒い息を吐いた鷹司が香恋の両腿《もも》を持ち上げ、自分の中心をあてがってきた。

「……あ」

快感の余韻《よいん》に震える場所が、思わぬ刺激にわなないた。想像以上に硬くて質量のあるものがぐっと押し入ってきた時、香恋はようやく我に返って不安に目を潤《うる》ませる。

「や、こ、怖い……」

「大丈夫、しっかり慣らしたから」

頬《ほほ》に手を添えられ、髪を優しくかきわけられた。

「怖かったら俺にしがみついてろ、な？」

「ん……」

まるで、お姫様みたいに、大事に、大切に護《まも》られているようだ。

香恋は目を閉じて、鷹司の首に両腕を回した。

「や……、鷹司さん、も、もう、私、無理……」

生まれて初めてのセックスの後、極度の緊張から解放され、うとうととまどろんでいられたのは一時だった。

その初めてのセックスは、「嘘つき!」と叫んで殴ってやりたいほど痛かった。

あまりの痛さに身体が逃げて、頭が何度もベッドのヘッドボードにぶつかった。その度に引き戻されてやり直し。思い返すと、ややみっともない感じの初体験だった気がする。

ただ、鷹司は最後まで焦ることなく落ち着いていたし、香恋が慣れるまで辛抱強く待ってくれた。そういう意味では、とても幸福な時間だったのかもしれない。

最後は何がなんだかわからなかったし、相手の反応を見る余裕すらなかったけれど……

そんな幸福の余韻《よいん》にひたりながらうとうとしていると、いつの間にか、先にシャワーを浴びた鷹司が戻ってきた。抱きしめられ、髪や耳にキスされて、ちょっと気持ちいいなと思いつつ、それでも香恋は微睡《まどろ》んでいた。まさか鷹司が、それ以上のことをするつもりだとは思わなかったからだ。

今、香恋は彼の膝の上に座った状態で、胸を背後から愛撫《あいぶ》され、蕩《とろ》けた場所を指でいやらしくかき回されている。そして何度も口の中に舌を差し入れられ、その甘美な刺激に、香恋は声も立てられないまま、あっさりと三度目の到達を迎えた。

彼のあまりに淫《みだ》らな愛撫に、声は掠《かす》れ、頭も身体も、もうトロトロに溶けてしまっている。

が、快感の余韻に震える間もなかった。そんな香恋を背中から抱いたまま、鷹司が再び香恋の中に入ってきたからだ。

「わ、私……壊れちゃう、もう、許して……」

「覚悟しとけって言っただろ」

硬い質感を持ったものが、ゆっくりと香恋の中に埋められていく。

強烈な圧迫感に思わず声を漏《も》らしてしまったが、挿入に伴う痛みはほとんどなかった。本当に、先ほどと同じことをしているのかと思ったくらいだ。それどころか――最初にはない、ひどく淫靡《いんび》な感覚がぼうっとなった頭を支配し始める。

「あっ、……あっ、あっ」

背中から回された手が、汗ばんだ両胸を包みこむ。敏感になった乳首を指の腹で擦《こす》られながら、下から揺さぶられて突き上げられる。もう片方の手は、香恋の一番感じる場所をくちゅくちゅと弄《いじ》っている。

「や……、お、おかしくなる。……い、や」

次第に腰にきゅうっと力が入り、足の指がつったように緊張する。

あ……こんなの、信じられない。もう何度もそうなったのに、また……こんなにすぐに……

「んっ、あっ、もっ……、や、いや。本当に駄目、……っ許して」

次の瞬間、頭の中で白い塊が弾《はじ》けて、緊張が一気に解放された。香恋はあっけなく、四度目の泣き声をあげて、かすかに腰を痙攣《けいれん》させた。

ぐったりした身体は、しかしすぐに抱え起こされ、今度は前向きに彼の上に座らされる。そうして香恋の腰を抱き支えると、鷹司は再び自分のものを沈めてきた。

「い、いやっ……あ」

もう、本当に駄目。本当に無理。

なのに下から深く貫《つらぬ》かれて、香恋は甘く身悶《みもだ》えして首を振った。もう最初とはぜんぜん違う。甘い圧迫感の中に、痺《しび》れるような深い快感さえ覚えている。

「すっげぇ、エロい顔」

息を乱しながら、鷹司が掠《かす》れた声で囁《ささや》いた。

「……全部、奥まで入ってる。……な、わかるだろ」

かっと全身が熱くなる。そうしてやっと理解した。今までは香恋の身体を慣らすためだけの行為で、鷹司にとっては、むしろここからが始まりなのだ。

「動くぞ。……もう、容赦《ようしゃ》しないからな」

言葉通り、すぐに下から揺さぶられるように突き上げられた。

「あっ、……や、あ」

一気に頭の中が白くなる。あまりに熱くて、激しくて、もう何も考えられない。

――あ……鷹司さん……

抱きしめられ、唇に舌が入れられ、狂おしく抜き差しされる。やがて香恋も、熱に浮かされたように彼の口の中に自分の舌を差し入れる。

「あ……鷹司さん、あ、あん、っ、鷹司さん」

「……ん、白鳥……、気持ちいいよ。すごくいい」

愛しさで、胸が詰まった。

彼の乱れた息も、理性を失ったキスも、声も、汗も、何もかもが愛おしい。

与えられる快感よりもなによりも、彼が自分の全てをさらけ出してくれていることが、どうしようもなく愛しい。

こんな気持ち、今まで感じたことがなかった。知らなかった――そして、今、知りたくはなかった。

「……た、鷹司、さん……」

「ん、何?」

「火……火、消えた？」

「……火？」

一瞬眉を寄せた鷹司が、声もなく苦笑した。そのまま組み伏せられ、いっそう激しく突き上げられる。香恋は混乱しながら、鷹司の腕にしがみついた。

「お前……なんでそんなに可愛いんだ？　ん？」

「や、……こ、壊れちゃう」

「港区消防隊ってそういう意味かよ。余計火がついたよ。これから毎晩、消防隊の人に来てもらわなきゃな」

「だ……駄目、……それじゃ、意味、ない」

「こんなにさせといて、勝手なこと言うなよ」

囁《ささや》かれてキスされて、もう何も考えられなくなる。いや、もう考えるのはやめようと香恋は思った。何も考えずに、今は愛する人のことだけを感じていたい。

この夢みたいに幸せな一瞬を、ずっと、永遠に忘れないように――

「帰るなら、車で送るぞ」

鷹司が物憂げにベッドから起き上がったので、音を立てずに部屋を出ようとしていた香恋は、少し驚いて足を止めた。

「ごめんなさい。起こしちゃいましたか」

「……お前の方が先に起きるなんて、なんか屈辱《くつじょく》を感じるな」

目をこすりながら鷹司がベッドから下りようとしたので、香恋は急いで手を振った。

「いいんです。私、自転車なんですよ。置いて帰ると通勤できなくなるんで、一人で帰ります」

午前五時半。外はもう明るくなり始めている。置き時計を目元に近づけた鷹司が眉を寄せた。

「何も、こんな時間に帰らなくても――」

「着替えもあるし、遅いくらいですよ。それに、ちょっと時間あけないと顔に出ちゃいそうだし」

「ん……まぁ、そうだな」

ちょっと照れたように鷹司は横を向く。香恋はその瞬間、彼に駆け寄って抱きしめて、何度もキスしたい衝動に苦しいほどかられた。

「じゃ……帰ります。また、会社で」

「気をつけろよ」

「もう明るいから平気です」

エレベーターを使わずに、非常階段で一階まで下りながら、さっきのが最後の会話になるんだと、ふと思った。よく考えたらあまりにも味気ない。もう明るいから平気です？　もっと他に言いようがなかったのか。最後の言葉が、もう明るいから平気ですって……

数時間ぶりに取り出した携帯は、藍からの着信とメールでいっぱいだった。内容は見るまでもない。

「ヘイ、ジョージ、お前はどうしてそんな馬鹿な真似をした？　彼女を行かせるなんて、頭がおかしくなってしまったのか？」

独り言のように呟《つぶや》いて、香恋は自転車にキーを差しこんでまたがった。

明け方の街を自転車でひた走りながら、香恋はようやく自分が泣いていることに気がついた。

向かい風は涙を後ろに吹き飛ばす。それでもまだ、涙は後から後からあふれて止まらなかった。

(君は以前、鷹司に対してノーマルだと言っていたね。そろそろライククらいにしてもらえないかな。鷹司は本当にいい奴なんだ)

違うんです、冷泉社長。もうノーマルでもライクでもないんです。ラブなんです。私、鷹司さんを愛しているんです。

ジョージの気持ちも、鷹司さんのお母さんの気持ちも、ようやく私、わかったんです。

だから――だから、ビコーズ・アイ・ラブ・ユーなんです。

◆

「……何やってんだ、あいつ」

スマートフォンをポケットに入れると、鷹司は「ちょっと出てくる」と断ってから会議室を出た。

もしかして三日も連絡が取れなかったことを怒ってるのか？　しかし怒られる筋合いはない。香恋が部屋を出た後、古巣《ふるす》のロンドン支社への急な出張が入った。だが、そのことは出発前にメールで連絡したし、会社に戻った今も電話した。

電源でも切っているのか、電話は一度も繋がらない。かけ直してさえこない。

正直、こんなことで苛立つ自分がおかしくもある。自分がこうもマメな男だとは思ってもみなかった。五年前、土手で拾った女の子と恋人同士になることも――人生は全くわからない。

「あ、鷹司課長」

秘書課第二係に入ると、藤子が驚いたように立ち上がった。その驚き方があまりに大げさだったので、鷹司は眉を寄せた。係長席では、佐隈が目を丸くしている。

「ちょっと用事があるから寄ったんだ。白鳥は？」

「え、し、白鳥さん、ですか」

藤子が佐隈に視線を向ける。その佐隈は、額《ひたい》に手をあててはぁっとため息を吐《つ》いた。

「やっぱり、鷹司君は知らなかったか……。まいったな。こりゃ、藍ちゃんの言う通りだったね」

「どういう、意味ですか」

眉をひそめた鷹司は、視線だけを香恋の机に向けて息を止めた。綺麗に片付けられた卓上からは、パソコンさえ消えている。

「辞めたんだよ。彼女は」

不意に、背後から声がした。パーティションの扉の前に、冷泉が憔悴《しょうすい》した顔で立っている。

「辞めた……？」

「鷹司がロンドンに発《た》つ日のことだ。人事に直接退職届を提出して、僕にも事後報告だった」

呆然と立つ鷹司の前で、冷泉はいきなりガバッと頭を下げた。

「鷹司、許してくれ。まさか君が白い鳥さんとそういう関係だとは——わかるだろう。どうやっても想像さえできなかったんだ！」

「冷泉社長は人より何倍も鈍いから……」

藤子がさも気の毒そうに呟《つぶや》き、佐隈がしっと唇に指をあてた。

「君の婚約の話を聞いて、ショックを受けてしまったのかもしれない。それとも古風に身を引こうとでも思ったのかな。いずれにしても僕が——不用意だった。本当に申し訳ないことをした」

「白鳥に、何か話したんですか」

「君が結婚するようなことを言ってしまった。それが会社と君のためになるようなニュアンスで」

——しまった……

最初から話しておくべきだった。そういう意味では、自分は白鳥を子供扱いしていたのだ。

「いえ……。私が社長に報告しておくべきでした。お気を遣わせてしまって申し訳ありません」

鷹司は動揺しながら頭を下げた。が、その顔をすぐ藤子に向ける。

「白鳥の実家は？」

「それが、実家にもいないんです」

「藍ちゃんからも、毎日電話がかかってくるし。僕らも心配して行方《ゆくえ》を探しているんだけど」

「安心してくれ。白い鳥さんなら、僕が責任を持って探し出すから」

何も言えないまま、鷹司はスマートフォンを持ち上げた。むろん、なんの連絡も入っていない。

あの馬鹿——早とちりもいいところだ。一体どこに隠れてるんだ。

「鷹司、こんな時に悪いとは思うが、君には今、君にしかできないことをしてほしい。うちの会社は、あまり甘いことを言っていられる状況ではないんだ……それは、理解してもらえるかな」

答えられない鷹司を見上げ、冷泉は少し寂しそうに微笑した。

「もしかすると白い鳥さんは、それを理解した上で、自分の意思で選択したのかもしれない。……残酷なようだが、鷹司についていくのは難しいと思ったのかもしれないね」

鷹司は、眉間に皺《しわ》を寄せて唇を噛《か》んだ。そうしてようやく理解した。白鳥はあの夜、最初から最後のつもりで押しかけてきたのだ。

そして自分はもう、二度と彼女の心を見つけられないかもしれない。

七年前、絢と別れてしまった時のように——

第五章　二人の夢が叶う時

藍、元気にしてますか。早いもので、あれから一年が経ちました。

いつも同じ内容のメールで、しかもネットカフェからで悪いんだけど、私は元気にしているので、お父さんにも心配しないで、と伝えてください。

私は今、昔お世話になった人の紹介で、とてもいい職場で仕事をさせてもらっています。

前のメールでも報告したけど、好きな人もできました。Y係長……憧れの先輩です。

藍がいつも言っているように、私ってどこでもすぐ馴染《なじ》めちゃうし、すぐ誰かに憧れちゃうみたい。

だから私のことは心配しないでね。——親友の誓いは破ったけど、永遠の親友の香恋より。


「どうしても辞めるんだね」

椅子の背を向けたままで言う冷泉に、鷹司は深く頭を下げた。

「長い間、本当にお世話になりました」

社長室。冷泉の視線の先には大型テレビがあり、そこに、懐かしい映像が映っている。

画面の中では、かつての自分が獰猛《どうもう》な眼差《まなざ》しで対戦相手を睨《にら》みつけている。この道を失ったら、自分には何もないと思いこんでいた頃の、飢えた——そして寂しい目だ。

「僕は子供の頃から、勉強さえしていればいい、余計なことは一切するなと言われて育てられてね」

椅子を回転させてそう言うと、冷泉は少しおかしそうに苦笑した。

「実に素直な子だった僕は、本当にその通りに育ってしまった。おかげで今でも、仕事以外のことがほとんど記憶に残らない。無意識に遮断《しゃだん》してしまうんだな。——当然誰も、愛することができない」

黙っている鷹司を見上げ、冷泉は少しだけ寂しそうに首をかしげた。

「もうあれから一年だ。白い鳥さんには、新しい恋人がいるんだよ」

「そのようですね」

「以前も説明したように、新しい環境で、いい上司にも恵まれて、生き生きと仕事をしている。恋人は同じ係の係長。鷹司とは真逆のすらっとした美形で、二人はとても馬が合っているようだ」

「……」

「彼女の希望で居場所は教えられないが、もう、鷹司の出る幕ではないよ。彼女は鷹司より四百万というお金を選んだんだ。無理に会おうとしても、かえって彼女を困らせるだけではないのかな」

「それでも私は、自分自身で彼女の気持ちを確かめたいんです。……絢の時と、同じ失敗はしたくない」

頭を下げる鷹司を、冷泉はしばらく見つめてから立ち上がった。

「まいったなぁ。……ここまで露骨《ろこつ》に悪役を気どっても、君は僕を責めようともしないんだね」

顔を上げた鷹司を見て、冷泉はかすかに苦笑した。

「もういいよ。本当は最初から知っていたんだろう。僕が、わざと白い鳥さんを隠してしまったことを」

「…………」

「形は違えど、絢さんの時と同じさ。……僕は君を独り占めしたかった。ようやくできたたった一人の家族が、また僕の前から消えてしまうことが……耐《た》えられなかったんだ」

鷹司は黙っていた。知り合った最初の頃から、冷泉が抱える深い孤独はわかっていた。この人の心は一部が欠損しているのだ。他人に必要以上の関心を持つことがどうしてもできない――

どうしてそんな寂しい人を恨めるだろう。その寂しさゆえに、血の繋がった家族に一途な愛情を注《そそ》ぐことしかできない人を。

「私は……どこにも行きません。社長の意に背く以上、けじめとして会社は辞めますが、どこに行っても、……私は、貴方の弟ですから」

しばらく黙っていた冷泉は、鷹司から顔を背けるようにして、笑いながら肩をすくめた。

「ああ、それにしても見事に負けちゃったなぁ。世界一の絢さんには勝った僕が、まさか土手で拾った女の子に負けるなんて、本当に人生は何が起こるかわからないよ」

呑気そうに言った冷泉は、微笑しながら息を吐き、そして唇を歪《ゆが》めた。

「辞めないでくれ……」

「…………」

「この一年、君は本当によくやったよ。融資に頼ることなく、会社の危機的状況を見事に立て直してくれた。君がそれを置き土産に会社を辞める覚悟なのは知っていたよ。でも……頼む、辞めないでくれ。これは社長としてじゃない。君の兄として、……僕の最後のお願いだ」

◆

「え、じゃあ、新しい社長は外部の人なんですか」

先を行く上司に、香恋は少し驚いて聞き返した。

「そう、例によって親会社のゴリ押し人事。今回は外部から有能な人材を招いたそうよ。っても本当に有能かどうかは、蓋《ふた》を開けてみなきゃわかんないんだけど」

柳主任――ここでの役職は総務係長だが、彼女は相変わらずきびきびとした口調でそう答えた。

「で、前の社長さんは、無事親会社に復帰ってわけ。いずれにしても急な社長交代で、上はみんなバタバタよ。私としては、これを機に総務から秘書課を独立させて、社長秘書の仕事を白《しら》――」

こほん、と柳は咳払《せきばら》いをした。

「あなたに一任するつもりだから、よろしくね。新社長の方針で総務の組織も大幅に変わると思うし、これから少し忙しくなるわよ」

はいっと、香恋は力いっぱい頷《うなず》いた。

冷泉の紹介で採用された新しい会社は、九州を拠点に、電子機器を開発・製造するメーカーだった。親会社は国内最大手電機メーカーである菱田《ひしだ》電機。LGSは菱田電機と共同出資して、この会社設立に携わった大株主だ。

本社総務課に配属された香恋を待っていたのは、当時から遡《さかのぼ》ること数ヶ月前にLGS秘書課を去った柳沓子だった。もちろん偶然などではない。冷泉がそうやって再び元上司と引き合わせてくれたことは、失恋の痛手に沈んでいた香恋にとって、とても大きな励みになった。

この一年、ドS《エス》な柳の下で泣くことがなかったかと言えば嘘になる。立ち直れないほど厳しく叱られたことも数えきれない。総務の仕事は秘書課第二係そのものの雑用ばかりで、おまけに給与計算は全社員分。そんな超多忙部署で、とにかく柳に鍛《きた》えられた。その一言に尽きる一年だった。

「ああ、なんだか今日は無駄に暑いわね。イライラするわ」

──なんだろう。今日の柳係長、いつにも増して機嫌が悪いな。

本社五階の総務課の扉にたどり着く寸前で、その柳がふと歩調を緩めて振り返った。

「ところで、新任の社長がもういらっしゃっているみたいだから、挨拶《あいさつ》に行ってくれる?」

「私、一人がですか」

「ええ、私は昨日、電話で簡単に挨拶だけしてるから。名前は熊本《くまもと》ゲンゴロウ。まぁ、名前通りのイメージの、融通《ゆうずう》のきかないオッサンよ。じゃ、行って」

は？　熊本ゲンゴロウ……？　あの礼儀正しい柳係長をして、オッサンと吐き捨てられるように言われる社長って、一体……

香恋は首をかしげながら、社長室の扉をノックした。こちらが名乗る前に、「どうぞ」と中から声が帰ってくる。おずおずとドアを開け、一礼してから中に入った。

「失礼します。私、総務課の」

そこまで言った香恋は、固まったまま動けなくなった。

嘘……

嘘でしょ――？

真正面の社長席に、一人の男が座っている。片手で自身の顎《あご》を支え、もう片方の手で書類を持ったまま、少し呆れたように香恋を見つめている。

面影は一年前と変わらない。少しだけ顔の輪郭が鋭くなった気はするが、昔と何ひとつ変わらない姿で――鷹司がそこにいる。

これは、夢？　それとも、何かの、幻か錯覚――？

「総務課の、黒魚華麗《くろうおかれい》さん」

しかし現実の鷹司は、書類を見ながらそう言って、少しだけ眉を寄せた。

「非常に読みにくい名前だな」

「……よく、言われます」

「華麗、ね。同じカレイなら、いっそのこと魚の鰈《かれい》にすればよかったのにな」

「私が考えたんじゃなくて、気づいたらそういう名前になってました」

書類を置いた鷹司が立ち上がった。

「黒魚さん、こっちへ」

夢の中にいるような気持ちだった。

いや、これは本当に夢かもしれない。そんな風に思いながら、言われるままに歩み寄ると、鷹司も前に出てきた。時が止まり、音も消えた。もう香恋の目には、目の前の鷹司しか映らない。

夢……それとも、……現実……？

何か声にならない言葉を呟《つぶや》いた鷹司が、そっと両手を伸ばしてくる。その手は、いきなり香恋の両頬《ほほ》をつまみ上げた。

「——あいたっ」

夢がいきなり痛みを伴う現実に変わる。しかもその痛みが半端ない。

「いっ、いたっ、いふぁふぁっ、ちょ、ふぉっ、ふぉんきでいふぁいですっ」

「……よかった。お前だ」

そう呟いた鷹司が、ようやく手を離してくれた。頬を押さえた香恋は、呆然と鷹司を見上げる。

う、嘘でしょ。信じられない。いくらなんでもこんな再会ってアリ？

「よ、よかったじゃないですよ。こんな真似しなくたって、普通に私ってわかりますよね？」

「この馬鹿野郎！　今まで一体、何してたんだ！」

空気が震えるくらいの大声だった。香恋はびくっと身体を震わせて立ちすくむ。

「俺は言ったよな？　絢みたいに馬鹿な真似はするなって。それをまぁ——ご丁寧《ていねい》に偽名まで使って。俺はＤＶ夫なのか？　そうまでして逃げなきゃならないほど、最低の恋人だったのか？」

——だって……

「この一年、俺がどれだけ心配したと思ってる。どこかで一人で出産でもしてるんじゃないか。その時、身体でも壊して入院してるんじゃないか。想像しただけで、おかしくなりそうだった」

だって……

「避妊、したじゃないですか」

潤《うる》み出した目を逸《そ》らし、涙をこらえて香恋は言った。ぎょっとした風に鷹司が周囲を見回す。

「お、おい、職場で避妊とか何言ってんだ」

「飛躍しすぎですよ。漫画じゃないんだから、そんなのないに決まってるじゃないですか」

「俺もそうは思ったが、とにかく前田藍に散々脅されたんだ。こういう場合、十中八九女は一人で出産するものなんだって」

「それはロマンス小説の話で、現実にそこまでする人は滅多《めった》にいないですよ。私は妊娠もしてないし、こうして元気にやっています。鷹司さんは——」

ようやく、鷹司が自分を追いかけて来てくれたのだと、まだ動揺がおさまらないままに理解した。

気づけば社長席には『代表取締役社長　鷹司脩二』というプレートが置かれている。

どうして……？

香恋は、信じられないものでも見るような気持ちで、鷹司に視線を戻した。名前を変えて、父親とも会わずに、一年も一人で頑張ってきた。それは——こんな結末のためなんかじゃないのに。

「マジで何やってんですか。てか、どうして熊本ゲンゴロウが鷹司さんなんですか」

急に抑えていた感情が弾《はじ》けたようになって、香恋は両拳《こぶし》を握りしめた。

「……は？」

「LGSはどうなったんですか。冷泉社長と一緒に夢を叶えるんじゃなかったんですか。なんだってこんなところに――これじゃ私、なんのためにLGSを辞めたかわからないじゃないですか！」

息を荒らげて鷹司を見上げると、鷹司はひどく険しい目で眉を寄せていた。

「……お前な、マジでいい加減にしろよ」

その目があまりに怖かったから、香恋は思わず息を呑む。

「なんのつもりだったのかは知らないが、一年前、お前がしたことを言ってやるよ。お前はな、勝手に人の心にずかずか入りこんで、取り返しのつかないくらいに壊してから出て行ったんだ。逆だったらどうだ。どんな気持ちになると思う。自分一人じゃ元に戻せない心を抱いて、ずーっと一人で生きていけっていうのか？　ええ？」

香恋の唇が震え、涙が一筋頬《ほほ》を流れた。

「あれからすぐに、結婚したんだと思ってました」

「俺がか」

「はい」

「救いようのない大馬鹿だな」

横を向いた鷹司が、ひとつ小さなため息を漏《も》らした。

「俺は、……信じたぞ。今回だけは、何があってもお前は俺を裏切らないと。俺が知っているお前の心を信じようって決めたんだ」

——鷹司さん……

視界がぼやけて、涙が後から後から頬《ほほ》を伝った。

「私、……一人だと、思ってました」

「何がだ」

鷹司が歩み寄ってくる。

「……一人じゃ元に戻せない心って、そんな風に思ってたの、私だけだと思ってました。私も、何度も鷹司さんを忘れようとしたけど、駄目だった。だって、もう、私の中には鷹司さんが住んでいて、それは何をしたって、どうしたって出て行ってくれないんです……！」

「………」

「ずっと、辛かったし、苦しかった。……私は自業自得だけど、ごめんなさい……こんな思いを鷹司さんにもさせてたのなら、本当に、ごめんなさい」

「……いいよ、もう」

泣きじゃくる香恋を抱き寄せて、鷹司はそっと髪に額《ひたい》をあてた。

「……今ので許した。だから、もう泣くな」

香恋の背中をあやすように叩きながら、鷹司は続けた。

「俺の言葉が足りずに誤解させて悪かった。俺の夢は、何もLGSでないと叶えられないものじゃないんだ。もっと経営の勉強をして、色んな現場を見てから、いつか冷泉さんと対等な立場で仕事がしたい。それだけのことで、政略結婚する必要もなければ、お前と別れる必要もないんだよ」

——鷹司さん……

「一度、成り行きで見合いを受けた手前、なかなか軌道修正できなかったが、俺の腹はお前が前田藍との約束を破るって言い出した時から決まってた。万が一これで会社が傾いたら、石にかじりついてでも自分が立て直してやろうってな。まぁ、できるかできないかは別として」

香恋の頭をぽんと叩き、鷹司はかすかに笑った。

「もうひとつ言えば、この会社に俺を送りこんだのは冷泉さんだ。一年の期限つきだけどな。——だからもう、お前は何も気にしなくていいんだよ」

「いいんですか」

新しい涙が頬にこぼれた。

「私……、鷹司さんの傍《そば》にいても、いいんですか」

「もう、あんな思いは二度としたくない」

抱きしめられて、香恋は唇を震わせた。私はなんて馬鹿なことをしたんだろう。一人で出産したのも、身体を壊してしまったのも、全て鷹司さんのお母さんの話だったのに。母親の苦しみを誰よりも知っている鷹司さんに、また同じ思いをさせてしまうなんて……

「結婚するか」

香恋を抱きしめたまま、鷹司が言った。

「返事は」

「――は、はい」

「落ち着いたら、お前の親に挨拶《あいさつ》に行かなきゃな」

「…………」

新しい涙があふれ、声もないまま頷《うなず》いて、香恋は鷹司の背を抱きしめた。

もういい。もうどうなったっていい。この人の傍《そば》にいられるなら、もう何をなくしたって構わない。

たとえこの世の全てを敵に回しても、もう二度と――この温もりを離したくない。

「……鷹司さん、……好き……大好き」

首に腕を回し、うわ言のように囁《ささや》くと、耳に、頬《ほほ》に、鷹司が何度もキスをしてくれた。

「俺も好きだよ……」

鷹司さん——

「愛してる……」

そっと唇がかぶさってきた——その時だった。

咳払《せきばら》いと同時にノックがした。振り返ると、社長室の扉の前に柳沓子が立っている。

その瞬間の鷹司の狼狽《ろうばい》ぶりといったらなかった。慌てて香恋から手を離し、飛び退《の》くように距離をあけた。香恋もまた、真っ赤になって顔を伏せる。

柳は、くびれた腰に手をあて、にっこりと微笑《ほほえ》んだ。

「お取りこみ中のところ、大ッ変、申し訳ございません。総務に新しく配属された社員を、社長に紹介しておこうと思いまして」

「……それは構わないが、柳係長、ノックは入室前にするように」

「それは誠に申し訳ございませんでした。かつての後輩に、ついに社長になられたショックで、どうも私、昨晩から平常心を失っておりまして」

「その居心地の悪さはお互い様だと言っておくよ——で、紹介したい社員とは？」

柳の返事を待つまでもなく、その背後の扉から次々と三人の顔が現れた。

「やれやれ、結局くっついたんだねぇ」

「あれだけ揉《も》めた割には、案外ラストは王道な流れでしたね」

「惜しい！　ここで鷹司と瓜ふたつの子供でも出てくれれば、完璧なラブロマンスだったのに」

佐隈、藤子、藍の順である。香恋もそうだが、鷹司も驚きで声が出ないようだ。なにしろ
「LGSの冷泉社長が、派遣扱いでこちらに社員を送ってくださいましたの。うちは人手不足で、これから発足させる秘書課も、私と白鳥しかおりませんから」

その柳の背後で、佐隈がひょい、と片手を上げた。

「そんなわけで、鷹司君、これからもよろしくね」

「さ、佐隈係長、鷹司さんはもう社長ですよ。いくらなんでも君はまずいですよ」

「言っとくけど、今度香恋を泣かせたら、私がただじゃおかないよ！」

藍たちが去っていって、室内には再び三人が取り残された。

「……柳主任、いや係長」

額《ひたい》に手をあてて、鷹司がようやく口を開いた。

「佐隈係長と藤子さんまではギリギリわかるが、もう一人の……、あれは社員ではないはずだが」

「短期のアルバイトです。総務の人員配置は私に任されていますが、何か問題でも？」

この人員配置。なんだかそこはかとなく、冷泉社長のいたずら心を感じるのは私だけだろうか。

案の定、見上げた鷹司の横顔は、相当苦々《にがにが》しいものになっている。

「それから秘書課新設にあたりまして、私、さっそく秘書課の掟《おきて》を作ろうと思いますの。そうしましたら、ＬＧＳの社長より、折よくこのようなものが届けられまして。昔ＬＧＳにいた頭の固い男性秘書が、壁に貼っていたものですけれど」

そう言って、柳が広げた紙に書かれた一文に、香恋は絶句して鷹司を見上げた。

「まずはこれを掟の一条にしようと思います。では、私はこれで」

にこやかに会釈《えしゃく》すると、柳はようやく社長室を出て行った。

「ちょっ、鷹司さん。柳さんはともかく、本当に冷泉社長は、私たちのことを認めてくださってるんですか」

「……言うな。俺も今、若干不安に思い始めてきたところだ」

やっぱり、どこまでいってもあの人は、私たちの最大の敵なのかしら。

でも、結局何をされても憎めないのは何故だろう。今も社長室でくすくす笑いながら、今の状況を想像して楽しんでいるような気がするし。

そうしてやっぱり、少し寂しがっているような気もするし――

「……あの、これからどうしたらいいんでしょう」

香恋は、柳が残した紙を取り上げた。そこには美しい筆跡で『課内恋愛禁止』と書かれている。

鷹司は「さぁな」と肩をすくめ、香恋の手からその紙を取り上げた。

「社長と部下が実は釣り仲間だったたってノリで、社長と部下が実は夫婦だったたっていうのはどうだ」

「そんな無茶な、漫画じゃないんですから」

鷹司は紙を裏返しにして机に置くと香恋の肩を抱き寄せた。それだけで香恋は何も言えなくなる。

「ま……、後でゆっくり考えるさ」

かがみこんだ鷹司が、そっと唇を重ねてくる。

やがて社長室の扉が再びノックされるまで、二人は、溶けるほど甘いキスを続けた。

エピローグ　社長と秘書のランデブー

「はぁー、マジ緊張した。こんなのはもう、二度と経験したくねぇな」

そう言って糸が切れたようにベッドに腰を下ろした鷹司を、香恋はなんとも申し訳ない気持ちで見下ろした。

「ごめんなさい……なんか、色々嫌な思いをさせちゃって」

「別に嫌な思いなんてしてないし、お前が謝ることでもないだろ」

感動の再会から一ヶ月後。二人は今、香恋が十九の年まで過ごした自室にいる。市営アパートの六畳間。二人は今日、連休を利用して香恋の実家に里帰りしたのだ。

香恋にとっては一年ぶりの里帰りで、同行した鷹司にとっては——結婚の許しを得るための儀式のようなものである。

父の怒りは、電話で事情を説明した時から察していた。

なにしろ香恋は、父と一年も連絡を絶っていたのだ。いくら藍を通じてメッセージを送っていたとはいえ、父の心配と怒りは想像にあまりある。

最高に気まずい空気の中、三人は香恋の手料理で食卓を囲み、無言のまま野球中継を見た。そして中継が終わったとたん、父は部屋を出て行った。多分、藍の父がやっている定食屋に行ったのだ。

「今夜は、これからどうするんですか」

「ホテルに戻るよ。さすがに、この部屋には泊まれないだろ」

そっか。そうするしかないのはわかってたけど……

香恋は少し寂しくなって、鷹司の隣に腰を下ろすと、寄り添うように肩にもたれた。

「おい、……必要以上にくっつくな。その気になるぞ」

「だって、甘えたいんです。駄目ですか」

「お前なぁ……。絶対、俺を試してるだろ」

「だって平日は仕事で遅いし、週末はいつも冷泉社長が鷹司さんの部屋に泊まりに来るし。せっかく久々に二人になれたのに」

目を細めて香恋を見下ろした鷹司は、すぐに諦めたように息を吐いた。

「……ちょっとだけな」

キス——。何日かぶりのその感触に、香恋はすぐに夢見心地で酔いしれた。優しいキスは、何度か角度を変えてからそっと離れる。寄り添う香恋の頭を、鷹司はぽんと叩いた。

「親父さん、前田藍の店なんだろ。ついでに送るから、お前もそっちに合流しろよ」

ローテーブルに置いていた香恋の携帯が鳴ったのはその時だった。

「あ、香恋？　私、私。今、香恋のお父さんが店に来ててさ。そっち、鷹司がいるんでしょ」

賑《にぎ》やかな店内をバックに、テンションの高い藍の声がした。が、声はそれだけではない。

「香恋ちゃん、心配しなくても、今みんなで、香恋ちゃんのお父さんを励ましてるから！」

「鷹司君とゆっくりね。あ、君じゃなくてもう社長か」

藤子さんと佐隈係長？　喧騒《けんそう》の中から聞こえてきた声に、さすがに香恋は口をぽかんと開けた。なんで？　なんで二人が藍の店にいるの？　しかも――

「やぁ、白い鳥さん」

冷泉社長？　次に聞こえてきた声に、香恋は思わず携帯を握りしめた。

「ちょっ、なんで――まさかこんな所まで、鷹司さんを追いかけてきたんですか」

「ははは。元社長に向かって、随分《ずいぶん》乱暴なことを言うんだね、君も」

涼しげに笑う冷泉は、ここ一ヶ月、週末となると必ずプライベートジェットでやってきて、なんだかんだと理由をつけては鷹司の住むマンションに泊まって帰るのが常だった。

絶対、邪魔されてる……とは思うが、鷹司が嬉しそうなので、そこはもう何も言えない。

この一年でどういう感情の変化があったのかは知らないが、どうやら二人は、ぎこちないながらも、ようやく兄弟として対等な関係を歩み出そうとしているようなのだ。

「言っておくけど、今回、僕は愛のキューピッドとしてこの町に舞い降りたんだよ。君のお父様の誤解を解き、君の失踪に関して弟にはなんの罪もないということを説明しに……ね」

「当たり前じゃないですか。もともと悪いのは百パーセント冷泉社長なんですから」

新たな声がそこに割って入った。柳である。香恋はもう声も出ない。

「白鳥さん。あなたは知らないと思うけど、脩二君はこの一年、何度かあなたのお父様と連絡を取っていたのよ」

その柳の声が大きくなった。

「お父様も今はどうしていいかわからないだけで、本当はとっくに許しておられるんじゃないかしら。いずれにしてもこっちは楽しくやるから、あなたも今夜は脩二君とゆっくりなさい」

通話が切れても、香恋は携帯を持ったまま呆然としていた。知らなかった。だってそんなこと、鷹司さんもお父さんも、一言も言わなかった。そうか、だから二人は今夜、やたら無口だったんだ……

気づけばベッドに腰掛けたままの鷹司が、訝《いぶか》しげに香恋を見つめている。

「何、俺がなんだって？」

「え、いえ、……なんでも」

たった百メートル先にオールスターがそろっていることを、果たして打ち明けるべきか否《いな》か。

「なんでもないって顔じゃないだろ。それに俺の名前を出してたじゃないか」

「本当になんでもないです。私の、ただの、勘違いでした」

絶対言わない方がいいだろう。もともと心配性な上に、かなりブラコンっ気の強い鷹司さんのことだ。冷泉社長を迎えに行くという展開になるに決まっている。

やっぱり、私の最大の敵は今でも冷泉さんだった。そしてこの関係は、多分一生続くのだ。すごく面倒だと思う反面、そこはかとない幸せを感じるのは何故だろう……

「もしかして今の電話、冷泉」

「──お父さん、今夜は帰らないみたいです！」

遮《さえぎ》るように、香恋はとっさに言っていた。

「週末に藍の店に行くと、大抵は泊まって帰ってくるんです。だから今夜は、問題なく二人きりです」

「……は？」

香恋がにじりよると、その分だけ鷹司が背後に引いた。

「おい……お前、なんか、不良娘みたいなこと言ってるぞ。頼むから、そこに俺を巻きこむ――」

鷹司に覆《おお》いかぶさるようにして抱きつくと、香恋は自分から唇を押しあててキスをした。

「ちょっ、待て、落ち着け」

だって、まだ離れたくないんだもん。それに今別れたら、絶対冷泉さんのところに行くような気がするし。

仰向けに倒れた鷹司の顔に、目をつむったままの香恋はやみくもにキスをした。

自分でも何をしているかよくわからなかったが、背中に腕が回されて、気づけば二人の位置が入れ替わっていた。攻守の代わったキスは、すぐに怖いほど深くなる。

唇が離れ、喘《あえ》ぐ香恋を見下ろした鷹司は、かすかに呼吸を乱していた。

「……この馬鹿。いくらなんでも今夜は持って来てねぇんだよ。一体どうしてくれるんだ」

「ど、どうするって……。それに、持ってきてないっていうのは」

ようやく腿《もも》に当たるものに気づいた香恋は、かぁっと耳まで熱くなった。しまった。そういうことだったのか。どうしよう、私はただ抱き合ってキスするだけで――よかったんだけど……


「あ……あの、本当に、これで」

頬《ほほ》を赤らめながら鷹司を見上げた香恋は、おずおずと言った。

「……その、く、口、とかじゃなくても？」

「お前、そういうのどこで覚えるんだ」

呆れたように言った鷹司は、すぐに香恋の頬に唇を寄せてきた。

「……いいよ、そんなことされたら、本当に歯止めが効かなくなる」

鷹司の手は、香恋の右手に添えられている。その香恋の右手の中には、温かく脈打つ彼の情熱がある。

——うわーっ、何やってんだろ、私。自分史上最大に恥ずかしいことを！

ベッドの上で、壁に背を預ける鷹司の膝に跨《また》がって、手で……とても口には出せないことを。

自分からしますと言ったのに、いざとなると香恋は何もできなかった。結局鷹司が手を添えて香恋の手を動かしながら、今、二人は熱っぽいキスを続けている。舌を差し入れられ、何度も甘くかき回されて、香恋の思考は次第に霞《かすみ》がかったようにぼうっとなっていった。

「自分からするって言ったくせに、ずっと目つむってんだな」

からかうように囁《ささや》いた鷹司が、ニットの下から手を滑りこませてきた。

「見ろよ。……まぁ、見るまでもねぇけど」

「みっ、見れないし、わかりませんっ」

自分の手が、彼のどこに触れているかと思うと、想像するだけで顔から火が出てきそうだ。

ブラをもどかしく引き上げ、少し乱暴に胸を揉《も》みながら、鷹司のキスはますます荒々しくなった。

「ん……っ、んっ」

息もつけず、唾液があふれそうなほどの獰猛《どうもう》なキスに、頭の芯が痺《しび》れてくる。

手のひらの中で脈打つ熱は、もう凶器のように猛々《たけだけ》しい。それがまぎれもなく彼の一部で、香恋にしか見せない本性なのだと思うと、ますます堪《たま》らない気持ちになる。

胸から離れた鷹司の手が腰に回って、穿《は》いていたスカートをたくし上げた。

「……腰、少し上げて……。そう、俺にしがみついてろ」

あ……やだ……恥ずかしい。

片腕で鷹司の肩にすがり、もう片方の手で彼自身に触れながら、香恋は言われるままに膝立ちになって腰を浮かせた。すぐにショーツがずらされ、背後から鷹司の手が入りこんでくる。

「やっ……」

香恋が甘い声をあげたと同時に、鷹司も耐《た》えかねたような息を吐いた。

「なんだよ……これ。お前、本当に欲求不満か？」

「ち、ちが……」

「くそ……、なんだっていつも、こんなのばっかなんだ」

苦しそうに呻《うめ》いた鷹司が、差し入れた指を動かし始めた。すぐにくちゅくちゅという音が響き始める。

「あ……あ」

「……なぁ、手がお留守になってるぞ」

意地悪く囁かれても、もう、そんなことができる余裕はない。膝で自分を支えることもできなくなって、気づけば両腕で鷹司の肩にしがみついている。

香恋の腰をさらに自分の方に引き寄せた鷹司は、ショーツの前の方からも指を忍ばせてきた。そして香恋の一番感じる場所を指の腹でいやらしく刺激し始める。

「っ……、あ、い、いや。鷹司さん、そんなの、いやっ……」

声は、唇ごと塞《ふさ》がれる。呼吸も理性も羞恥心も、何もかも奪われながら、香恋は全身を甘くしならせ、わななかせた。

「あ……、あ……」

喘《あえ》ぎながら崩れる香恋を、鷹司は長い息を吐いて抱きすくめる。

その背を反射的に抱きしめながら、まだ熱の余韻《よいん》に浮かされた香恋は、うわ言にように囁《ささや》いた。

「……このまま……大丈夫、ですから」

「……大丈夫って？」

「周期とか……、だから、本当に大丈夫ですから」

鷹司はしばらく黙っていたが、やがて耐《た》えかねたように香恋の首に熱っぽく唇を押しあてた。

「本当に、……どうなっても知らないからな」

荒い息を吐いた鷹司が、香恋を組み敷いて、自分のネクタイに手をかける。その時だった。

「――っ、っ、ううわっ」

こうも怯《おび》えた人の顔を初めて見た――と、香恋は思った。

殴られたかのように飛び退《の》いた鷹司は、蒼白な顔で部屋の一点を指差している。

「ど、どうしたんですか、鷹司さん」

その異様な剣幕《けんまく》に、香恋まで青くなる。まさかと思うけど、私のお母さんか鷹司さんのお母様が、天国から様子を見に現れたとか？

「あ、絢が……」

絢……？

目をこらした香恋は、ああ――と、脱力にも似た嘆息《たんそく》を漏《も》らした。

しまった、確かにこれは、私のデリカシーが足りなかった。

「ポスターですよ。鷹司さん、これは小杉さんのポスターです」

壁に貼られた小杉絢の等身大ポスター。スタンドミラーで隠れていたものが、角度が変わって見えたのだろう。薬物撲滅を訴える内容で、駄目、絶対！　という皮肉なロゴが踊っている。

まさかこんなところにまで、恋の刺客が入りこんでいるとは想像してもいなかった。

ファイティングポーズを取っている小杉絢は、睨《にら》むように鷹司と香恋を見下ろしている。

「……すみません。昔のことで、あるのをすっかり忘れていました」

「いや……いいよ。やっぱ、親父さんの留守に、こういうのはよくなかったしな」

元カノの思わぬ出現に、一気に冷静さを取り戻したのか、鷹司はさっさと帰り支度《じたく》を済ませ、香恋を促《うなが》すようにして玄関に向かった。

「なんか、本当にごめんなさい……」

「そう、しょぼくれるな。思えばいいタイミングだったじゃないか。あれだ、お前が絢のファンになったのは、全部今日のためだったのかもしれないぞ」

おかしな慰《なぐさ》められ方だったが、香恋は少しだけ笑った。

「明日の朝、迎えに来るよ」

「はい……」

「明日は、お前のお母さんの墓参りに行こう。よかったら親父さんも一緒にな」

胸が一杯になって、香恋は目を潤《うる》ませる。

「呼んじゃっても、いいですか」

「ん？」

「脩二さん……大好き！」

背伸びした香恋は、鷹司の頬《ほほ》にちゅっと唇をあてた。

しばらく面食らったように眉を上げていた鷹司は、やがて苦笑して香恋を両手で抱き寄せる。

「今ので、半年分は寿命が縮んだ」

「なっ、どういう意味ですか、それ」

「お前くらい、俺の心臓のペースを狂わす奴はいないってことだよ」

唇がそっと重なる。キスは、すぐに深くなっていった。

書き下ろし番外編

「その翌日」

「休んでてください。今コーヒー淹《い》れますから」

「はー、疲れた……」

車を走らせること約四時間。ようやく二人は、香恋の実家から、香恋が一人暮らしをしている博多市内のマンションに戻ってきた。

荷物を部屋まで運んでくれた鷹司は、長時間運転の疲れからか、リビングのローソファに足を投げ出して座ったまま、手の甲で目を覆《おお》うようにして動かなくなる。

――まぁ、今日は忙しかったもんね。後半は冷泉さんの山陰巡りにつきあわされたようなものだったし。

もっと言えば、今日の午後はまるまるその冷泉に鷹司を独占されたようなものである。

鷹司も鷹司で、冷泉がいるといないとでは、香恋に対する態度が全然違う。冷泉の前でのそっけない態度はあれだろうか、やはり本能的な部分で兄の嫉妬《しっと》を感じ取って、意図的に香恋を遠ざけようとしているのだろうか。

――ああ、面倒くさい。いっそのこと冷泉さんにも恋人ができたらいいのに。柳係長とか……いや、どう見ても水と油か。

そんなことを考えながら、コーヒーを持ってリビングに戻ると、鷹司は先ほどと同じ姿勢のままだ。

「鷹司さん？　もしかして寝ちゃったんですか？」

かがみこんで、そっと肩をゆすると、ようやく彼の唇がわずかに歪《ゆが》む。

「悪い、ちょっと休ませてくれ。三十分寝たら、帰る」

「だったら泊まっていかれます？　着替えもうちに置いてありますし」

「馬鹿か、明日は出張だ。秘書のくせに何言ってやがる」

そうでした。連中明けには海外出張が入ってたんでした。

「じゃ、せめてベッドで寝てください。こんなところで寝ても疲れはとれませんよ」

「……お前、寝入りばなの一番いいところを」

渋々立ち上がった鷹司は、勝手知ったる寝室に入ると、ベッドに仰向けに倒れこんだ。

「そうだ。前田藍からお前に渡すように頼まれていた物がある」

掛け布団を持ち上げた香恋は手を止めた。

「藍から？」

「玄関の……、赤い紙袋だ。帰ったら渡してくれと頼まれた。……中身は、聞いてない」

よほど眠いのか、最後は、寝言みたいな感じだった。香恋は急いで玄関に走ると、そこにまとめて置いていた土産袋の中から、赤い紙袋を取り上げた。

——なんだろ？　私には一言も言ってくれないなんて、へんなの。

不審に思いながらリビングに戻り、袋の中から箱を取り出して包装を解く。

「うーわっ」

いきなり目に飛び込んで来たエロティックな色彩に、香恋はおかしな声をあげていた。

「ちょっ、ちょ、藍、何を、一体、鷹司さんに」

大慌てで箱の蓋《ふた》を閉じ、それを紙袋の中につっこんだ。はっきりと見ていないが中に収めてあったのは、薄いピンクの、細かなレースがたくさんついた、そしてかなり透けた感じのする下着っぽいものだった。こんな煽情《せんじょう》的な物を、鷹司の前で出したら最後、大変なことになる。

もともとそういう趣向の持ち主なのか、色気のない香恋に日頃から物足りなさを感じていたのか、ややセクシー目の下着をつけると、鷹司の愛撫《あいぶ》は怖いくらい執拗《しつよう》になる。

その時の——思い出すだけで耳まで熱くなる情景を思い出し、香恋は咳払いをしながら立ち上がった。とりあえず私はシャワーでも浴びてこよう。それから鷹司さんのために、バスタブにお湯も張っておこう。藍のおせっかいは、悪いけど当分の間は封印だ。

◆

「えーっ、なにこれ、なにこれ、超可愛いんですけど？」

三十分後、脱衣所の鏡の前に立った香恋は、テンションの高い声をあげていた。

封印しようと決めた藍からの贈り物。一応確認だけでも……と思ってそろそろと中から取り出して見ると、まるでプリンセスが着るような可愛らしいベビードールとショーツのセットだった。丈は腿《もも》にかかるくらいの短さだが、まるでバレエのチュチュみたいに裾《すそ》が可愛らしく広がっていて、ふんわりとしたリネンが周囲を覆《おお》っている。

彼が見ていない隙にこれを着てみたい……、というのは、乙女なら当然抱く心理だろう。そして、挑発する意図は決してないのだが——着てしまった以上、恋人に一目でも見てほしいというのは、恋する女性なら、誰しも思うことである。

「鷹司さん、鷹司さん、もう三十分たちました。起きてくださいよ」

寝室に行くと、鷹司は起きる気配もなく熟睡中だった。しばらくその肩を揺さぶった香恋は、えいっとベッドの上に飛び乗った。

「ねぇ、ねぇ、鷹司さん、ちょっとこっち、見てくださいよ」

「ん……」と、いかにも迷惑気な声を出し、鷹司は身体を逆の方向に向ける。

「ほんのちょっとでいいんです。絶対に目、覚めますから。ほら、超可愛くてセクシーですから」

右手を頭の後ろに、左手を腰に当ててのセクシーポーズ。しかし鷹司は、うるさげにますます顔を背《そむ》けてしまう。

「もうっ、見てくださいよーっ。じゃあスペシャルサービスで雌豹《めひょう》のポーズ！」

「……頼む、あと十分、ちゃんと自分で起きるから放っておいてくれ」

むうっと唇を尖らせて、香恋は四つん這《ば》いの格好から腹這いになった。

その途端、いきなり香恋の方に向き直った鷹司の腕が、肩に被《かぶ》さってくる。驚いたが、彼はそれでもなお目をつむっていて、腕は力なく香恋の肩に乗せられたままだ。

「悪いな、……本当に、疲れてるんだ……」

眼鏡を外した無防備な寝顔に、久々にきゅんときた。そろそろっと綺麗な鼻筋を指でたどり、頬の方に滑らせてみる。薄く開いた唇を少しだけくすぐってみたが、鷹司の寝息は乱れない。

——ま、いっか。

こんなに疲れている人に、しかも明日の朝には飛行機に乗る人に、なんて酷な真似をしてしまったんだろう。あんまりこのランジェリーが可愛いからつい浮かれてしまったけど、疲れているところにごめんなさい。それから、お父さんに会ってくれて、ありがとう……

◆

なんだろう。すごく後味の悪い夢を見た。サバンナで、豹の群れにしつこく追いかけ回される夢だ。

逃げても逃げても逃げきれない。最後はどうにでもなれと腹を括《くく》って仰向けになった。そこで目が覚めたのだ。

——疲れてるのかな……。初めて親父さんに会うっていうので、緊張してたからな。

そこで初めて、自分に触れる柔らかな感触に気がついた鷹司は、訝《いぶか》しく思って顔を上げた。

「うーわっ」

思わず変な声をあげて跳ね起きると、首にしがみついていたものが、ずるずるっと力なくずれて、今度は腰に回される。

「ちょっ……」

なにやってんだ。こいつ。……下着？　初めて見るけど、こんなの持ってたっけ？　というか、なんのためにこんな挑発的な真似を？　俺、四時間も運転した後だし、明日は早朝から出張だって言ったよな。いや、それ以前にお前は俺の秘書だよな？

　小さくため息をついて、鷹司は香恋をゆする。

「……おい」

「んん……」

　掠《かす》れた甘い声にドキッとした。

　すると腰に回されていた腕にぎゅうっと力が入り、さらには頭を鷹司の臍《へそ》から下の部分にこすりつけるようにして香恋が首を振ってきた。

「……ごめんなさい。あと十分……、十分したら、自分で起きますから」

　いや、起きたよ、今ので。お前じゃなくて、俺の方が。

　しかも、このシチュエーション、既視感が半端ない。あの時も面食らったし、自分の反応に戸惑いもしたが、今夜はもっとあからさまだ。

「おい、起きろ。起きないと襲うぞ、こら」

「だからぁ、枕はもっと柔らかめって、言ったじゃないですかぁ」

「…………」

　会話になっていない。いや、前回同様、ある意味成立しているが。

「……やってることの意味、わかってんのか？　おい」

　香恋の肩を掴んで引き離すと、そのままベッドの上に仰向けにさせる。

「なあ、何をされても文句言うなよ?」

どう考えたって、今夜は百パーセントお前が悪いんだからな。

◆

なんだろう。すごくエッチな夢を見た。

鷹司さんに、身体中にキスされる夢。膝の裏とか、腿《もも》の内側とか、考えるのも恥ずかしい場所にまで。

逃げたくても、それが夢の中だからなのか全身から力が抜けたようで、まるで自分が甘いお菓子か飴玉《あめだま》にでもなったみたいだった。

——あー、なんか恥ずかしい。欲求不満なのかな、私。最近二人で会う時間もないし、昨日も寸止めみたいなところで終わっちゃったから……

夢の余韻《よいん》のせいか、心なしか身体が火照《ほて》っているような気がする。ため息をつきながら顔を上げると、思わぬ顔が斜め上から見下ろしていた。

「うーわっ」

思わず素《す》っ頓狂《とんきょう》な声を上げていた。隣にいるのは、片腕で自身の頭を支えている鷹司だ。やや不機嫌そうな顔、髪は洗った後みたいに額《ひたい》にかかり、服は——彼が泊まる時のために用意していた無地のTシャツだ。

――あ、あれ、ここはどこ？　私、今まで何してたんだっけ。

一時パニックになった香恋は、すぐに現状を理解した。

わかった。私、鷹司さんの隣で寝ちゃったんだ。あれからどのくらい時間が経ったかわからないけど、感覚的に一時間や二時間は寝ていたような気がする――

リビングの灯りは消えていて、今、室内を照らしているのはサイドボードの上の小さな照明だけだ。

「……お風呂、入ったんですか？」

「入った」

「あ、あの、帰らなくても……」

「泊まってくよ。なに、この可愛いの」

そう言った鷹司が空いているほうの手で、香恋の肩にひっかかっているレースの紐を引っ張った。

「あんっ」

反射的にあがった声に、香恋はびっくりして口を手で覆《おお》った。

え、なに、今の。

なんだろう、ちょっと服がこすれただけで、胸にぴりっとした甘い刺激が……

狼狽《うろた》えている間に、鷹司の手が胸に被《かぶ》さってくる。彼の指が服の上から先端を掠《かす》めただけで、背筋のあたりがぞくぞくっとして、香恋は膝を震わせた。

「なぁ、もうここが硬くなってんだけど」

「や、やだ」

「いやらしい夢でも見てたのか？　ん？」

彼の指が触れている部分が、ふっくらと膨《ふく》らんで、薄いレースの下からその形を露《あら》わにしているのがわかる。

それだけじゃなく、少し弄《いじ》られただけで、腰が浮くような鮮明な快感が身体中をかけめぐる。

「ま、待って」

香恋は逃げようとしたが、逆に腰を抱かれて鷹司の上に、向かい合わせに乗せられた。

「も、もしかして、なにかしました？」

「なにって？」

腰を引き上げられ、胸の部分がちょうど鷹司の顔のあたりになった。

「だから――……っ」

レースの上から先端に軽く唇を当てられただけで、下腹部全体が深く痺《しび》れて、もう声も出なくなる。

「してないよ。何も」

「う……うそ……」

だって、おかしい。少し触られただけなのに、こんなに身体がじんじんして……

「おいおい、俺の秘書は発情期か？」

肩紐がずらされ、露《あら》わになった胸に、鷹司が舌を当てた。

「……っん」

「ここも、ヌルヌルになってるよ。なぁ、言えよ。一体どんな夢を見てたんだ？」

舌で硬くなった胸の先端を転がされながら、片方の手が、香恋のお尻の方から、敏感な場所に当てられた。薄いショーツの隙間から滑り込んだ指は、柔らかく潤《うるお》った粘膜の内側に侵入し、くちゅくちゅと淫《みだ》らに抜き差しを始める。

「いっ、いやっ、あ……っ、あ」

すでに溢れた蜜は内腿《うちもも》をいやらしく濡らし、長い指を根元まで呑み込んだ。ショーツはしっとりと湿り気を帯《お》び、ぬるついた感触は、まだ触られていないはずの花芯の部分にも感じとれる。

やがて指が埋められている場所からみるみる高ぶりが込み上げてきて、香恋は背筋を反《そ》らして甘い鳴き声をあげた。

「だ、だめ、い、いっちゃ……ああんっ」

身体の奥にある何かが、絶頂から一気に深みに沈み込む。身体は重いのに動悸だけが重苦しく高鳴り、香恋はぐったりと鷹司の胸にもたれかかった。

「ぜ、絶対に、なにか、しました……よね」

「うるせぇ、人の気も知らずにぐーすか寝やがって。言っとくがこれで終わりだと思うなよ」

身体の位置が変わり、今度は鷹司が上になる。彼が避妊具を装着し、足からショーツが引き抜かれるまでが夢の中の出来事のようで、気がついた時には、彼の熱が身体の奥深くに入り込んでいた。

「や……、あんっ」

「……っ、なんだお前、本当に発情期か？」

いつにない荒々しさで深い場所を容赦《ようしゃ》なく突かれ、官能の兆しがまた急速に這《は》い上がってくる。

「い……、いやっ、あ、あん、また……あんっ、また、おかしくなっちゃう」

何かを呟《つぶや》いた鷹司が、喘《あえ》ぎ声ごと香恋の唇を塞《ふさ》いで、獰猛《どうもう》に舌を絡ませてくる。

「ん……、んんっ――っ、――っ」

解放口の全てを塞がれ、苦しいほどの快感が身体の奥で暴れている。

刹那《せつな》、頭の中が真っ白になって、数秒間、意識が飛んだような感覚に陥《おちい》った。

我に返った時には、自分の中で彼のものが跳ね、びくびくと震えている。

もう一度、今度はいたわるように唇が重ねられ、半ばとろけた意識の中で、香恋は彼のキスにぎこちなく応えた。

「……酷《ひど》い」

額《ひたい》や瞼《まぶた》に、愛おしむように繰り返されるキス。ついそんなことを言ってしまったのは、感じすぎてしまった自分が、少し恥ずかしかったのかもしれない。

「酷いって？」

「……た、鷹司さん、絶対に私が誘惑したとか思ってるでしょ。私、……藍がくれたのがあんまり可愛かったから、ちょっと見てほしかっただけなのに」

口にした途端、本当に口惜しくなってきた。くしゃくしゃに乱れたベビードールと、ベッドの下に投げられているショーツ。本当は、私の可愛い姿なんて興味がないのかもしれない。ただ興奮できればいい、みたいな。まぁ、そこまでは言わないけど——

「見たよ」

「嘘、ろくに見てもないくせに」

「すごく可愛かった。だから抑えられなくなったんだろ」

顔を背《そむ》けて頬を膨《ふく》らましていた香恋は、その言葉にみるみる頬が熱くなるのを感じた。

「また着ろよ」

「……やだ」

「じゃあ、今度は俺が、もっといやらしいのを買ってきてやるから」

「もうっ、スケベ！」

振り返ると、鷹司に笑いながら抱き寄せられる。

「ま、本当は着てるものなんてどうでもいいけどな」

「やっぱり！」

憤慨しながらも、香恋も思わず笑っていて、結局は、そういうところが鷹司さんらしいな――と思いながら背中に腕を回していた。

「少し寝よう。朝の五時にはここを出ないと」

そうか。今週、彼は木曜日まで日本に戻ってこないんだった。連休中はずっと一緒だったのに、終わるとたちまち離れ離れ。寂しすぎる。結婚の約束だけはしたけれど、一体いつになったら私たちは、別れを考えずに夜を過ごすことができるんだろう。

「それと週末、とりあえず東京に行こうと思ってるんだが、大丈夫か？」

「え、私なら特に予定はないですけど、一緒に……ですか？」

「冷泉さんに、入籍するって報告しに行こうと思って」

――え……？

「さっき目が覚めた時にスマホを確認したら、お前のお父さんからメールが入ってた。

なるべく早く籍を入れてくれってさ」

数秒、意味がわからずに瞬《まばた》きをした香恋は、次第に自分の目が潤み始めるのを感じた。

「いっ、行きますっ。東京でも、北海道でも、沖縄でも！」

「大袈裟《おおげさ》な――と言いたいとこだけど、実際その程度の覚悟は必要だよな」

思いの外《ほか》、鷹司の顔が憂鬱《ゆううつ》そうだったので、喜び勇《いさ》んだ香恋は、え？　と眉を寄せた。

「冷泉さんは、都合の悪い話にやたら敏感な人なんだ。一年前、俺が会社を辞めようと決心した時も、海外出張の連続でさ。なかなか捕まらなくてまいったよ」

「は、はぁ……」

「うまく捕まえられたとしても、何回かは確実にはぐらかされるだろうし……。一ヶ月、いや、二ヶ月はかかると思った方がいいだろうな。俺は、半年は覚悟してるけど」

いや、そんなの電話かメールでちゃちゃっと済ませちゃえばいいことじゃないですか。冷泉さんの許可待ちで半年？　そんなのアリですか？　アリなんですか？

――まぁ、いっか。それはそれで楽しそうだ。そうなれば、しばらく冷泉さんが週末のたびに邪魔しに来ることもないだろうし。

香恋は気持ちを切り替えてファイティングポーズをとった。

「頑張りましょう！」

「お前はいつも前向きでいいな」

苦笑した鷹司が、香恋の頭を抱き寄せるようにして、額《ひたい》に軽く口づけた。

「愛してるよ」

「私も……、愛してます」

胸いっぱいの、溢れそうな幸福を抱きしめながら、香恋はそっと目を閉じた。

NB ノーチェ文庫

雪をも溶かす蜜愛♥新婚生活

氷将レオンハルトと押し付けられた王女様

栢野《かやの》すばる　イラスト：瀧順子

価格：本体 640 円+税

マイペースで、ちょっと変人扱いされている王女のリーザ。そんな彼女は、国王の命でお嫁に行くことに!?　お相手は、氷の如く冷たい容貌の「氷将レオンハルト」。突然押し付けられた王女を前に、氷将も少し戸惑っている模様だったけれど、初夜では、甘くとろける快感を教えてくれて……

詳しくは公式サイトにてご確認ください

http://www.noche-books.com/

携帯サイトはこちらから！

本書は、2013 年 10 月当社より単行本として刊行されたものに書き下ろしを加えて文庫化したものです。

エタニティ文庫

秘書課《ひしょか》のオキテ

石田累《いしだるい》

2017年 8月 15日初版発行

文庫編集－西澤英美・塙綾子
発行者－梶本雄介
発行所－株式会社アルファポリス
〒150-6005 東京都渋谷区恵比寿4-20-3 恵比寿ｶﾞｰﾃﾞﾝﾌﾟﾚｲｽﾀﾜｰ5階
TEL 03-6277-1601（営業） 03-6277-1602（編集）
URL http://www.alphapolis.co.jp/
発売元－株式会社星雲社
〒112-0005東京都文京区水道1-3-30
TEL 03-3868-3275
装丁イラスト－相葉キョウコ
装丁デザイン－ansyyqdesign
印刷－大日本印刷株式会社

価格はカバーに表示されてあります。
落丁乱丁の場合はアルファポリスまでご連絡ください。
送料は小社負担でお取り替えします。

ISBN978-4-434-23568-9 C0193